# 달이 이끄는 이세계 여행 8

아즈미 케이

시키
원래 모습은 「리치」라고 불리는 언데드 몬스터. 마코토와 계약함으로써 사람의 모습이 되었다. 롯츠갈드 학원에선 마코토의 조수로 활약 중.
진
롯츠갈드 학원의 학생. 마코토의 제자들 가운데 리더 역할을 맡는다.
사이리츠
로렐 연방의 요직을 차지하고 있는 여성. 공손한 태도를 보이지만, 상당한 계략가.
아베리아
마코토의 제자 중 한 사람으로서, 활과 마술을 능숙하게 다룬다. 강사인 마코토보다 시키를 더 존경한다.

# 주요 등장인물

## 토모에

본래 모습은 「신(蜃)」이라고
불리는 용.
마코토와 계약함으로써
사람의 모습을 얻었다.
일본도에 강한 집착이 있다.

## 릴리

그리토니아 제국의
제2황녀.
학원제의 귀빈 자격으로
롯츠갈드를 방문 중이다.

## 미오

원래 모습은 거대한 거미.
마코토와 계약함으로써 사람의
모습을 얻었다.
겉보기와 달리 상당한 무투파.

## 미스미 마코토

본작의 주인공. 부모의 사정으로
이세계에 소환된 비운의 고등학생.
상인과 교사를 겸업하느라 바쁜
몸이지만, 하루도 빠짐없이 일기를
쓰고 있다.

마족령
스텔라 요새
왕도 우르
제도 루이나스
리미아 왕국
그리토니아 제국
학원 도시 롯츠갈드
아이온 왕국
로빈
보즈다
황금가도
로렐 연방
츠이게
나오이
끝의 황야
달이 이끄는 이세계
세계지도

# 1

“마지막 일격을 날릴 때는 꽤나 신나 보이더군요.”

“음, 공중으로 띄운 상대의 움직임을 봉쇄하여 장애물에 신경 쓸 필요 없이 난타를 날리는 것도 꽤나 특이한 전술이더군. 정말 색다른 공격 방식이었어. 언젠가 기회를 봐서 따라해 볼까?”

미오와 토모에가 꽤나 호기심을 자극받은 표정으로 여러 차례에 걸쳐 고개를 끄덕였다.

나, 미스미 마코토는 종자들과 함께 관객석에 앉아 그 시합을 관전하고 있었다.

나는 아직껏 흥분이 미처 가라앉지 않은 관객석에 앉아, 무심코 혼잣말을 중얼거렸다.

“상대의 무릎을 밟고 올라가 무릎 차기를 날린데 이어 공중 콤보라니, 설마 유노까지 에리스와 비슷한 타입은 아니겠지?”

이세계 주민들의 상식에 걸맞지 않는, 묘하게 지구스러운 지식을 알고 있다는 의미로 말이야.

—롯츠갈드 학원 학원제의 주요 이벤트 중 하나인 투기 대회 단체전 결승의 결판이 났다.

진과 이즈모, 유노로 이루어진 나의 제자들 팀과, 대회가 시작된 이후로 우리에게 온갖 수작을 부려온 리미아 왕국 고위급 귀족인 호프레이즈 가문의 차남인 일름간드가 이끄는 팀의 시합이었다.

일름간드는 솔직히 놀라울 정도의 방어력과 체력을 선보였으나, 결국 그는 나의 예상보다 훨씬 깔끔한 전개를 거쳐 진 일행에게 패배하고 말았다.

역량 자체에 그다지 결정적인 차이가 있는 걸로는 보이지 않았지만, 일름간드는 이 세계의 정석과 동떨어진 진 일행의 이차원적인 전법에 말려 들어가 활약다운 활약조차 거의 못하다가 그냥 끝나 버렸다.

가족들도 관전하러 왔을 텐데, 조금 불쌍하다는 느낌도 없지 않아 있군.

특히나 마지막 창 공격은, 저 녀석 이마에 직격으로 들어갔더란 말이지.

일단 나무로 만든 창이었지만, 깔끔하게 부러져 버렸다.

……유노의 투척 공격이 그만큼이나 강력한 위력을 지니고 있던 건가? 혹은 일름간드의 이마가 터무니없이 단단하던 건가?

어찌됐건, 유노가 날린 일격이 그를 기절시킨 것은 틀림없었다.

"제가 보기에 도련님의 학생들은 발상 자체가 무척이나 독특하군요. 모자란 힘으로나마 다양한 수단을 응용한 전투 방식으로 싸우는데 이골이 난 걸로 보였습니다."

"결승전은 그럭저럭 볼만하더군요. 특히나 마지막 일격을 날린 저 아이의 몸놀림은 정말로 훌륭한 수준이었고요."

두 사람은 만족스러운 표정으로 각각의 소감을 입에 담았다.

토모에나 미오나 그럭저럭 즐겁게 관전한 모양이다. 다행이군.

마지막까지 전투라기보다 일종의 구경거리에 대한 소감일 수밖에 없었던 것은 기본적으로 별 도리 없는 일이었다.

상위 용 출신의 토모에와 일종의 자연 재해나 다를 바 없는 취급을 받던 거대 거미 출신의 미오…… 두 사람은 애초부터 휴만조차 아니었다.

그녀들의 관점에서는, 학생들의 전투 기술은 유치원생들의 장기자랑 레벨 정도로밖에 받아들일 수밖에 없었기 때문이다.

좋아, 일단 대기실로 가서 학생들의 수고나 위로하고 올까?

덤으로 일름간드의 상태 또한 조금 신경 쓰이니 그쪽에도 얼굴을 보이는 편이…… 아니, 그냥 관두는 편이 무난한가? 그의 가족들과 마주치기는 솔직히 좀 거북하거든.

……응?

관객석으로부터 일어나 발걸음을 떼려 한 바로 그 순간, 나는 무대 위의 이변을 감지했다.

진 일행이 아직 그 자리에 서 있었다.

그리고 전원이 무기를 든 채로 전투태세를 유지하고 있었다.

일름간드에게 던진 창이 부러진 유노는 맨손으로 자세를 잡고 있다.

방금 전, 시합의 종료를 알리는 심판의 선언이 울려 퍼졌다.

그러나 진 일행의 무기와 시선은, 아직껏 쓰러진 일름간드를 향한 채로 움직이지 않고 있었다.

"무슨 일이지?"

"—도련님, 저 쓰러진 애송이로부터 기묘한 마력이 새어 나오고 있습니다. 감정과 마구잡이로 뒤얽힌 결과, 꽤나 저질적인 취미의 파동을 방출하고 있군요."

토모에가 이변의 정체에 관해 언급했다.

지금의 나는 자신의 특수 능력인 계(界)를 스스로의 능력을 은폐하는데 사용하고 있다 보니 탐색이나 조사, 감지 등의 방면엔 둔한 상태였다.

계를 쓰지 않고선, 나의 그쪽 방면에 관한 능력은 그다지 높은 편이 아니었다.

"하지만 부자연스럽군요. 저 이질적인 마력은 지금 이 순간의 감정뿐만 아니라 저 자의 기억에 들러붙어 있던 오래된 감정과도 이어져 있는 듯한 느낌이 들어요. 마치…… 모든 감정들이 하나가 되려는 듯이 보여요. 꽤나 불쾌한 광경이로군요."

미오는 추악한 흉물을 쳐다보는 듯한 눈빛으로 일름간드를 응시하고 있었다.

그녀가 이질적인 마력이라고 부른 그 힘은 끊임없이 증폭하더니, 강력한 마술을 행사할 때에 한해 발현되는 특징인 스스로의 『색깔』을 띠기에 이르렀다. 마력은 힘을 소유하는 개체에 따라 제각각 조금씩 다른 성질을 지닌다. 『색깔』은 마력의 특성을 대변하는 요소로서 꽤나 오랫동안 연구가 이루어져 왔다. 학원에서도 그에 관해 풍부한 양의 자료를 보유하고 있을 정도였다.

이만큼이나 뚜렷한 색깔을 띠게 된 이상, 나의 눈썰미로도 그의 마력이 지닌 속성과 전체적인 양을 파악할 수 있었다.

일름간드의 마력이 띤 색깔은, 의외로 물 속성과 친화성이 높은 파란색이었다. 게다가 물 속성 중에서도 특히 회복이나 지원에 관련된 술법을 잘 다룰 수 있는 것으로 알려진 옅은 물빛이었다.

참고로 나의 마력은 새까맣게 보일 정도로 진한…… 지금은 별로 상관없으니 그냥 넘어가자.

"저 녀석 본인의 의지로 조절되고 있는 듯한 분위기는 아닌 것 같아. 막아야 하나?"

"글쎄요? 이 대회의 운영 주체는 도련님이나 쿠즈노하 상회가 아닌, 롯츠갈드 학원이니까요. 그들이 알아서 하지 않겠습니까? 그야 틀림없이 기묘한 현상이긴 합니다만……."

토모에가 시치미를 떼듯이 중얼거렸다.

토모에가 중얼거리던 동안, 쓰러져 있던 일름간드가 천천히 몸을 일으키는 동작으로 들어갔다.

그가 보인 동작에 따라 진 일행이 본격적인 전투 진형으로 이행하려 한 바로 그 순간, 무대 밖에 서 있던 아베리아가 세 사람을 향해 큰 소리로 고함을 치는 듯이 보였다.

진 일행은 그녀의 고함소리를 듣자마자 일단 전투태세를 해제하는가 싶더니, 곧바로 무대로부터 뛰어내렸다. 그리고 먼저 내달린 아베리아 일행을 따라 일제히 출입구 쪽으로 자취를 감췄다.

……아하, 대기실로 무기를 가지러 간 건가?

말인즉슨 진 일행은—.

"도련님, 어쨌거나 지금은 적잖이 거북한 상황이 벌어지고 있는 걸로 보입니다. 우리가 한 방 먹었다는 사실을 인정해야 할지도 모릅니다."

예상대로, 시키가 입을 열었다. 리치 출신인 그는, 나의 임시 학원 강사 업무를 보좌하고 있는 몸이었다. 그런 고로, 나의 종자들 중에선 학생들과 특히 관계가 깊은 축에 속했다.

"진 일행은 대기실의 무기로 일름간드에게 대항할 생각인 건가?"

"예. 도련님께서 우승 선물로 강력한 무기들을 준비하셨으며, 이미 각각의 무기들은 대기실에 배달되어 있는 상태라는 사실은 전달이 끝난 상탭니다. 저들의 능력으로 그 무기들의 성능을 확실하게 발휘할 경우, 저 정도 수준의 적은 아마도 어떻게든 처리할 수 있을 걸로 예상됩니다만……."

"저 정도 수준의 적이라? 저 귀족 가문 아드님한테 도대체 무슨 일이 일어난 거야?"

"대단히 위험한 상태, 아니, 정확히 말씀드리자면 이미 때를 놓친 걸로 보입니다. 최소한 몇 달 동안에 걸쳐 투약 등의 수단을 통해 이 현상을 일으킬 수 있도록 몸을 적응시키는 과정을 거친 것 같습니다. 그리고 지금 이 순간, 드디어 때가 온 거지요."

"때가 왔다고?"

역시 본인의 의지로 저 모양이 된 건 아닌 모양이다.

그나저나 저 상태로 용케 학원 측의 각종 진단들을 통과해 왔군. 몇 달에 걸쳐 도핑(?)을 한 셈인데 말이야.

"예. 이미 저 개체는 휴만이라고 부를 수 없는 단계에 이르렀습니다. 변이가 시작된 상탭니다."

"벼, 변이?"

"예. 글자 그대로, 사람으로부터 사람이 아닌 존재로 변하고 있는 단계입니다. 말하자면 저 또한 일종의 변이체였습니다만, 스스로의 소망에 따라 리치가 된 저와 저 개체의 사정은 완전히 다릅니다. 도련님을 만나 뵙기 전, 아주 짧은 기간 동안 휴만과 휴만이 아닌 종족의 경계선에 관한 호기심을 해소하고자 연구를 한 적이 있습니다. 그 당시의 연구 결과로 판단하자면, 아마도 거의 틀림없을 겁니다."

이형(異形)의 존재로 변모 중인 일름간드를 바라보던 시키는, 지극히 태연한 태도로 말을 이어 나갔다.

"도대체 누가, 무슨 목적으로? 호프레이즈 가문은 리미아 왕국의 고위급 귀족이잖아? 적극적으로 그들과 대립하려는 녀석들이 존재한단 말이야? 심지어 이런 식으로 불특정 다수의 사람들이 모여 있는 정식 무대의 한복판에서? 몇 개월 전부터 투약을 할 정도로 철저하게 계획적인 범행으로 보인다는 것도 어딘지 모르게 기분 나빠……."

"저 정도로 높은 수준의 마술과 약물을 사용한데다가 용의주도한 계획을 수립한 걸로 추정된다는 점, 그리고 대상은 휴만입니다. 이러한 상황과 증거로 판단하자면, 이러한 계획을 실행할 가능성이 있는 세력은 단 하나뿐입니다. 정말로 예상이 전혀 안 가십니까?"

…….

시키는 눈앞의 사태를 주도한 범인의 정체가 마족이라고 말하려는 것이리라. 나아가서는, 이 학원에 타인의 얼굴을 빌려 다니던 마족 세력의 장군인 로나 양이 깊숙이 관여한 것으로 추정된다는 말을 하고 싶은 듯이 보였다.

물론 그런 가능성 정도야, 나의 그다지 좋지 않은 머리로도 충분히 짐작이 가고도 남았다.

하지만 그건 있을 수 없는…… 일인 걸로 안다.

왜냐하면—.

◇◆◇◆◇

'라이도우, 일부러 연락해줘서 고마워. 우리가 너희들한테 협력할 수 있는 일이 있는 거야? 혹시 나랑 얘기나 나누고 싶었던 것뿐인가?'

'염화(念話)로 실례합니다. 안녕하세요, 로나 양. 양쪽 다라는 말씀을 드리고 싶은 참이지만, 오늘은 따로 부탁이 있어서요.'

'일단 들어나 보자. 말해 봐.'

'당분간…… 투기 대회가 끝나는 기간 동안만이라도 상관없으니, 로나 양이 롯츠갈드에 파견하신 잠복 중인 마족 여러분들을 도시로부터 물려주시기를 바랍니다. 지금까지는 특별한 문제를 일으키신 적이 없는 관계로 묵인해 왔습니다만—.'

'이유를 물어봐도 될까?'

'가능한 한 묵비권을 행사하고 싶군요.'

'그렇단 말이지? 하지만 오늘 당장 물리기는 힘들지도 몰라…….'

'자세히 말씀드리기는 어렵습니다만, 진이나 아베리아를 비롯한 동급생들을 위한 일이기도 합니다.'

'어머나? 나와 그 아이들은 짧은 기간 동안이나마 같은 강의를 받은 사이야. 좋아, 그런 이유가 있다면야 나로서도 곤란을 무릅쓸 만한 가치가 있어. 그 보답으로 마왕님과 한 번 만나보는 건 어때?'

'……알겠습니다. 언젠가 기회를 봐서 그쪽이 편하실 때를 골라 만나 뵙도록 하지요.'

'우후후, 난 최선을 다해 시간을 만들어 볼게. 네 말대로 롯츠갈드에 잠입 중인 모든 부하들, 아마 열 명 정도였나? 학원제가 끝날 때까지 휴가나 보낼게.'

'열세 분이시죠? 잘 부탁드립니다.'

'……부하들의 머릿수를 틀리다니, 나도 참 상관 실격인 것 같아. 지금 우리 사이를 오간 대화는 부하들 앞에선 비밀로 해줄 수 있겠지? 라 · 이 · 도 · 우 님?'

'물론이죠. 일단 끊겠습니다.'

'그쪽의 요구에 따라 열세 명을 전부 학원 도시로부터 철수시키도록 할게. 하여튼 난 기다릴 테니까 언제든지 마음껏 연락을 줘. 그냥 세상사는 얘기나 나누자는 용건이더라도 상관없어.'

◇◆◇◆◇

"로나 양은 나의 요구에 따라, 투기 대회가 시작되기 전에 이 도시로부터 약속대로 부하들을 철수시켰을 테니 이번 일은 마족의 소행이 아닐 수도 있지 않을까? 게다가 그녀는, 짧은 기간 동안이나마 진이나 아베리아와 함께 공부한 사이야. 그들을 위해선 나에게 협력할 수도 있다는 말을 입에 담을 정도였거든?"

그렇다. 지금 돌이켜 봐도, 그녀는 나에게 상당히 호의적이었다.

로나 양은 나의 편의를 위해, 일시적으로나마 이 도시에 파견한 부하 마족들을 철수시켰다. 그녀로서는 꽤나 받아들이기 어려운 부탁을 들어준 셈이었다.

그런데 그녀가 도대체 무슨 이유로 지금과 같은 상황을 만든단 말인가? 무의미한 짓이잖아?

나의 망설임을 예리하게 감지한 시키가, 서글픈 눈빛으로 나에게 입을 열었다.

"도련님…… 일단 지금의 심정에 관해선 잘 알겠습니다. 하지만 다시 한 번 잘 떠올려 보십시오. 그 계집은 **롯츠갈드에선 아무런 짓도 하지 않는다**고 대답했습니까?"

"아, 아니. 그녀는 나의 부탁을 들어주겠다고 한 것뿐이니…… 그리고 언젠가 기회를 봐서 마왕과 만날 약속을 한 정도야."

틀림없이 로나 양 본인의 입으로부터 『마족들은 이 도시에서 아무 짓도 안 한다』는 말이 나온 것은 아니었다. 나 역시 정확하게 그러한 요구를 한 적은 없었다. 하지만 그녀는 확실하게 나의 부탁을 들어주기로 한데다가, 마왕과 만날 약속까지 잡았다. 거의 의심할 여지조차 없이, 그녀는 나에게 호의적인 반응을 보였다.

"요컨대 설령 이 모든 일들이 로나의 소행이더라도, 그 계집은 도련님과 한 약속을 어긴 것은 아닙니다. 아마도 최소한 로나 본인은 그런 식으로 주장할 겁니다."

……시키의 추측은, 단순한 말장난이 아니었다.

로나 양과 마족들을 믿은 나는, 롯츠갈드로부터 일시적으로 철수해 달라고 부탁했다.

그리고 그녀는 그 부탁을 받아들였다. 그야말로 이보다 더할 수 없이 간단한 얘기였다.

일름갈드가 불순한 움직임을 보이는 가운데, 학원제 중의 롯츠갈드에 더 이상 성가신 문제가 늘어나는 사태를 피하고 싶었던 것이다…….

단기간 동안이나마 진 일행과 함께 강의를 받은 로나 양이, 이만큼이나 간단하게 우리 사이의 신용을 저버렸다는 사실을 믿고 싶지 않았다.

"그런 건 그냥, 순 억지 아니야?"

나는 가까스로, 목구멍으로부터 목소리를 쥐어짜냈다.

롯츠갈드의 상인 길드 대표에게 추궁 당했을 때처럼 불쾌한 기분이 가슴속에 쌓여 가고 있다는 실감이 느껴졌다.

"……도련님과 그 계집 사이에 간단한 계약서 한 장조차 없었던 이상, 모든 것은 결국 말로만 한 약속에 지나지 않습니다. 아무리 편견 없이 마족들과 호의적인 관계를 구축하시더라도, 도련님께선 휴만 종족의 일원일 수밖에 없습니다. 그 의심 깊은 로나가 이제야 서로의 얼굴을 익힌 사이 정도인 도련님께 자신의 모든 참뜻을 밝힐 정도로 신용하고 있을 리는 없습니다. 또한 로나 개인의 감정을 떠나, 마족의 장군으로서도 우리들에게 자신들의 계획을 밝혔다가 방해 공작을 당할 수는 없었던 걸로 보이는군요. 게다가 그 계집은 도련님께서 지니고 계신 실력의 극히 일부와 랄바로 불리던 저의 존재를 파악하고 있습니다. 말인즉슨 지금 일어나려 하고 있는 이 사건은, 아마도 저의 능력과 로나가 예상하는 도련님의 힘 정도로 어떻게든 극복할 수 있는 수준의 건수에 지나지 않는다는 뜻입니다."

"그럴 수가……."

"아울러 로나가 마왕을 알현할 준비를 갖출 마음이 있다는 사실을 강조한 걸로 봐서, 이번 사건은 마족들의 계획을 방해하지 않는 방법으로 평화롭게 암암리에 해결해 달라는 숨겨진 의도가 있을지도 모릅니다."

그날의 지극히 짧은 대화 정도로 이만큼이나 꿰뚫어볼 수 있을 리가 없는데다가, 이제 와서 제대로 계산해 봐도 터무니없다는 느낌밖에 들지 않았다.

직접 그녀와 대화를 나누지도 않은 시키는, 냉정하고도 거침없이 상황을 분석하는 실력을 선보였다.

이제 막 마족들과 관계를 가지거나 교섭하는 것도 나쁘지 않을지도 모른다는 생각을 하던 참인데…….

결국 휴만에 대한 증오로 인해 전쟁을 수행 중인 그들에게, 휴만 종족의 일원인 나의 편에 서달라는 기대를 한다는 것 자체가 잘못된 사고방식이라는 건가?

"듣자 하니, 마족들 또한 꽤나 만만치 않은 족속들인 모양이군요."

나와 시키 사이에 오가던 대화를 묵묵히 듣고 있던 토모에가, 씁쓸한 표정으로 중얼거렸다.

"이 놈이나 저 놈이나 도련님을 이용하거나 속이는 식으로 자신들의 잇속이나 챙기는 쓰레기들인 건 마찬가지!! 용서할 수 없어요!!"

미오는 흘러넘치는 분노를 숨기려는 기색조차 없이, 나를 위해 크게 분개하는 모습을 보였다.

종자 세 사람의 반응은 각양각색이었지만, 나는 아무한테도 대답할 수가 없었다.

……원래 나는 휴만과 제대로 된 관계를 구축할 가능성을 장담할 수 없게 됐을 뿐만 아니라 그럴 자신감이 생기지 않아, 마족들을 상대로 새롭게 대화를 시도해볼 생각이었다.

그런데 지금 와서 돌이켜 보니, 애초부터 지나치게 순진한 생각이었을 수도 있겠다는 느낌이 들었다.

어쨌든, 이런 사소한 배신 정도는 가볍게 넘겨서라도 마족들을 상대로 한 교섭을 계속해야 하나?

"……큭."

말로 표현할 수 없는, 풀 곳을 알 수 없는 분노와 후회 등의 스스로 파악조차 못한 온갖 감정들이 한꺼번에 물밀듯이 밀려들어왔다.

—젠장.

—젠장, 젠장, 젠장, 젠자아아앙!!

나도 알아!

나 자신은 물론이거니와 쿠즈노하 상회까지도!

예상보다 훨씬 넓게 이름이 퍼진 나머지, 수많은 세력들로부터 온갖 간섭이 들어오기 시작한 것 정도는 말이야!

……롯츠갈드처럼 특정한 국가에 소속되어 있지 않은 도시를 근거지로 삼아 자유롭게 사업을 벌여 보겠다는 사고방식은 사실 하

나부터 열까지 완전히 잘못 짚은 거나 마찬가지였다. 그냥 큰 착각 정도가 아니라, 터무니없을 만큼 어리석은 사고방식이었어!

하지만 말이지, 전부 다 최근에 와서야 알게 된 사실들이다…….

이 도시까지 와서 가게를 연 순간, 나와 쿠즈노하 상회는 4대국(大國)은 물론이거니와 마족들에게도 그 존재가 알려지고 말았다.

의도치 않게 일어나 버린 그 현상들에 대응하기는커녕, 나 자신은 휴만이나 상인 길드나 마족들에게 휘둘리다가 정상적인 상인이자 강사로서 활동하는 방법조차 갈피를 못 잡고 있는 상태였다.

나 자신이 선택한 롯츠갈드라는 무대의 넓이와, 그 이면에서 암약하는 자들의 엄청난 숫자에 관한 인식이 지나치게 모자랐던 탓이다.

좀 더 정확히 말하자면, 얕보고 있었다.

이런 상황까지 야기해 버린 지금에 와서, 나의 힘으로 나의 목적을 이룰 수나 있을까?

—망국 켈류네온을 부흥시켜, 나나 쿠즈노하 상회에 관한 모든 것을 그 나라 안으로 숨겨 버리자는 계획을 이룰 수나 있겠냐는 말이야.

아니. 계획의 중심인물들에 해당되는 에바와 루리아, 안스랜드 자매와 얘기가 오간 이상에야 시도 자체를 안 할 수는 없었다.

—여기까지 온 이상, 나의 자신감에 관해 왈가왈부할 때가 아니야.

설마 에바와 루리아에게 각오를 다질 것을 요구한 나 자신이, 이제 와서 그 결정을 스스로 짚고 넘어가야 할 날이 올 줄은 몰랐다.

◇◆ 에바 ◆◇

충격적인, 투기 대회였다.

불과 봄 학기 때까지만 해도 평범한 학생들과 그다지 큰 차이가 없었던 몇 명 정도의 학생들이, 동급생들은 물론이거니와 상급생들조차 가볍게 능가하는 실력을 선보인 것이다.

실력 자체는 있었으나 건강상의 이유로 오랫동안 학원을 쉬던 학생과, 장학생이라는 신분을 지니고 있었으나 최정상급은 아니었던 학생—.

바로 그 두 사람이, 금년도의 패왕과 준우승자였다.

학원제 개최기간 동안, 도서관은 문을 닫는다. 당연히 사서에게도 휴가가 주어지는 관계로, 나는 학원제의 하이라이트인 투기 대회를 보러 온 것이다.

투기 대회 개인전이 끝난 직후의 일이었다. 라이도우가 관객석에서 일어나 돌아가려던 나에게 말을 걸어 왔다.

나와 할 말이 있는 모양이다.

그의 의도는 알 수 없었다. 하지만 나는 그의 말을 거절할 수 있는 입장이 아니었다.

나는 그의 제안을 받아들였다.

그가 지정한 시간대는, 거의 심야나 다름없는 늦은 밤이었다.

나는 약속한 시간에 상회의 뒷문으로 들어가, 2층에 있다는 그의 방으로 향했다. 방에 있을 테니 멋대로 들어와 달라는 말을 들었기 때문이다.

……그가 어떤 요구 사항을 제시해 오건, 두 말 없이 응할 생각이었다.

"라이도우 선생님, 지금 도착했습니다. 들어가도 될까요?"

나는 노크를 한 뒤, 그에게서 대답이 돌아올 때까지 기다렸다. 하지만 그는 공통어를 구사할 수 없는 걸로 알고 있다. 입구인 방문 표면으로 『들어오시죠』라는 글자가 떠오르는가 싶더니 마술을 응용한 자물쇠가 풀리는 소리가 들려 왔다.

마치 마술사의 연구실에라도 발길을 들여놓는 듯한 분위기가 펼쳐지고 있는 가운데, 나는 방문을 밀어 젖혔다.

나의 그의 관계는, 굉장히 명확할 만큼 나에게 지극히 불리한 관계였다. 나는 그에게 많은 것을 바라고 있는 반면, 그는 나에게 바라는 것이 전혀 없기 때문이다.

앉아서 기다리더라도 큰 문제는 없는 입장일 텐데, 그는 일부러 일어나서 나를 맞이했다.

나는 그에게 지금보다 좀 더 중요도가 낮은 취급을 당하더라도 이상할 것은 전혀 없는 입장이었다. 오히려 그런 취급을 받는 것이야말로 자연스럽다는 느낌이 들 정도였다.

[이렇게 늦은 시간에 안내나 호위도 없이 불러들인데 관해선 정말 죄송합니다. 오늘은 종업원들 또한 다들 자리를 비운 관계로, 가게 안의 인원은 저 혼자뿐입니다.]

혼자—.

그 단어를 듣자마자 은근히 긴장이 고조됐다. 아니나 다를까, **그런 의도**로 불러들인 건가?

만약 예상대로일 경우, 나에게 있어선 무척이나 바람직한 전개였다. 드디어 나의 힘으로도 그에게 제공할 수 있는 것이 생겼다는 뜻이기 때문이다. 나의 요구사항에 걸맞은 대가가 될 가치를 발견하는데 성공한 셈이다.

“라이도우 선생님께서 부르실 때는, 전 언제든지 응할 준비가 되어 있답니다.”

[몸 둘 바를 모르겠군요.]

“그건 그렇고…… 오늘 치러진 개인전 말씀입니다만, 담당하신 학생 분들의 우승에 관해선 정말 축하드립니다. 시합이 끝난 직후의 교내는 아수라장이 따로 없었답니다. 도대체 누가 그들을 단련시켰냐는 소리가 사방팔방으로부터 들려왔지요.”

[그들의 재능과 노력 덕분입니다. 당사자를 제외한 그 누구의 공이랄 것도 없습니다.]

“겸손하시군요……. 지금 직원실에선 그들이 선택한 온갖 강의들을 담당한 강사들이 다들 자기들의 공이라는 식으로 손을 드는 지라 몹시 곤혹스러울 지경이거든요. 물론 그들이 공통적으로 받는 강의가 당신의 수업이라는 사실을 알게 될 경우, 나머지 강사들은 입을 다물 수밖에 없겠지만요.”

내가 시프 렘브란트의 우승을 축하해 봤자, 그는 자만하지 않는다. 그저 모든 것은 학생 본인의 실력이라고 대답할 뿐이다.

봄 학기로부터 반년 남짓밖에 안 되는 극히 짧은 기간 동안, 그들로 하여금 괄목할 만한 극적인 성장 곡선을 그리게 한 장본인은 틀림없이 눈앞의 남자였다.

4대국 중 어느 나라가 이 정보를 입수하건, 그를 스카우트하러 오리라는 것은 확실해 보였다. 당연히 임시 강사 따위가 아니라 훨씬 좋은 조건을 제시해 오리라. 만약 그가 그들의 요구에 응할 경우, 나의 그의 접점은 크게 줄고야 말 것이다. 하지만 의아하게도 우리가 그런 상황에 처하게 될 가능성은 전혀 느껴지지 않았다.

아마도 그는, 아무리 좋은 조건을 제시받는 한이 있더라도 특정한 국가에 소속되는 사태만은 회피하려 할 것이라는 예감이 들었다. 그러나 나의 예상에 확실한 근거는 없었다.

[그렇게 되지 않도록, 에바 양께서도 그다지 쓸데없는 말씀은 삼가주시기 바랍니다.]

"물론이지요. 제가 선생님께 누가 될 만한 짓을 할 리가 없습니다."

[그나저나, 오늘 에바 양을 호출한 용건 말씀입니다만…….]

드디어 올 것이 왔다.

나는 여유로운 미소를 지은 채로 그의 다음 대사가 나올 때까지 기다렸다.

[참고로 미리 말씀드립니다. 오늘 일은 루리아에게도 비밀로 해주십시오. 당신과 저 사이의 비밀로 할 것을 약속해 주십시오.]

루리아에게도?

그야 애초부터, 언니가 **이런 짓**을 하고 있다는 사실을 동생에게 털어놓고자 하는 마음은 없었다.

나는 고개를 끄덕였다.

[좋습니다.]

그는 나를 가까이 불러들여, 두 사람밖에 없는데도 불구하고 타인의 눈을 꺼리듯이 조그맣게 글자를 적었다.

"……!!"

나는 자기도 모르게 숨을 죽였다.

그건—.

라이도우가 나에게 제시한 그 제안은—.

예측 따위를 할 수 있을 리가 없는, 나의 속셈 정도는 가볍게 날려버리고도 남을 만한 내용이었다.

아니, 오랫동안 나의 마음속에 맺혀 있던 광기조차 망각시켜 버릴 만큼 충격적인 제안이었다.

"선생님, 아니, 라이도우 님? 지금, 진심으로 이런 제안을……?"

[농담 따위가 아닙니다. 이틀간의 유예기간을 드리도록 하지요. 대답은 내일모레, 바로 이 시간에 부탁드립니다.]

"내일모레?!"

[예. 이런 일에 관해선 길게 고민해 봤자 그다지 큰 차이는 없을 걸로 압니다. 저희 쪽의 형편도 있거든요. 저의 용건은 이상입니다. 오늘은 돌아가시기엔 이미 밤이 너무 늦었으니, 지금부터 아무런 예정도 없으시다면 비어있는 방으로 가서 주무시지요.]

잠깐, 겨우 이틀 만에 이렇게 중대하기 짝이 없는 결단을 하라는 거야?

심지어 동생에게도 비밀로 하라고?

개인적으론 내일 치러질 단체전을 무척이나 기대하던 참이었다.

하지만 이제, 그런 오락거리 따위는 나에게 아무런 의미도 없었다. 시합 관전 같은 짓이나 하고 있을 때가 아니야.

만일의 경우엔 나 스스로 그를 유혹하려던 마음을 먹고 있던 것조차 잊은 채, 나는 상회의 방을 빌려 잠 못 이루는 밤을 지새웠다.

그의 제안은 나의 소원을 확실하게 이루어주겠다는 선언이나 마찬가지였다. 하지만 동시에—.

안스랜드 가문의 이름과 켈류네온이라는 나라의 존재의의—.

그 두 가지를 동시에…… 큰 폭으로 일그러뜨리겠다는 뜻이었다.

◇◆◇◆◇

"라, 라이도우 선생님! 큰일이에요. 시가지에 난리가 났다고요!! 갑자기 나타난 괴물들이 여기저기서 날뛰고 있어요!!"

"고테츠나 쿠즈노하 상회 부근도 심각한 혼란에 빠진 모양이에요!"

루리아와 에바의 목소리가 들려왔다. 두 사람의 목소리를 듣자마자, 큰 소란에 빠진 경기장으로 정신이 되돌아왔다.

목소리가 들려온 방향으로 고개를 돌리자, 숨을 헐떡이면서 무릎에 손을 짚고 있는 안스랜드 자매의 모습이 나의 시야로 들어왔다.

시가지의 상황을 나에게 알려주러 온 건가? 혹은 경기장 안에서 우리가 있는 장소가 가장 안전하다는 판단 하에 발걸음을 옮겼을 수도 있으리라. 어느 쪽이건, 나에게 있어선 좋은 타이밍이었다.

때마침 두 사람에 관해 고민하던 참이거든.

에바 양에게 켈류네온에 관한 얘기를 꺼낸 그날 밤, 사실 곧바로 루리아에게도 같은 얘기를 제안하러 갔다.

두 사람의 결론이 다르지 않을 경우…… 나는…….

시가지에도 괴물들이 출몰하고 있는 모양이니, 더 이상 한심한 자기 자신을 탓할 상황이 아니었다.

일름간드의 몸에 일어난 변이가, 그에게만 한정된 이상사태가 아니라는 뜻이거든.

로나 양…… 로나.

결국, 너는 나를 속인 셈이야.

거짓말을 한 적은 없다거나 자세히 물어보지 않았다든가, 말로만 한 약속이라는 식의 변명은 통하지 않아.

지금의 나에게 너의 그런 헛소리들은 아무런 상관도 없어.

네가 그런 식으로 나오는 이상…… 나 또한 똑같이 나갈 수밖에 없을 뿐이야.

**이번 사태에 마족들은 전혀 관여한 바가 없다**는 명분하에, 눈앞의 소동을 어떤 수단으로 수습하건…… 전부 다 내 맘이란 뜻이지?

—시키의 말마따나 우리 사이의 대화 내용을 돌이켜 보자면, 결국은 어디까지나 나 혼자만 일방적으로 상대방을 믿고 있던 것뿐이라는 결론에 다다를 수밖에 없었다.

하지만 그럼에도 불구하고, 「속았다」는 기분을 억누를 길이 없었다.

"어쨌든, 서둘러 도망치거나 대응하지 않으면 여기도 위험할 거예요, 선생님!"

[에바 양, 일단 진정하세요.]

"하지만!"

"진정하고 있다가 더욱 일이 잘못될 것 같아요, 라이도우 선생님!"

루리아가 주위에 신경을 쓰면서도 필사적으로 나를 재촉해 왔다.

[우선은 오시는 동안 입수한 정보를 말씀해 주십시오. 그리고 시간적으론 조금 이릅니다만, 요전날 밤의 대답을 듣고 싶습니다.]

『……?!』

두 자매가 한꺼번에 숨을 죽이는 기척이 전해져왔다.

그녀들이 초조한 모습을 보일수록, 나는 점점 더 마음의 안정을 되찾기 시작했다.

에바 양과 루리아뿐만이 아니었다.

일름간드가 변이를 일으키고 있을 뿐만 아니라 외부의 소란에 관한 정보가 들어옴으로써, 경기장은 완전한 패닉 상태로 돌입한 듯이 보였다.

변이가 막 시작될 무렵엔 상당히 비현실적인 광경으로 보였기 때문에, 넋을 놓고 있던 이들 또한 적지 않았다. 그러나 지금은 그야말로 벌집을 쑤신 듯한 난리 법석이 일어나고 있었다.

그런데…… 나는 그들과 완전히 반대였다.

오히려 완력으로 해결 가능한 상황일수록, 나에게는 편하게 다가오는지도 모르겠다.

우격다짐에 관해선 어느 정도 자신이 있었기 때문이다.

—자신은 마족들과 싸우다가 호되게 당한 적이 없다. 그런 고로,

그들은 믿음을 줄 수 있는 선량한 이들이다.

그따위 사고방식은 정말 터무니없이 물러터진 발상의 산물이었다.

적의 적은 아군이라고?

이세계에 올 때까지만 해도 그런 말장난은 일종의 속임수에 지나지 않을 뿐만 아니라 현실은 더욱 혹독하다는 생각이나 하던 주제에, 실제로 그런 상황의 당사자가 되자마자 보기 좋게 그 속임수에 넘어가 버린 자기 자신이 믿어지지 않았다.

멍청하군. 정말로 멍청하기 짝이 없는 얼간이야.

다만…….

이번 일이 순수한 교섭이나 사업적인 협상이었을 경우, 돌이키기는 힘들었을지도 모른다.

하지만, 아니야.

지금 당장 일어나고 있는 일은, 다른 무엇보다도 순수한 폭력을 필요로 하는 나의 독무대였다. 말하자면 나나 우리 일행들의 힘이라면 선택할 수 있는 해결 수단은 얼마든지 넘쳐난다는 뜻이었다.

우리의 힘으로 이번 일을 해결하지 못할 가능성은 거의 없었다.

우선 지금 당장, 에바와 루리아의 대답을 듣도록 하자.

그리고 향후의 방침을 결정한다.

나는 아직 약간 혼란스러운 속마음을 숨긴 채로, 평소와 다를 바 없는 라이도우의 표정을 지었다. 그리고 안스랜드 자매가 입을 열 때까지 기다렸다.

### ◇◆ 토모에 ◆◇

도련님께서 마지막으로 그녀들의 뜻을 확인하는 의미를 담아 던지신 질문에, 에바는 고민하려는 기색도 없이 즉답했다.

"물론입니다. 에바라는 이름과 안스랜드라는 가문의 이름부터 시작해서 켈류네온의 토지까지, 그곳으로 돌아가 모든 것을 바로잡는 대가 삼아 선생님께 드리겠습니다. 아무쪼록, 마음껏 사용해 주세요."

[일단 두 분 다 상관없다는 말씀이시군요. 후회는 안 하실 겁니까?]

흠, 가장 중요한 일은 예상보다 수월하게 풀린 셈인가?

"저도 상관없습니다. 이름에 큰 미련은 없는 몸이거든요."

루리아 또한 언니를 따라 고개를 끄덕였다.

도련님께선 두 자매에게 따로따로 질문을 던지셨다는 식으로 말씀하셨다만, 아마도 두 사람은 같은 결론에 다다른 듯이 보였다.

지금껏 두 사람 가운데 동생 쪽은 그나마 현실적인 사고방식을 지니고 있던 걸로 알았다만…… 이제 보니 양쪽 다 안성맞춤으로 어긋나 있었는지도 모르겠군.

루리아의 시선이 은근슬쩍 무대 위로 옮겨 갔다.

……오호, 일름간드 호프레이즈와 인연이 있었나?

도련님께 누를 끼칠 우려는 없을 테니, 크게 신경 쓰지 않아도 상관은 없어 보이는군.

"라이도우 선생님? 루리아에게도 똑같은 질문을 하셨나 보군요. 짓궂으셔라. 만약 저희 둘 중 어느 한쪽이 고개를 가로저었을 때는 도대체 어쩌실 요량이셨지요?"

"정말로요. 그런 구석은 성격이 나쁘신 것 같아요."

두 사람이 입술을 삐문 채로 도련님께 비난의 목소리를 높였다.

[만약 두 분의 의견이 엇갈릴 경우, 두 분께서 그 선택에 관한 기억 그 자체를 잊으시도록 조치할 마음을 먹고 있었습니다. 그런 고로, 이제야 안심이 되는군요. 저 또한 두 분께 약속을 드리겠습니다. 그리 머지않은 시기에, 그날은 반드시 옵니다. 아무쪼록 오늘의 계약을 잊지 마십시오. 일단은 말로만 하는 약속에 지나지 않습니다만, 두 분의 목숨만으론 대가를 치르기 어렵다는 사실을 명심해 주세요.]

후후.

도련님답군.

머릿속에 순간적으로 그 로나라는 마족 계집의 얼굴을 떠올리신 모양이야.

일단 이번 계약의 경우, 도련님께선 두 자매의 소원을 이루어주시는 쪽이시다. 이 녀석들이 배신할 가능성은 거의 없는 거나 마찬가지일 터.

……물론 도련님의 종자인 우리들 또한 도련님에 대한 배신을 용납할 마음은 없었다.

"아아아아아아아오오오오오오오오에에에에에!!"

—시끄럽군.

일름간드였던 물체로부터 불쾌하기 짝이 없는 절규 소리가 들려왔다.

그 추한 몸은 어울리지도 않는 부드러운 물빛으로 휩싸인 채, 이

따금씩 각 부분을 경련시키고 있는 듯이 보였다.

아직껏 그 몸은 안쪽으로부터 팽창을 계속하고 있는데다가, 피부의 색깔은 잿빛이었다. 휴만의 피부 색깔이 아니었다.

이제 드디어, 사람의 형태를 하고 있을 뿐인 정체불명의 물체로 변하고 있군.

아직 변이가 다 끝난 것은 아니지만, 부자연스럽게 늘어난 목 같은 부위는 정말로 이보다 더할 수 없이 역겨운 조형이로고.

이 몸 또한 사람의 모습을 취하고 나서야 이해되기 시작한 관점이지만, 상상조차 되지 않는 괴물의 형태보다 사람에 가까우면서도 결정적으로 사람이 아닌 듯이 아주 약간 어긋나 보이는 이형(異形)이야말로 평범한 이들에게 더욱 더 강한 혐오감을 선사하는 모습일지도 몰라.

이 몸의 환술에도 응용할 만한 가치는 있겠다만…….

"주위의 파티 멤버들로부터도 마력을 흡수하고 있습니다. 아마도 저자들 또한 약물을 섭취하고 있던 모양입니다. 보아 하니 변이가 일어날 정도로 증상이 진행된 경우, 주위의 똑같은 약물을 섭취한 이들로부터 마력을 흡수할 수 있는 구조인 듯합니다. 상당히 효율적인 방법론이로군요."

시키가 담담한 말투로 분석 결과를 고해 왔다.

원래부터 그럭저럭 연구하던 분야라 그런가? 상황을 아주 정확하게 파악하고 있는 모양이야.

"흠. 마력이 가산된다는 것은, 변이한 이들은 부근에 같은 족속들이 많을수록 더더욱 강화된다는 뜻인가? 편리한 수단이로군. 대충 저 장식품과 약을 흩뿌려 놓는 것만으로도 괴물들과 그 먹이들을 동시에 준비할 수 있다는 뜻이야. 게다가 자연스럽게 존재하는 일반적인 마물들보다 강하단 말이지. 주동자의 목적에 따라선 틀림없이 유용한 방법론이야."

시키의 보고를 듣자마자, 이 몸 또한 저 마물에 대해 느낀 바를 입에 담았다.

지금, 도련님께선 혼란에 빠져 계시다. 말하자면 종자인 우리가 최선을 다해 도련님께 상황에 대한 설명을 드려야 한다는 뜻이다.

"저건 먹고 싶지 않군요. 맛없어 보여요."

미오 녀석은 찡그린 얼굴로 일름간드였던 물체를 힐끗 쳐다보는가 싶더니 곧바로 시선을 딴 데로 돌렸다.

이거야 원.

대기실로 달려간 도련님의 학생들은 아직 무대 위로 돌아오지 않았다.

아마도 무기를 입수하면 곧장 얼굴 도장을 찍으러 올 테니, 그다지 크게 신경 쓸 필요는 없으리라.

저 괴물의 변이 속도 자체가 꽤나 느긋하기 그지없다 보니, 시간적인 여유는 남아돌 정도였다.

"시키, 재를 원래대로 되돌릴 수는 있을까?"

……도련님.

그러고 보니 도련님께선 예전에 새롭게 아공(亞空)으로 이주해 온 숲 도깨비들의 특기인 수형(樹刑)을 해제하는 방법을 우리에게 알아보라 하신 적이 있었다. 참고로 수형이라는 기술은 사람을 나무로 만들어 버리는 비법이었다.

지금 우리가 목격 중인 변이 현상과 수형은 상황이나 내막부터 꽤나 다른 계통의 현상으로 보인다만…… 시키는 어떻게 대답할까?

고지식한 태도로 『어렵기는 하나 되돌릴 수는 있을 겁니다』라는 말만 꺼내지 않기만을 바랄 뿐이다.

"어려울 겁니다. 완전히 불가능하다는 식으로 말씀드릴 일은 아니오나, 상당히 성가신데다가 개인적으로도 별로 내키지 않습니다."

크크큭.

썩 괜찮은 답변이로고.

틀림없이, 우리의 능력으로 완전히 불가능한 작업은 아니었다.

도련님께서 힘을 보태실 경우, 오히려 불가능할 리가 없는 작업이었다.

하지만…… 그런 짓을 해봤자, 성가신 일들만 늘어날 뿐이다. 지금의 도련님이나 우리에게 단 한 치의 가치조차 없는 행동이었다.

시키 녀석, 말을 참 잘 하는군.

특히 내키지 않는다는 말은, 도련님께 이보다 더할 수 없이 효과적인 한 마디였다.

"알았어. 토모에, 아공의 몬드를 불러 들여. 라임과 일시적인 콤비를 결성시켜, 아쿠아 일행을 지휘하는 역할과 시가지의 소동을 진압하는 역할을 맡기자. 그리고 동시에 괴물들을 몇 마리만 샘플로 포획해 오라고 해. 그걸 위해선 수형도 쓰도록 해. 미안한데, 샘플을 운반하는 작업의 감독까지 맡아줄 수 있을까?"

"……명을 받들겠습니다."

롯츠갈드 출장 중인 숲 도깨비와 엘더 드워프들의 머릿수를 확인해야 겠군…… 흠.

그리고 라임과 몬드에게 우두머리의 역할을 수행하도록 명하자마자, 도련님의 지시 사항을 전달했다.

일단 지금은 『만일을 위해』 본격적인 행동으로 옮기는 것은 대기시켜야 하는 상황이었다.

그나저나…… 도련님께선 정말로 『자신과 가까운 이들에게는』 이보다 더할 수 없이 다정하신 분이로고.

아공의 주민들이 만일의 경우에 한해 이번 일에 준하는 위기를 당할 때를 대비한 예방 수단을 준비하시려는 의도인 것으로 보였다.

샘플을 포획함으로써 기본적인 대책을 가다듬고자 하시는 모양이야.

"도련님, 라임 일행으로부터 상회에 진열 중이던 상품들과 점포의 재고들은 남김없이 철거한 상태니 따로 신경 쓰실 필요는 없다는 보고가 올라왔습니다."

"그렇군. 듣던 중 반가운 소리야. 좋아, 일단 시키는 학생들을 돕도록 해. 아무리 변신해 봤자 본판은 일름간드니까, 시키의 실력으로 문제없이 처리할 수 있겠지?"

"물론입니다. ……외람되오나 지금 하신 지시에 개인적으로 조금 덧붙이고 싶은 부분이 있습니다. 현재 상회에 근무 중인 종업원들의 부족한 인원수로는 도시 전체의 비상사태에 대처하기는 어렵지 않겠습니까?"

일리가 있는 말이군. 사실 우리가 도시 전체의 상황에 대처할 필요는 없지 않나 싶기도 하지만 말이야.

과연 도련님께선 어떻게—?

"……그 말이 맞아. 추가로 미스티오 리자드들까지 불러들이자. 하지만 이 도시의 주민들이 변이체로 착각할 지도 모르니, 상황을 설명할 수 있는 인원과 동행시킬 필요가 있겠군. 학생들은 함께 훈련한 적도 있으니 아마—."

……좋지 않은 흐름이로고.

도련님, 그런 방법으로는 결국 또 아무런 대가도 없이 저들의 위기만 구원하시는 셈입니다.

유감스럽게도 휴만이라는 자들은, 자신들을 구원한 구세주라는 존재를 반드시 우러러 받들기만 하는 족속은 아니올시다. 만만하게 보이는 존재를 단순히 자신들의 편리한 도구로 취급하려는 마음을 먹기 쉬운 어리석은 본성을 타고난 생물들이랍니다.

"알겠습니다."

시키가 도련님의 지시에 고개를 끄덕였다.

이 녀석은 혹시, 오랜 시가지 생활로 인해 도련님보다 더욱 강하게 휴만들의 영향을 받은 건 아니겠지?

도련님의 너무나 다정한 사고방식을, 바람직하고도 올바른 방향으로 인도하는 것이야말로 이 도시까지 따라온 네가 맡을 역할일 텐데 말이야.

"그리고 미오와 시키가……."

"도련님."

"응? 뭔데, 토모에?"

지금 도련님께선 입으로나 겉으로 보이는 사고방식으로나, 휴만이나 마족을 간단히 믿을 수 없다는 태도를 보이기 시작하셨다. 그러나 마음속 깊은 곳에선, 변함없이 부드럽기 그지없는 도련님이실 뿐이셨다.

이 몸 역시 도련님의 본성을 고의적으로 바꾸고 싶지 않은데다가, 그럴 의도 또한 털끝만큼도 없었다.

하지만 그로 인해 도련님을 이용하고자 수작을 부리는 작자들을 일일이 짓밟고 다니기도 성가셨다.

지금은 이 도시의 혼란스러운 상황을 우리에게 유리하도록 이용하는 것이야말로 최선책일 터.

"이건, 보는 관점에 따라 그야말로 멋진 상황이라고 봅니다!"

"……뭐?"

"시대극으로 비유하자면, 이야기의 하이라이트나 다름없습니다! 이 위기를 극복하는 방식에 따라 그 직후의 대단원이 좌우되는 상황으로 보이는군요. 그렇고말고요."

자신의 취미를 약간 섞어, 도련님께 의견을 제안해 보도록 할까?

"아니, 잠깐? 그 말은, 지금부터 멋진 칼부림 장면을 연출할 방법을 의논하자는 거야?"

"대충 말씀드리자면, 거의 그런 셈입니다. 마족들이 꾸민 계략으로 인해 시가지는 혼란의 도가니 속으로 빠져든 상태입니다. 지독하기 짝이 없는 상인들이나 귀족들은 물론, 선량한 백성들뿐만 아니라 우리들과 사소하게나마 인연을 맺은 이들 또한 그 소용돌이에 말려들어 있습지요. 그리고 다른 세력들이야 어찌됐건, 오직 우리들만은 현재의 상황을 자신들의 재량으로 완전히 제어할 수 있는 입장에 서 있습니다."

"……."

"말인즉슨, 우리가 원하는 결과에 따라 내키는 곳으로 가서 칼부림을 할 수 있을 뿐만 아니라 감사까지 받을 수 있다는 뜻이올시다. 보답 또한 원하는 대로 골라잡을 수 있고요."

가능한 한 쾌활한 표정으로, 단숨에 말을 마쳤다.

도련님께선…… 뭐, 예상대로 뜬금없이 무슨 허튼 소리냐는 표정을 짓고 계시는군.

이 정도의 방법은 고려하실 만큼 화가 나셨던 걸로 아는데 말이야.

그렇기 때문에 더더욱, 지금은 좋은 기회였다.

"에, 에치고야(越後屋)[#1]에 버금가는 토모에야(巴屋)냐? 도대체 뭘 어떻게 해야 그런 식으로 사악한 표정이 지어지냐?"

"껄껄껄. 이 몸 역시 도련님을 핍박한 이 도시의 상인 부스러기들에게 약간이나마 화가 나 있었단 말입지요."

아주 사소한 수작을 부릴 만한 각오는 필요할 정도로 화가 나 있던 것은 틀림없는 사실이올시다.

정말로 아주 사소한…… **이 도시의 생물들 가운데 몇 할 정도가 죽는 정도**의 수작질은 필요할 걸로 여겼거든.

"잠깐만요, 저도 토모에와 의견이 같습니다. 저는 진심으로 도련님의 적들을 모조리 짓이겨 버리고 싶을 만큼 화가 나 있거든요. 특히 유력한 상인 패거리들은 지금의 혼란을 틈타 몰살시켜

---

**#1 에치고야(越後屋)** 일본 시대극에 등장하는 악덕 상인의 대명사. 사실 에치고야라는 명칭 자체는 시대극보다는 CF나 콩트 프로그램에 더 많이 등장한 편이며, 딱히 특정 상표를 모델로 삼고 있는 것은 아니다. 주로 탐관오리와 세트로 등장해서 「에치고야, 네 녀석도 제법 못됐군」「나리 정도는 아닙니다」라는 대화를 나누다가 주인공에게 걸리는 것이 일종의 클리셰.

버리고 싶어요."

미오—.

넌 왜 항상 그 모양으로 솔직하단 말이냐?

이 몸과 같은 의견이라는 식으로 손을 들지 마라. 네가 그런 식으로 나오니 이 몸까지 피바다를 즐기는 악당 같지 않나?

"일단 기본적인 행동 방침이라는 측면으로 따지고 들어가자면…… 에바와 루리아는 여기 있는데다가, 진이나 아베리아 일행 또한 이곳에 있습니다. 우선 여기서 일름간드를 진압하여 안전을 확보하시는 것이 최선책인 줄로 압니다. 그런 식으로 최소한의 의무를 완수하신 다음, 상회의 이익을 추구하기 위해 정말로 향후의 도련님께 필요한 장소들만 골라 구원의 손길을 선사하시는 것도 나쁜 방법은 아닌 것 같습니다."

시키—.

역시나 학원의 피해에 관해선 무의식적으로 민감한 모습을 보인단 말이지. 원래 휴만 출신이라는 점을 감안하더라도, 약간 주의가 필요할 것 같아.

"마구잡이로 나돌아 다니지 말아야 우리한테 유리하다는 뜻이야?"

"예. 앞으로 상인들로부터 들어올 온갖 요구 사항이나 기타 등등의 간섭 등에 관해서도, 이번 소동의 피해가 확대될수록 움직임이 지연될 것으로 예상됩니다. 확실하게 장담할 수 있는 사항은 아닙니다만, 우리를 적대시하는 대규모 상회들 가운데 일부 정도는 이번 기회에 사라져줄지도 모릅니다. 규칙적으로 조직화된 상회들이 사라지기를 기대하는 것은 어렵겠습니다만, 커다란 상회들 중에서도 한 사람의 강력한 대표자에게 기대는 방식으로 성장해 온 곳은 생각보다 많은 편입니다. 어찌됐건, 피해를 최소한으로 억제하고자 이 도시를 위해 최선을 다한다는 대의명분을 고지식하게 실행한다는 것은 그다지 좋은 선택이 아닙니다. 일이 그렇게 될 경우, 오히려 그자들의 우리에 대한 취급은 한층 더 악화될 수도 있습니다."

"제 말이 그 말이에요! 도련님을 공격하려던 멍청이들과 시기하던 쓰레기들을, 닥치는 대로 증거조차 남지 않도록 몰사—!"

"미오, 너는 잠시만 입을 다물고 있어라."

미오는 언제까지나 변함이 없군. 실제로 상당히 훌륭한 축에 들어가는 해결 방법 가운데 하나긴 하다만…….

물론 쿠즈노하 상회가 야쿠자의 길을 가로질러 나아갈 각오가 필요하다는 전제조건이 붙지만 말이야.

그런 고로, 이번엔 선택할 수가 없는 방법이었다.

"으음……. 이대로 단숨에 도시를 구원해 봤자, 나와 쿠즈노하 상회의 상황은 별로 호전될 리가 없다는 건가……."

"귀빈들로부터 강사로서의 기량에 관한 높은 평가를 받게 될 경우, 상황은 오히려 악화될 뿐입니다. 각국의 뜨거운 주목을 한 몸에 받게 되는 셈이니까요."

"크."

"이번엔 해결사[#2] 식의 분위기로 가고자 합니다. 단순한 권선징

---

**#2 필살 해결사 시리즈(必殺仕事人)** 1979년부터 방영된 일본의 시대극 시리즈. 다른 시대극들과 달리, 은근히 어두운 분위기가 특징이다.

악으로 잘라 말할 수 없는 거동에도 하나의 멋이 있는 줄로 압니다, 도련님."

"……구체적으로 뭘 어쩌자는 거야?"

이런 식으로 말씀을 드릴 경우, 도련님께선 항상 우리의 말에 귀를 기울여 주신다.

그런 고로, 이번엔 상인이나 귀족들보다 먼저 우리의 의견을 말씀드려야 한다.

만일의 경우가 벌어졌을 때는 나중에라도 얼마든지 꾸중을 들을 준비가 되어 있으니, 지금은 일단 너그러이 넘어가 주십시오.

"별거 아닙니다. 정의의 사자와 같이 시원하게 이 소란을 진압하시는 겁니다!!"

"……이봐. 그건 완전히 8대 장군[#3]님이나 어르신[#4] 같은 노선이잖아?"

"……다만."

"응?"

"정의의 사자와 같이 움직이셔야 할 시점은, 그럭저럭 피해가 확대되어 주민들과 시가지에게 절망이 차오르기 시작할 즈음입니다."

"어, 지금 당장 움직이지 말라는 소리야?"

"지금 당장 움직여 봤자 단순히 시간을 되감는 거나 다를 바 없습니다. 이번 사건이 없었던 일로 치부되어 평화가 돌아와 봤자,

---

**#3 8대 장군 요시무네(八代將軍吉宗)** 1995년 방송된 일본의 대하드라마. 에도 막부 8대 장군인 도쿠가와 요시무네의 일대기를 그린 드라마.

**#4 미토 고몬(水戸黃門)** 본명은 도쿠가와 미츠쿠니. 도쿠가와 이에야스의 손자이며 초대 미토 번주인 요리후사의 아들. 일본의 암행어사 박문수와 같은 이미지의 인물로 시대극의 단골 소재로 유명하다. 여기서는 해당 인물이 등장하는 드라마를 가리킨다.

아무도 도련님께 감사할 일은 없습니다."

"어, 그야 그렇겠지."

"이 도시 전체가 아픔을 알게 되어 각오를 다진 뒤, 진심으로 구원을 청하기 시작할 무렵부터…… 움직이시는 겁니다. 한없이 인명을 존중하면서도 보답을 요구하지 않는 방식으로, 어디까지나 주민들을 위해 활동하시는 거지요. 피해를 입은 일반인들에게 물자를 제공하실 필요도 있을 겁니다. 이미 잃어버린 것들을 애도하시면서, 지금부터 잃어버릴 가능성이 있는 것들을 구하십시오. 어쨌든 그런 식으로 이 도시의 주민들을 쿠즈노하 상회의 편에 서게 만들어 버리는 겁니다. 도시가 평화를 되찾은 이후로 우리를 공격하려던 상인 부스러기들이 살아남더라도, 그 녀석들은 쿠즈노하 상회의 전투 능력과 위기 처리 능력을 자신들의 두 눈으로 직접 목격하게 될 겁니다. 아무리 시비를 걸고 싶다 한들, 정상적인 상인들로서는 압도적인 힘을 지니고 있을 뿐만 아니라 주민들의 일방적인 지지까지 얻은 상회를 적으로 돌릴 마음은 먹을 수 없을 겁니다."

"……습격을 받아 절박한 위기에 몰린 이들을 구해야 기억에 남기 쉽다는 건가?"

"아무도 모르게 움직여 봤자, 아무도 도련님께 감사하지 않을 겁니다. 그것이야말로 휴만 종족이 건설한 세계의 상식입니다. 무척이나 유감스러운 현실이지만 말입니다."

"움직이는 타이밍에 따라서 굉장한 비난을 받을 수도 있는 작전이라는 느낌이 드는데……."

“세세한 조율에 관해선 이 몸에게 맡겨 주십시오. 최고의 시기를 골라 고하겠습니다!”

“……미오는? 어떻게 생각해?”

미오, 아무리 너라도 모를 리는 없을 거다. 여기서 쓸데없이 발목을 잡지 마라.

“저는 역시, 걸리적거리는 훼방꾼들은 모조리 제거해 버리는 거야말로 가장 후환이 안 남는 방법이라는 생각이 들어요. 하지만…… 도련님께서 앞으로도 이 도시를 평범하게 근거지로 삼으신다는 전제하에…… 토모에의 방법은 나쁘지 않게 들립니다. 일단 지금 말씀만 들은 바로는, 이 도시의 주민들은 그럭저럭 공포를 맛보다가 목숨까지 잃게 될 테니까요. 시건방진 이 도시의 상인 놈들을 직접 죽이지 못 하는데 관해선 분한 마음을 금할 길이 없습니다만, 도련님께서 이 작전을 받아들이시더라도 참을 수는 있습니다.”

“그, 그렇구나.”

좋아. 미오와 도련님은 거의 동시에 넘어온 거나 마찬가지군.

이제 남은 건 이 몸의 머리로 큰 그림을 그릴 뿐이야!

“어떻게 생각하십니까, 도련님?”

“나도 나쁘지 않은 것 같다고 생각해. 하지만 마족들은 어쩔 건데? 멋대로 해결해 버렸다는 소리가 먹혀 들어갈까?”

“완전히 마족들의 진영으로 넘어갈 생각이실 때야 좋지 않습니다만…… 도련님께 딱히 마족들의 편을 드시려는 마음은 없지 않습니까?”

그러고 보니 그렇군. 아직 그 녀석들이 남아있었다.

"뭐, 대충 그런 셈이지. 일단 켈류네온 정도는 가능한 한 평화적으로 손에 넣고 싶은 참이지만 말이야."

"이 몸의 조사 결과에 따르면, 그곳은 그다지 중요한 취급을 받고 있진 않더군요. 휴만들이 방치하고 간 요새를 재활용한 진지에 평균적인 숫자의 마족들이 주둔하고 있는 걸로 보였습니다만, 결국 그 정돕니다. 이번 사건에 관해선 우리가 그 녀석들의 계획을 몰랐다는 식으로 시치미를 떼시는 것만으로도 그다지 큰 문제는 되지 않을 것으로 사료됩니다."

이 몸의 말을 듣자, 잠자코 우리의 대화를 듣고 있던 에바와 루리아가 영문을 알 수 없다는 식으로 두 눈을 깜빡였다.

이 땅에서, 아니, 휴만 종족이 보유한 정보망으로 마족의 세력권 아래로 들어간 켈류네온의 현재 상황을 파악할 수 있을 리가 없었다. 그런 고로, 그녀들의 반응은 지극히 자연스러운 것이었다.

"이 소동을 진압한 다음, 로나가 나한테 연락을 시도해 올까?"

"아마도 틀림없이 올 겁니다. 어떤 식으로 결판을 짓건, 연락 자체는 분명하게 올 수밖에 없습니다. 그리고 겨우 이 정도로 마왕과 알현하신다는 약속이 취소될 리도 없을 겁니다."

마족은 힘을 최고의 가치로 숭상하는 종족이다.

그들이 이 작전에 얼마나 큰 기대를 걸고 있건, 도련님께서 그 계획을 말끔히 제압하심으로써 도련님의 힘에 대한 관심은 오히려 더욱 고조될 수밖에 없으리라.

그렇지 않아도 불리한 전쟁을 수행해야 하는 그 자들은, 최대한 신속하게 불안요소의 정체를 밝히려 할 것이 틀림없었다.

유능한 자가 권력을 지니고 있을 경우엔 더욱 확실하게 그런 식으로 움직일 수밖에 없었다.

"좋아. 토모에의 타이밍에 따라 본격적으로 움직이자."

"도련님? 저에게 잠시만 시간을 주실 수 있으시겠습니까?"

"어, 시키? 뭔데?"

"한 가지, 짚고 넘어가야 하지 않을까 싶어서요. 도련님께선 지금, 상황을 어찌하기 이전에, 누구를, 무엇을 지키고자 하십니까?"

도련님께서 도시가 입을 피해를 간단히 받아들이신 것이, 시키에게는 굉장히 아슬아슬한 사고방식으로 보인 건가?

쓸데없는 소릴 지껄인다는 느낌은 들었으나, 이 녀석 나름대로 도련님께 후회를 시키지 않기 위해 고심한 결과로 보였다.

속이 뻔히 들여다보이다 보니 말릴 수도 없군.

"누구를, 무엇을, 지키려 하냐고……?"

도련님께선 시키의 말에 순간적으로 망설이시는가 싶더니, 혼자서 골똘히 생각에 잠기셨다.

이미 경기장 안의 인기척은 거의 자취를 감춘 상태였다. 오직 우리들만이 느긋하게 이야기를 나누고 있었다.

—도련님의 머릿속을 들여다보자, 수많은 인물들의 얼굴이 떠올랐다가 사라지는 과정이 되풀이되고 있었다.

결국 어렴풋하게 모습이 남은 몇 사람과, 뚜렷하게 모습이 남은 몇 사람의 얼굴이 도련님의 마음에 비쳤다.

역시 예상대론가?

도련님께선 질병이나 저주로 인해 무고한 인명을 잃는 것을 슬퍼하신다. 하지만 사고나 전쟁으로 인한 희생자에 관해선…….

아니, 지금은 도련님의 마음속으로 깊숙이 파고들어갈 때가 아니야.

본인의 마음을 이만큼이나 속속들이 보여주시는 도련님을 상대로, 지나치게 주제넘은 짓이로고.

도련님께서 지키고자 하시는 대상은 지금 담당하고 계신 학생들과 렘브란트 가족, 그리고 가게의 단골들 몇 명 정도가 다였다.

이해득실에 직결된 이들만을 지키려는 것도 아니었으며, 감정적으로 친밀한 이들만을 지키려는 것도 아니었다.

음?

바로 그 렘브란트가 다가오고 있군.

"도련님, 렘브란트가 이곳으로 접근해 오는 중입니다. 저길 보시지요."

한동안 생각에 잠겨 있던 도련님께 말을 걸었다.

경기장 무대 쪽으로 시선을 돌리자, 학생들 또한 한데 모여 본래의 모습은 온데간데없이 잿빛의 거인으로 변신한 일름간드를 마주 보고 있었다.

이제 곧 시작될 분위기로군.

그리고 렘브란트와 그 아내의 얼굴을 확인한 도련님의 감정이 약간 온화한 분위기를 띠었다.

얼굴 표정에도 부드러운 미소가 떠올라 있었다.

……렘브란트 따위가 걱정할 정도로, 도련님은 나약하지 않다.

오히려 지금의 도련님을 걱정할 필요가 있을 만한 위험한 사태는, 이 몸의 머리로도 거의 상상이 되지 않았다.

하지만 아는 것이 없는 렘브란트가 지은, 도련님의 신상을 걱정하던 거짓 없는 표정이 도련님의 마음에 평화를 불러들였다.

까닭을 알 수 없었으나, 도련님에 관해서 아는 바가 거의 없는 저 남자가 아주 약간 부럽게 느껴졌다.

그리고 아마도 미오 또한 이 몸과 같은 감정을 느끼고 있는 걸로 보였다.

어렴풋하게나마 이 몸과 똑같은 눈빛으로 도련님에게 달려오던 렘브란트를 바라보고 있었다.

우리의 주인께선 지금은 아직 어리숙할 뿐만 아니라, 너무나 간단히 상처를 입으신다.

그럴 때마다 우선 여유롭게 웃으실 수 있는 상황을 조성하는 것이야말로, 우리가 수행해야 할 가장 중요한 역할 가운데 하나였다.

이 몸 또한 아직 정신 수련이 모자라군.

하다못해 도련님께 제안한 정의의 사자 작전만이나마 최선을 다해 수행하기로 하자.

◇◆◇◆◇

롯츠갈드를 무대로 변이체 소동이 일어나기 얼마 전의 일이었다.

휴만 대 마족 전쟁의 가장 중요한 요충지에 해당되는 스텔라 요새에서 이루어지고 있던 중대한 작전을 앞둔 마지막 회의 자리였다.

그녀치고는 흔치 않게 회의 도중에 자리를 뜬 마장(魔將) 로나는, 결국 회의가 끝날 때까지 되돌아오지 않았다. 그리고 요새 밖으로 나아가, 머나먼 저편을 응시하고 있었다.

장소는 요새의 외곽 벽에 설치된 전망대였다. 비상시엔 궁수나 마술사들이 적들에게 공격을 감행하기 위해 진을 치는 그곳은, 평상시엔 병사들의 휴식처로도 이용되는 장소였다. 병사들이 훈련 중인 이 시간엔, 아무도 있을 리가 없는 장소였다.

"설마 작전 회의가 한창일 때 자리를 뜰 줄은 몰랐다. 소피아와 비슷하게 노는구나, 로나."

스텔라 요새에 상주중인 또 한 사람의 마장인 이오가, 전망대에서 있던 로나의 등 뒤로 다가와 말을 걸었다.

그럭저럭 오랫동안 서로 알던 사이일 뿐만 아니라 현재는 스텔라 요새를 근거지로 삼아 동고동락하고 있는 만큼, 그에게는 로나가 있는 장소가 예상이 된 것으로 보였다.

"웃기지도 않는 농담이야. 그 정체를 알 수 없는 전투 중독자랑 똑같이 취급하지 말아줄래? 그보다 이오, 네가 할 준비는 잘 진행되고 있겠지?"

"당연한 소리 마라. 그건 그렇고, 방금 전엔 누군가와 염화를 시작한 것으로 보였다만?"

"넌 정말 눈치 하나는 귀신 같이 빨라. 여자들이 하는 염화에 쓸데없이 신경 쓰는 남자는 미움 받을 거야. 얼마 전 보고한 라이로우로부터 걸려온 직통 염화였어. 롯츠갈드 일로 좀 말썽이 날 줄 알았는데, 꼭 그렇지만도 않은 것 같아. ……미안해. 나로서는 롯츠갈드의 라이도우를 도저히 무시할 수가 없었거든."

"나의 몸과 마음은 폐하와 국민들에게 남김없이 바쳤다. 여자들로부터 어떻게 보이건 아무 상관없다. 라이도우와 관련된 건수는 작전에 영향을 줄 만한 일인가?"

롯츠갈드와 라이도우라는 이름에 마장인 이오가 우려스러운 표정을 지었다. 라이도우라는 이름은 로나로부터 보고가 올라온 경계 대상으로서, 마족의 고위 간부들에게도 그럭저럭 알려진 상태였다. 유력한 협력자가 될 가능성도 없지 않아 있다 보니, 즉시 적대할 것을 결단할 수 없는 인물로도 알려져 있었다.

"작전에 큰 영향은 없어. 롯츠갈드에 잠입 중인 우리쪽 인원의 숫자를 정확히 파악당한 일로 조금 신경에 거슬렸을 뿐이야. 그것 말고는 부하들의 무능함에 기가 막힌 것 정돈가? 해야 할 일은 다 끝났으니, 더 이상 부하들을 잠입시켜 놓을 필요도 없어."

몸을 돌린 로나가, 지금껏 팔꿈치로 짚고 있던 곳에 기댄 채로 이오와 마주봤다.

"롯츠갈드로부터 인원을 철수시키라는 건가? 그가 우리의 움직임을 알아차렸는지도 몰라. 그리고 그의 조건을 받아들인 걸로 보인다만, 이대로 계획을 강행하는 것은 그의 요청을 무시하는 거나 다름없지 않나?"

"그 아이가 마족 진영으로부터 정보를 입수할 수 있는 수단은 나 말고는 전혀 없는 걸로 알아. 그리고 나는 그 아이로부터 부하를 물려달라는 부탁을 받았을 뿐이야. 내가 여기서 무슨 짓을 하건, 방금 그와 한 약속을 거스르는 건 아니잖아?"

로나는 눈웃음을 지은 채로, 입꼬리를 크게 올려 웃는 얼굴을 만들어 보였다. 계략을 꾸미는 그녀의 표정은 일부 지인들로부터 매력적이라며 높은 평가를 받았으나, 순수한 무인 기질의 이오가 볼 때는 그다지 바람직한 얼굴은 아니었다.

"……너는 정말 불쾌한 여자로군. 라이도우에게 동정심이 들 정도야."

"칭찬하는 말로 받아들일게. 당연히 알고야 있겠지만, 나는 이번에 모든 걸 결판 지을 생각이야."

"굳이 말할 필요도 없다……. 히비키…… 리미아의 용사가 예전보다 더욱 강력한 힘을 손에 넣어 오건 말건, 나의 주먹으로 쳐부술 뿐이다."

네 개의 팔을 지닌 거인은 반년 만에 만나게 될 적의 성장을, 오히려 기대하고 있는 듯한 표정을 짓고 있었다.

"반지는?"

"물론 초기 시범 제작 모델로부터 중기 시범 제작 모델로 변경한 상태다. 다른 이도 아닌 바로 그 여신이 하는 짓이다. 일단 이번까진 거의 틀림없이 힘을 봉인할 수 있을 걸로 예상되는군. 그리고 앞으로 똑같은 작업을 몇 번만 되풀이하더라도—."

"마왕님의 계책에 의해, 휴만 종족은 확실하게 황야까지 철수할 수밖에 없을 거야. 그리고 우리 마족들은 풍족한 토지와 정령의 가호를 손에 넣어 진정한 최고의 전성기를 맞이할 뿐이지."

여신의 힘을 봉인하는 반지는, 이미 마족들의 손에 의해 완성된 상태였다. 다만, 한 차례의 사용만으로도 여신 진영으로부터 대응 방안이 나올 가능성이 없지 않았다. 그런 고로, 마족들은 일전의 스텔라 요새 공방전에서 용사들을 상대로 초기 시범 제작 모델을 사용하여 여신의 힘을 봉인하는 성능을 확인한 것이다. 그 성과를 확인한 마족들은, 다음 전투에 초기 모델에 대한 대책을 무효화시킬 수 있는 중기 모델을 투입할 예정이었다. 마족 진영에 가담한 불과 흙의 상위 정령으로부터, 초기 모델 반지의 존재를 파악한 여신의 대항 수단을 전해들은 결과에 입각한 전술이었다.

아울러 휴만들로 하여금 확실하게 초기 모델 반지에 대한 대항 방안을 강구하도록, 반지의 존재를 사전에 일부의 휴만들에게 누설함으로써 그 정보가 여신의 귀로 들어갈 수 있게 정보를 조작하는 과정까지 거쳤다.

용의주도한 마족 진영의 덫이, 휴만들에게 점점 가까이 다가가고 있었던 것이다.

2

“라이도우 님, 찾아다녔다네! 자네가 무사해서 다행이야.”

렘브란트 씨가 나의 어깨를 토닥거리면서 입을 열었다.

[두 분이야말로 무사하셔서 다행입니다. 쓸데없는 걱정을 끼친 것 같아…… 정말 죄송합니다.]

방금 전, 종자들로부터 나온 제안을 받아들여 자신에게 유리한 진압 절차를 밟기로 한 마당이다 보니 자기도 모르게 사죄의 말이 입을 박차고 나왔다.

"사과할 필요는 없네. 나로서는 다시 자네의 얼굴을 볼 수 있게 되어 안심될 뿐이야."

렘브란트 씨의 다정한 말이 나의 가슴에 꽂혀 들어왔다.

[……저 또한 두 분께서 건재하신 모습을 보고 막 안심한 참입니다. 정말로 다행입니다.]

방금 전과 비슷한 대사를 되풀이하고 말았다. 두 사람의 얼굴을 똑바로 쳐다볼 수가 없다. 나로서는 고개를 숙인 채로 그런 대사를 전달하는 것 정도가 고작이었다.

"……사실 우리는 아직 정확한 상황을 파악하지 못 하고 있다만, 혹시 라이도우 님은 짐작이 가시나?"

[저희들로서도 이변의 발생으로 인해 괴물이 날뛰고 있다는 정도의 정보밖에 입수하지 못한 상태입니다. 시프 아가씨와 유노 아가씨는, 동급생들과 함께 저 일름간드 군이었던 괴물을 처리할 생각인 걸로 보이는군요.]

나에다가 토모에와 미오, 그리고 시키의 존재로 인해 안심감을 느끼고 있는 걸까?

이런 비상사태임에도 불구하고, 렘브란트 씨는 굉장히 침착해 보였다. 그 점에 관해선 부인 또한 마찬가지였다.

담력이 강한 상인들은 이런 상황 하에서도 냉정하고도 합리적으로 사태를 판단하거나 정리하는 능력을 갖추고 있는지도 모른다.

"과연…… 라이도우 님의 능력으로도 정확한 상황은 파악이 안

된단 말인가? 요컨대 여러모로 섣불리 움직이기 어려운 상황이라는 뜻이로군……. 갑자기 염화라는 수단이 떠올라 하는 말인데, 쿠즈노하 상회의 종업원들은 전원이 염화를 습득하고 있는 걸로 알고 있네. 비상시에도 은밀한 연락이 가능하다는 것만도 몹시 믿음직스럽군……. 그런데, 딸들이 저 괴물을 처리할 생각으로 보인단 말이지—."

렘브란트 씨는 여러 차례에 걸쳐 고개를 끄덕이면서 필담의 내용을 곱씹고 있는 듯이 보였다. 그러나 그는 시프와 유노의 동향에 관해 생각이 미치기 시작하자마자 뚜렷하게 정상적인 판단력을 상실하기 시작했다.

"아니?! 라, 라이도우 님?! 처리한다는 건 정확히 무슨 뜻인가?"

방금 전까지 보이던 냉정하고도 침착한 모습은 온데간데없었다. 그는 소리 높여 비명에 가까운 고함을 지르더니, 주위를 조급하게 나돌아 다니며 혼잣말을 중얼거리기 시작했다.

……딸들이 싸운다는 말을 듣고도 차분해 보이는군. 역시 렘브란트 씨는 대단한 상인이야. 나는 순간적으로 머릿속을 스쳐 지나갔던 그 소감을, 남몰래 조용히 거두어들였다.

렘브란트 부인은 한쪽 손을 턱에다가 괸 채로, 그런 남편의 모습을 기가 막힌 듯한 표정으로 묵묵히 바라보고 있었다.

부인의 태도가 훨씬 츠이게의 거상답게 느껴졌다.

그에 관해 따로 언급할 필요성을 느낄 수 없었던 나는, 평정심을 잃기 시작한 듯이 보이는 렘브란트 씨에게 필담으로 말을 걸었다.

[아마도 자신들의 실력을 시험해 보고 싶은 모양입니다. 저희들

또한 이곳에 머물러 학생들을 지켜볼 생각이니, 지나치게 걱정하실 필요는 없는 줄로 압니다.]

"이, 이보게? 라이도우 님, 그건 좀 가혹한 처사가 아닌가? 나로서는 무척이나 면목이 없다만, 이번 일에 한해선 자네들의 힘으로 직접 처리할 수는 없겠나? ……애초부터, 하필 이런 때를 골라 자신들의 실력을 시험해 볼 필요는 없지 않겠나? 학원의 치안 유지를 위해 군대에 가까운 조직까지 편성되어 있다니까…… 아니, 아직 졸업조차 하지 않은 학생들이 최전선으로 나아가 싸운다는 행동 자체가 용납될 일인가? 기본적으로 투기 대회라는 행사 그 자체가 이상하지 않나!!"

그런 식으로 단숨에 할 말을 다 한 렘브란트 씨는, 방금 전보다 한층 더 세차게 나돌아 다니기 시작했다. 혼잣말의 볼륨 또한 점점 더 커졌다.

글렀다. 이 아저씨는 딸들에 관해선 정말로 정상적인 판단이 전혀 되지 않아.

우리 일행으로서는 넋을 놓은 채로 쳐다볼 수밖에 없었다. 거의 만능에 가까운 토모에로서도 그에게 따로 할 말은 없는 듯이 보였다.

이 사태를 수습할 수 있는 이는, 역시 부인밖에 없나?

나는 순간적으로 그녀에게 시선을 돌렸다.

그녀는 남편과 대조적으로, 전혀 당황한 듯이 보이지 않았다.

내 상식으로 이럴 때는 아버지보단 어머니가 좀 더 자식들을 과잉보호하는 태도를 보인다는 이미지가 있었는데, 그녀는 무척이나 침착해 보였다.

"……다른 분도 아닌 라이도우 님께서 진득한 모습을 보이고 계시니, 저나 남편이나 딸들에 관해선 전혀 걱정 없습니다."

부인은 나의 시선에 담긴 속뜻을 알아차린 듯이, 부드러운 미소와 함께 입을 열었다.

아니, 남편 분께선 절찬 걱정 중이시거든요?

"라이도우 님과 종자 분들께서 버티고 계시니까요. 최악의 사태가 일어날 일은 없을 걸로 확신합니다. ……저 아이들에게도, 언젠가 자신들의 힘만으론 어쩔 도리가 없는 현실을 알게 될 날이 찾아올 테니까요. 그날이 바로 오늘이 되더라도 어쩔 수 없는 일입니다. 오히려 라이도우 님께서 곁에 계시는 때라 다행이라는 생각이 들 정돕니다. 이이도 겉으론 몹시 당황한 듯이 보이지만, 실제론 그다지 크게 걱정하는 건 아니랍니다."

언젠가 자신의 한계를 알게 되는 날이 오리라는 건 확실하니, 좌절은 가능할 때 해두라는 말을 하고 싶으신 건가?

……솔직히 말해서, 나에게는 지금 같은 상황에 그런 대사를 뱉을 수 있는 그녀가 무섭게 보일 수밖에 없었다.

가정교육에 관한 부인의 신념은 전형적인 스파르타식 교육인 모양이다. 렘브란트 씨가 딸들에게 물러터진 만큼, 그녀가 시프와 유노의 버릇을 들이는데 최선을 다하고 있는 것이리라.

하지만 가슴 앞에서 오른 손등을 감싸듯이 움켜쥐고 있는 왼손이 가늘게 떨고 있었다. 틀림없이 무리를 하고 있는 거야.

[저와 같은 이를 믿어 주시는데 관해선 무척이나 감사드립니다. 그들을 담당하는 강사로서 책임지고 지켜 드릴 것을 약속드립니

다. 두 분께선 지금부터 어쩌실 계획이시죠? 이곳엔 저희들이 버티고 있을 뿐만 아니라, 학원의 부지에 속하는 지역입니다. 위험도 자체가 시가지보다 약간이나마 낮을 것으로 예상되니, 특별히 다른 용건이 없으실 경우에 한해 이대로 저희와 함께하시기를 추천 드리고 싶군요.]

렘브란트 부부 두 사람에게 보이도록 작성한 말풍선이었으나, 렘브란트 씨는 전혀 읽을 생각이 없는 것으로 보였다.

"……그렇군요. 여보? 여보!"

부인이 그를 불렀다.

"아니, 최악의 경우엔 상인 길드로부터 용병들을 결집시켜—."

"여 · 보!!"

"으윽?! 무, 무슨 일이지, 리사? 나는 이 사태를 해결하는데 몹시 바쁜 몸이야!"

"시프와 유노는 라이도우 님과 종자 분들께서 지켜주실 테니 걱정 마세요……. 그런 고로, 우리의 향후 활동 방침에 관해 여쭙고 있는 거거든요? 저와 라이도우 님의 대화는 물론 전부 다 듣고 계셨겠지요?"

마지막 한 마디가 무섭다고요, 부인.

그녀의 분위기에 휘말려 그제야 정신을 차린 렘브란트 씨가 땀을 훔치며 답했다.

"무, 물론 듣고 있었고말고, 리사! ……라이도우 님이, 저기……그렇다는 거지? ……그렇군. 휴우."

그는 아무리 봐도 갈피를 못 잡고 있었다.

……참나, 한숨이나 쉴 때가 아니라고요.

상인 길드라는 둥의 지금은 그다지 듣고 싶지 않은 단어까지 튀어 나왔다.

그리고 용병들이라?

길드를 통할 경우, 비교적 저렴한 가격으로 용병들과 계약을 맺을 수 있다는 말을 예전에 들은 적이 있었다. 상품의 수송 등으로 인해 일정 기간 이상 행동을 함께하는 경우가 많다 보니, 일이 있을 때마다 모험가들에게 의뢰하기보다 길드의 할인 가격으로 용병들을 호위로 고용하는 상인들은 적지 않은 모양이다. 직접적으로 나와 큰 상관은 없는 얘기다 보니, 사실 자세히 아는 바는 거의 없었다.

부인이 다시금 렘브란트 씨에게 확인하듯이 되물었다.

"……아무튼, 어쩌실 거죠? 저 아이들이 여기 있는 이상, 이곳에 머무는 것도 나쁘진 않지 않나요?"

"……아니, 일단 길드로 가볼 생각이야."

이제야 평소의 침착성을 되찾은 렘브란트 씨가 짧게 답했다.

"길드 말인가요? 며칠 전에 막 다녀온 참이잖아요. 게다가 지금 같은 상황에 그곳으로 찾아가 봤자 제대로 된 대응은 기대할 수 없을 텐데요?"

부인의 말이 맞다. 상인 길드로 가봤자, 혼란에 휩싸여 갈피를 못 잡고 있을 것이 틀림없었다.

이번 소동으로 인한 파급효과가 상인 길드에 끼칠 악영향 정도는 어느 정도 그냥 넘겨버릴 마음을 먹고 있던 나로서는, 렘브란트 부부가 그곳으로 향한다는 것은 별로 달갑지 않았다.

"아마 그럴 거야. 이 도시의 상인 길드가 이러한 사태에 익숙할 리가 없거든. 외부 세력의 습격과 같은 사태에 관해선 거의 경험이 없을 것이 틀림없어. 그러나 저들과 달리 츠이게를 근거지로 삼던 나는, 지금껏 여러 차례에 걸쳐 전투를 경험한데다가 정말로 심각한 비상시엔 도시의 병력을 지휘한 적도 있단 말이지. 쓸데없는 피해를 약간이나마 줄이는데 거들 일이 있을지도 몰라."

뭐, 뭐라고요?

방금 전까지만 해도 머릿속에 딸들밖에 안 들어 있던 아저씨가, 갑자기 뭐가 어떻게 된 거야?

부인을 마주보던 렘브란트 씨가 나에게 시선을 돌려 왔다.

"학원은 라이도우 님이 책임지고 지켜주신다니, 딸들에 관해선 전혀 걱정할 필요가 없어. 게다가 이곳의 길드 대표와 우리는 아주 모르는 사이도 아니거든."

부인이 그제야 알아차린 듯이 은은한 미소와 함께 입을 열었다.

"이곳의 대표…… 아하, 자라 대표를 말씀하시는 거군요. 요전번에 한사코 혼자서 길드로 가시려던 건 그분 때문이었나요?"

—자라.

내 기억에도 그 이름은 아직 새로웠다.

렘브란트 씨뿐만 아니라, 부인과도 아는 사이였단 말이야?

에휴, 아직은 그 이름을 떠올리는 것만으로도 한숨이 새어나올 듯한 느낌이 든다.

"마, 맞아. 어쨌든, 지금은 나의 힘으로 할 수 있는 일을 해야 하는 상황이야. 이곳은 딸들이 머물고 있는 도시야. 게다가 상인 길드를 도움으로써 손해 볼 일도 없을 테니……. 그런 고로, 라이도우 님? 나는 상인 길드로 가서, 이 혼란을 수습하는데 힘을 보태고 오겠네."

부인의 물음을 얼버무린 렘브란트 씨가, 나에게 향후의 활동 방침을 전달해 왔다.

그렇군. 기어코 상인 길드로 향한단 말이지?

"……어쩔 수 없군요. 이왕 일이 이렇게 된 이상, 저 또한 동행하도록 하지요."

부인은 한숨을 쉬더니, 남편의 의견에 찬동하는 뜻을 밝혔다.

"아, 아니. 리, 리사가 굳이 따라올 필요까지야……."

나와 마주보고 있던 시선을 부인에게로 되돌린 렘브란트 씨는, 다시금 망설이는 모습을 보였다.

남편이 보인 반응과 대조적으로, 부인은 명확하게 선언했다.

"아니요. 저는 따라갑니다. 저도 이곳의 길드 분들보다야 거친 일들엔 익숙한 편이니까요. 그리고 자라 대표에게 인사를 드리고 싶던 참이기도 하거든요."

"으……음. 리사가 그렇게까지 나온다면야— 하지만 말이야……."

렘브란트 씨는 아직껏 혼자서 가고 싶은 듯이 보였다. 부인이 따라감으로써 특별히 문제가 될 일이라도 있나?

이 아저씨의 경우, 딸들이 다니는 학원이 자리 잡고 있는 도시까지 와서 바람 같은 걸 필 리는 없으리라는 예감이 들었다. 그가 애초부터 부인에게 푹 빠져 있다는 사실은 분명한 사항이다.

혹시 과거의 부인과 자라 대표 사이에 뭔가 있던 건가?

어쨌든 그건 그냥 넘어가더라도, 두 분이 상인 길드로 향한다는 이상에야 그 길을 약간이나마 안전하도록 돕는 것이 나의 역할이리라.

그렇게 생각한 나는, 주위의 상황을 확인하기 시작했다.

일반석엔 우리들 말고는 다른 사람들의 모습이 눈에 띄지 않았으나, 귀빈석엔 아직 사람들이 남아 있는 듯이 보였다.

말하자면『여기』서 지원군을 불러오기는 어렵다는 뜻이다.

"라이도우 님. 미안하지만, 딸을 잘 부탁하네. 나는 내가 할 일을 하도록 하지. 사실상 혼잡을 틈타 반강제로 빚이나 지우러 가는 거나 다름없지만 말이야, 하하하."

렘브란트 씨가 힘없이 웃었다. 어쨌거나 그는 무척이나 다부진 남자였다. 사실은 시프와 유노가 더할 수 없이 걱정될 텐데 말이야.

"아무튼, 나중에 또 뵙지요. 저희들은 이만 실례하겠습니다."

[잠시만 기다려 주십시오. 도중까지라도 바래다 드리겠습니다.]

두 사람의 가는 길에 아무런 장애물도 없으리라는 보장은 전혀 없었다. 나는 일단 투기장 부지로부터 벗어날 때까지 만이라도 두 사람을 따라가기로 마음먹었다. 그리고 거기서 상인 길드까진 아공의 전사를 불러 호위를 맡길 생각이었다.

얼마 되지도 않는 확실한 우리 편을, 위험한 상황에 처하게 하고 싶지 않았다.

두 사람은 순간적으로 나의 제안에 납득이 안 간다는 반응을 보였으나, 일단은 도중까지만 따라가겠다는 나의 뜻을 받아들였다.

토모에에게 염화로 에바 양과 루리아를 어쨌든 안전한 곳으로 전이시키라는 지시를 전달했다.

나는 그녀가 고개를 끄덕일 때까지 기다렸다가, 다른 일행들로부터 등을 돌렸다. 그리고 렘브란트 부부의 뒤로 따라갔다.

관객석으로부터 출구로 이어지는 통로까지 이동한 다음, 어두침침한 길을 가로질러 나아갔다.

[두 분께선 그 대표님과 사이가 좋으신가요?]

"단순하게 사이가 좋다고 하기엔…… 여러모로 복잡한 관계라네. 질긴 악연이라는 건 확실하군."

"옛날엔 서로가 가까이 가게를 차려 각자의 장사 수완을 갈고닦던 사이랍니다."

렘브란트 씨는 말꼬리를 흐렸다. 그러나 부인은 담박하게 그의 발언을 뒤집어엎었다.

"리사!"

"라이도우 님께 못 드릴 말씀도 아니잖아요? 게다가 숨길만한 얘기도 아니고요. 당시의 두 사람은 출세욕의 화신이 옷을 입은 채로 걸어 다니는 듯이 보이던, 이보다 더할 수 없을 만큼 똑같이 빼닮은 사이였답니다."

렘브란트 씨가 그 대표와 똑같이 빼닮은 사람이었다고? 개인적으론 상상이 잘 안 되는 광경이었다.

그리고 대표와 렘브란트 씨의 관계는 나의 예상보다 훨씬 깊은 듯이 보였다.

한쪽은 틀림없는 아군이자, 나를 아주 잘 이해해주는 분이었다.

휴만 중에선, 이 세계를 통틀어 가장 믿음직스러운 상대였다.

나머지 한쪽은 틀림없는 적이자, 나를 이해할 생각은 털끝만큼도 하지 않는 자였다. 휴만 중에선, 이 세계를 통틀어 가장 거북한 상대 중 하나였다.

그런 식으로 따지다 보니 참 신기하다는 느낌이 들었다.

[그러셨군요. 개인적으론 그 분과 렘브란트 씨가 닮으셨다는 말씀은 조금 뜻밖입니다.]

굉장히 어중간한 말을 입에 담고 말았다.

"……자네가 그 녀석과 만나고 온 건 어제 일이었나? ……보아하니, 그 녀석에게 무슨 말이라도 듣고 왔던 건가?"

역시나 렘브란트 씨는 날카로웠다. 상대를 숙지하고 있다 보니, 그가 나에게 한 행동에 관해선 얼마든지 짐작이 가고도 남는다는 건가?

[어쩌다 보니 조금, 저의 이해력이 부족한 나머지 주위 상회들과 저희들 간의 마찰을 감지하지 못하던 것 같더군요.]

그에게 쓸데없는 걱정을 끼치고 싶지 않았던 나는, 필연적으로 굉장히 초점이 흐린 대답을 입에 담을 수밖에 없었다.

"이래봬도 그 녀석과 만난 그날, 자네와 종자 분들에 관해 조금 언질을 줬는데 말이야. 아마도 그다지 정확하게 전달은 안 된 모양이군. 미안하네."

[아닙니다. 렘브란트 씨께서 사과하실 필요는 전혀 없습니다. 어디까지나 저의 대응 방식이 미숙했던 것뿐입니다.]

"자라 대표가 정확하게 알아들을 수 없도록, 일부러 똑똑히 전달하지 않은 건 아닌가요?"

"라이도우 님의 개인적인 정보이기도 하단 말이지. 제3자가 속속들이 하나부터 열까지 말하기도 부자연스럽게 느껴졌을 뿐이야, 리사. 그건 그렇고…… 나의 의도가 그다지 정확하게 전달되지 않았다는 건, 그 녀석은 라이도우 님을 심하게 막 다뤘을 공산이 크다는 뜻이로군."

나는 쓴웃음과 함께 렘브란트 씨에게 답했다.

[유감스럽게도 같은 상인이라는 대우조차 받지 못 했습니다. 참으로 한심할 뿐입니다.]

"그 녀석은 그 얼굴에 안 어울리게 꽤나 다정한 구석도 없지 않아 있다만, 기본적으론 말이 모자란 타입이거든. 이따금씩 스스로 눈여겨보는 이들에게도 오해를 살 때가 있더군."

오해라니? 아무한테나 어제 같은 태도를 보이다가는 오해를 받는 것도 어쩔 수 없으리라는 느낌이 들었다.

"당신처럼 아무 말도 없이 등 뒤로부터 푹 찌르는 방식보다야 인간적으로 호감이 가는 장사 수완을 발휘하시던 분이지요. 그 분이 입으로 꽤나 손해를 보고 계시는 건 틀림없어 보이지만요."

"리사, 상당한 악의가 느껴지는군? 나는 어디까지나 최선의 방법만을 선택해온 것뿐이야."

……상인의 세계는, 역시나 그럴 듯한 대의명분만으론 버텨 나가기 힘든 모양이다.

나는 지나치게 굼떴던 거야. 솔직히 말해서, 앞으로도 해나갈 자신감이 흔들릴 정도였다.

[두 분의 말씀을 듣기론, 꽤나 오래 전부터 관계가 있던 분이신가 보군요.]

“맞아, 꽤나 오래된 악연이라네. 츠이게를 지키고 있는 집사 모리스 또한 자라에 관해선 아주 잘 알아. 나는 결국 가족이야말로 가장 소중한 보물이라는 사실을 깨닫자마자 일선으로부터 물러난 거나 다름없는 몸이지만, 그 녀석은 지금도 독신으로 오로지 사업만을 위해 살아온 남자야. 그런 것치고는 후각이 무뎌진 걸로 보인다만, 혹시 자네의 뒤로 아른거리던 나의 그림자가 마음에 안 든 건가? 어쨌거나 라이도우 님을 상대로는 꽤나 섣부른 판단을 내린 모양이군.”

[그러셨군요. 그분의 말씀에 따르면, 저에게 이 도시는 아직 이르다더군요. 일단 츠이게로 돌아가 렘브란트 씨에게 장사의 기본을 다시 배워오라는 식으로 말씀하셨습니다. 그곳으로 돌아가 재기하는 데까지 끼어들고자 하는 마음은 없다더군요.]

“호오, 그런 식으로 나오더란 말이지? 라이도우 님의 표정으로 봐서, 지금 당장 츠이게로 도망가 연줄에나 매달리라는 식으로 막 나가는 표현을 썼을 수도 있지 않았을까 싶었다만…….”

렘브란트 씨는 정말로 그 남자에 관해 아주 잘 아는 듯이 보였다.

솔직히 렘브란트 씨에게 하는 말이니 이런 식으로 순화된 표현을 쓰고 있지만, 실제로 나에게도 그의 발언은 「꺼져라, 낙하산 녀석아」라는 식으로밖에 들리지 않았다.

“자라 대표다운 말투로군요……. 어머나, 벌써 바깥까지 나왔군요. 라이도우 님, 이제 더 이상 따라오실 필요는 없지 않을까 싶어요. 지금부턴 저희들끼리 가도록 하겠습니다. 아무쪼록 딸들을 잘 부탁드립니다."

"음, 이래봬도 최소한도의 자기 방어 정도는 가능한 몸이라네. 안심해 주게나. 라이도우 님이나 쿠즈노하 상회에 관한 이야기는 빠짐없이 자라에게 다짐을 받고 오겠네."

아니, 나는 우는 소리나 들어달라는 의도로 따라온 것이 아니었다. ……뭐, 결과적으론 두 분에게 푸념을 늘어놓은 거나 마찬가지였나?

에휴, 어쩌다 보니 렘브란트 씨를 상대로는 자기도 모르게 속마음을 털어놓을 때가 많단 말이지.

지금 우리가 서 있는 곳은 투기장으로부터 바깥으로 나가기 직전의 장소였다. 나는 출구로부터 들어오는 전방의 빛을 육안으로 확인할 수 있는 장소까지 가서 발걸음을 멈췄다.

일단 이쯤해서 두 분을 지킬 호위병을 소환하도록 하자.

[잠시만 기다려 주십시오. 두 분께 호위를 붙이고자 합니다. 아까 전의 장소에선 눈에 띌 것으로 예상되어 이곳까지 따라온 겁니다.]

"호위?"

"혹시 종자 분들 가운데 한 분을 따라 붙여 주시려는 건가요? 하지만 아까 전까진 모두 객석에 머물고 계시던 걸로 보였는데요?"

나는 렘브란트 부부의 물음에 말로 대답하기보다, 실제로 안개의 문을 전개하기로 마음먹었다.

언뜻 보기엔 사람 크기 정도의 아지랑이로밖에 보이지 않는 안개가 나의 옆으로 나타났다.

그 안개 속으로부터 하나의 그림자가 걸어 나왔다. 그리고 곧바로 뚜렷한 모습을 보이기 시작하더니—.

아름다운 비늘을 두른 리자드맨 둘이 나타나자, 그들을 목격한 렘브란트 부부가 숨을 죽이는 기척이 전해져왔다.

일단 두 분은 갑작스럽게 출현한 마물에 대한 경악이 큰 것으로 보였다.

그들 자체의 존재감과, 흉폭성이 아닌 지성을 내비치는 조용한 분위기에 압도된 모양이다.

[보시다시피 저의 힘으로 소환한 마물들입니다. 꽤나 믿음직스러운 친구들이니, 아무쪼록 부담 없이 데려가 주십시오. 일단 공식적으론 렘브란트 씨 본인이나 부인께서 마술이나 도구 등을 이용한 소환 술법을 사용하신 걸로 얼버무릴 수 있지 않을까 싶습니다.]

"그, 그러고 보니 라이도우 님은 소환 마술까지 자유자재로 구사할 수 있다고 하셨나? 설마 이런 식으로 손쉽게 부릴 줄은 예상 못한 관계로, 적잖이 놀라고 말았군."

[이들은 공통어를 습득하고 있으니, 지시 사항이 있으실 때마다 그냥 말로 설명해 주셔도 잘 알아들을 겁니다. 참고로 창을 든 녀석의 이름은 쿠우가, 활을 가진 녀석은 간무라고 합니다.]

두 사람의 미스티오 리자드는 나의 소개에 따라 렘브란트 부부에게 경의를 표했다.

그들의 태도를 확인한 렘브란트 부부의 긴장감이 약간이나마 풀리는 듯이 보였다.

“말이 통한다고요? 정말 듣던 중 반가운 말씀이십니다. 라이도우 님, 정말 감사합니다.”

“그렇군, 나에게도 감사를 할 기회를 주시게나. 고맙네.”

[아무쪼록 무사히 다녀오십시오. 다시 뵙게 될 날이 오기만을 기다리겠습니다.]

미스티오 리자드 정도라면, 두 분을 호위하는 역할 정도는 충분하고도 남을 만큼 완수할 수 있을 것으로 보였다.

참고로 방금 소환한 녀석들은 4호와 5호였다. 3호는 학생들을 담당하게 할 예정인 관계로, 아직 나올 차례가 아니었다.

두 리자드에게 붙인 이름은 완전히 즉흥적인 착상의 결과물이었다. 즉석에서 지은 이름이긴 하지만, 아마도 그다지 큰 문제는 없을 것이다.

렘브란트 부부와 두 리자드맨을 배웅한 다음, 나는 투기장으로 돌아가기 위해 발걸음을 돌렸다.

◇◆◇◆◇

“상황은 어떻게 돌아가는 중이지?”

투기장으로 되돌아온 나는, 누구에게랄 것도 없이 입을 열자마자 질문을 던졌다.

아직 전투는 시작되지 않은 것으로 보였다.

무대 위로 시선을 돌리자, 일름간드였던 존재가 두 배 이상으로

부풀어 올라 어렴풋이 빛나는 사람의 형태를 취하고 있었다. 오뚝이 같이 보이던 몸통이 어느 정도 날렵한 형상을 취하고 있었으나, 괴상한 몰골이라는 점에선 아까 전과 마찬가지였다.

마치 되다 만 거인 같은 모습이었다.

손에는 그와 같은 팀의 학생으로 추정되는 고깃덩어리가 쥐어져 있었다. 신체적 파손이 격심한 관계로, 이미 숨을 거두고 있다는 것은 확실해 보였다.

거인의 입 주변은, 멀리서 봐도 확실하게 알 수 있을 만큼 새까만 액체로 더럽혀져 있었다.

오직 그것만으로도 그동안 일어난 일에 관해선 짐작이 가고도 남았다.

"저것이 움직이기 시작했습니다. 저것이 우선 준비운동 겸 식사를 시작하려던 참에 도련님의 학생들 또한 무대 위로 돌아왔습니다. 대충 그런 상황이로군요."

토모에가 나의 질문에 응했다.

망설임 없이 사람을 잡아먹는단 말인가?

지금의 일름간드에게 휴만이었을 무렵의 기억이나 정신 따위는 전혀 남아있지 않은 모양이다.

누군가가 지시를 내리고 있는 건가? 혹은 어디까지나 동물적인 충동의 지배를 받고 있을 뿐인가? 어느 쪽이 정답일까? 지금으로선 전혀 짐작조차 가지 않았다.

진 일행은 무대 위의 일름간드를 상대로 전투태세를 취하고 있는 듯이 보였다.

그들로부터 망설임이 느껴졌다.

같은 팀 동료, 말인즉슨 같은 학교에 다니는 친구를 잡아먹은 일름간드에게 일종의 공포에 가까운 감정을 품었는지도 모른다.

"학원 측으로부터는 아직 전투 집단이 나오지 않았나?"

"바로 지금, 출격한 모양입니다."

이번엔 시키가 나의 물음에 답했다.

그가 말을 마치자마자, 나머지 한쪽의 대기실로 이어지는 통로로부터 선명한 보랏빛의 장비를 걸친 집단이 나타났다. 정식 명칭에 관해선 아는 바가 없으니, 편의상 보라색 군단이라는 이름으로 부르도록 하자.

열 명 정도로 구성된 그 집단은, 진 일행과 마주보는 일름간드의 등짝을 지팡이로 가리키며 곧바로 영창을 시작했다.

머릿수는 많지 않아 보이는데, 혹시 그럭저럭 쓸 만한 실력자들인가?

혹은 다른 장소의 피해가 예상보다 확대되어 인원을 확보할 수 없는 상황이다 보니, 지원 부대만 등장한 건지도 몰라.

어디까지나 나의 개인적인 직감에 지나지 않지만, 그들은 일름간드를 토벌하는데 전혀 도움이 되지 않을 것으로 보였다. 깔끔하게 일름간드의 입속으로나 들어가 버릴 듯한…….

지금의 일름간드를 뻔히 보고도 이 정도의 병력밖에 파견하지 않았다는 사실이 뜻하는 바는, 학원이 보유하고 있는 전투력이나 나아가서는 롯츠갈드 전체의 방어 능력 자체가 그다지 높지 않다는 증거일 수도 있으리라.

일단 지금은, 토모에를 믿어볼 땐가?

그러한 결론에 다다른 나는, 그녀에게 말을 걸었다.

"토모에, 시가지의 피해 상황에 관한 정보를 대충이라도 좋으니 보고해 봐. 지금 당장 가능할까?"

"맡겨만 주십시오. 드워프와 숲 도깨비들에게 조사를 명하겠습니다."

짧게 대답한 토모에가 염화를 통해 상회의 모든 종업원들에게 지시를 전달하기 시작했다.

토모에가 행동을 시작한 바로 그 순간, 무대 위로부터 전투가 시작되는 기척이 전해져왔다.

하지만 진 일행은 아직 경계태세를 유지한 채로 전투에 참가하지 않은 상태였다. 일단은 상황 파악에 전념할 생각인 모양이다.

움직이기 시작한 것은 보라색 군단이었다. 그들은 전원이 마술사인 것으로 보였다. 지팡이를 장비하고 있는데다가 마술을 영창하는 소리까지 들려 왔으니 다른 여지는 거의 없는 거나 마찬가지였다.

"시키, 네 녀석도 거들어라. 주변의 피해 상황 정도는 여기서도 간단한 술법으로 파악할 수 있지 않나?"

"물론입니다. 도와드려야지요."

시키가 토모에의 문답무용에 가까운 협력 요청을 듣자마자 고개를 끄덕였다.

시키의 특기는 흙 속성 술법이었다. 그쪽 계통의 술법으로 상황을 파악하려는 듯이 보였다.

바람과 흙은 양쪽 다 조사나 탐지에 뛰어난 속성이었다.

그 두 가지 속성이 탐색이나 감지에 유리한 까닭은 꽤나 단순명쾌하기 그지없었다. 평소부터 접촉하는 물체가 많기 때문이다.

바람 속성은 대기에 간섭 가능하며, 흙 속성은 땅바닥에 간섭 가능하다. 요컨대 그 두 가지만 통하더라도, 이 세상의 거의 모든 물체들과 접촉할 수 있다는 뜻이다.

물론 물속 같은 데서야 예외적으로 물 속성이 탐사나 감지에 가장 유리하다.

어쨌든 토모에의 호령이 떨어지자마자 상회의 종업원들 또한 활약하기 시작했을 테니, 대략적인 상황에 관해선 머지않아 판명될 것으로 보였다.

한동안 사태를 방관하기로 마음먹은 나는, 가까운 자리에 앉아 턱을 괴었다.

멍하니 전황을 관망하던 나는, 다시 한 번 스스로 취해야 할 수단에 관해 머리를 굴렸다.

"어머나? 마술사의 몸으로 저 정도까지 적에게 접근하다니, 도대체 무슨 생각을 하는 걸까요?"

미오가 무대 위의 상황을 실황하고 있었다.

순간적으로 수많은 억측들이 머릿속을 스쳐 지나갔지만, 기본적으로 학원 측의 병력이 저 열 명뿐일 가능성은 전혀 없었다.

말하자면 본격적인 제압용 전투 병력이 머지않아 투입되리라는 뜻이다.

……평소엔 실전과 인연이 전혀 없는 학원 측에선, 방어 병력에

투입해야 할 비용을 다른 데로 돌려쓰고 있다는 소문을 들은 적도 있단 말이지.

학원제 기간 동안엔 각국으로부터 수많은 귀빈들이 찾아온다. 만일의 사태에 대비해 최대한의 방어 수단을 준비하는 거야말로 상식 중의 상식이잖아?

귀빈들 역시, 제각각 호위용 병력을 거느리고 왔으리라. 그들이 어느 정도 규모의 사병을 대동하고 왔을 가능성 또한 충분하고도 남았다.

문제는 그 정도로 족하겠냐는 거야.

만약 부족할 때는 우리가 나서야 한다. 개인적으로도 이 도시가 소멸당하는 사태만은 가능한 한 피하고 싶었다.

하지만 섣불리 나설 경우, 앞으로 마족을 상대로 진행해야 하는 교섭이 어려워질 수도 있다.

"저 괴물은 참 흥미롭군요. 기본적인 네 가지 속성 가운데 세 가지 속성을 무효화 가능한 걸로 보여요. 휴만을 대충 뒤섞어 만든 불량품 치고는 꽤나 대단한 축에 속하는 것 같아요. 단순한 부산물일까요? 혹은 이러한 결과를 처음부터 예측한 변화인지도……."

나는 미오의 소감을 듣자마자 시선을 무대 위로 돌렸다.

흐음, 기본적인 네 가지 속성을 거의 다 무효화시킨단 말이지?

이 세계의 기본 속성은 흙 · 물 · 불 · 바람으로 구성된 네 가지 계통이었던 걸로 기억한다.

각각의 속성을 지배하는 중위 이상의 정령이 존재하는 것으로 알려져 있는데다가, 사용하는 인구까지 많다 보니 그런 식으로 불리는 모양이다.

미오의 말마따나, 일름간드는 흙과 바람 속성을 띤 술법을 직격 직전에 짓이겨 버리는 묘기를 선보이고 있는 와중이었다. 그리고 물 속성까지 흡수함으로써 자신의 힘으로 삼고 있다. 불 속성은 약점이라기보다 그냥 통하기만 한다는 말이 더 잘 어울리는 레벨이었다.

그저 징그럽기만 한 겉모습에 비해, 상당한 고성능을 갖추고 있는 것으로 보였다.

멍하니 쳐다보고 있자니, 보라색 군단이 사용하는 마술의 위력이 갑작스럽게 껑충 뛰어 올랐다. 심지어 단숨에 말이다.

특별히 강화 마술을 사용한 듯한 낌새도 없었는데, 저런 식으로 대폭 강화된다는 게 말이나 되냐?

……아하.

나는 그제야 그 하나의 가능성에 생각이 미쳤다.

"여신의 축복, 인가?"

—명분상으론, 여신을 믿는 모든 신자들에게 주어지는 위대한 기적이었다.

서로 직대하게 된 쌍방이 전부 다 여신에게 기도를 바칠 때는, 보다 아름답고도 보다 순수한 신앙심을 증명한 이에게 축복이 주어지는 모양이다. 참고로 휴만을 제외한 신자가 여신에게 기도를 바칠 경우엔 여신의 변덕에 따라 효과가 나오거나 안 나온다더군. 보다 아름다워야~ 한다는 요소는 같은 휴만 간의 결투나 전쟁에서만 의미를 가지는 부분으로서, 휴만이 다른 종족들을 상대로 할 때는 그저 강화되는 걸로 받아들이는 것이 속 편했다.

그 빌어먹을 여신이 잠들어 있던 동안엔 사용할 수 없었던 모양이지만, 최근 들어 다시금 사용할 수 있게 되어 휴만 종족의 세력권을 확대하는데 일조하는 중이라더군. 나에게는 그야말로 이보다 더할 수 없이 시답잖은 소리였다.

"축복인 모양이군요. 하지만 이러한 상황 하에 위력만 올라가 봤자 그다지 큰 의미는 없어 보여요. 애초부터 그나마 유효한 축에 속하는 불 속성을 다루는 술사 자체가 적은 편이니까요. 이런 상태로는 오히려……. 에휴, 역시나 예상대로군요. 도리어 저것의 기세에 기름을 붓는 격이 된 모양이에요."

어이가 없다는 미오의 목소리가 들려왔다.

전황은 정확히 그녀가 예상한 대로 굴러갔다.

약화되기는커녕 활성화한 걸로 봐도 될 정도였다. 일름간드는 하늘을 향해 한층 더 큰 포효를 지른 다음, 고개를 돌려 보라색 군단을 향해 돌격해 들어갔다.

당분간 저 학원 소속의 보라색 군단이 일름간드를 상대하는 역할을 맡게 되리라.

그 동안, 나는 좀 더 머리를 굴려야 할 안건이 남아 있었다.

우선, 이 소동을 제대로 이용할 방법을 고려해야 한다.

마족들에게 있어서 이번 계획의 성공 여부(성공 여부를 가늠하는 기준에 관해선 전혀 짐작조차 안 간다만)는 그럭저럭 중요한 축에 속하는 걸로 보인다. 비밀리에 불법 약품을 유통시키는 식의 사전준비를 세심한 주의를 기울여 용의주도하게 진행시켜 온 모양이니까 말이야.

따라서 로나는, 나에게 비밀로 이번 행동을 일으킬 수밖에 없었던 것이다.

—켈류네온은 필요하다. 하지만 이 혼란을 마지막까지 모른 척할 수는 없었다.

도대체 나는 지금부터 어떻게 움직여야 하나? 도무지 정리될 생각을 안 하는 자기 자신의 두뇌에 짜증이 났다.

"도련님, 대략적인 파악은 끝났습니다. 시가지에 출현한 저 괴물들의 숫자는 50마리 정도인 모양입니다. 괴물들은 전이진(轉移陣)이나 보조 전이진을 적극적으로 파괴하고 다닌다는군요. 피해 규모는 아직 그다지 큰 편은 아니오나, 롯츠갈드 이외의 주변 도시들에도 비슷한 경향이 눈에 띕니다. 그리고 은근히 염화를 방해하고 있는 듯한 낌새가 감지된 모양입니다. 이 부근엔 아직 영향이 거의 없는 거나 다름없습니다만, 주변 도시들로부터 원을 좁혀 들어오듯이 천천히 시작되고 있는 걸로 보이는군요."

빠르군, 토모에. 게다가 주변 도시들의 상황까지 파악해 올 줄은 몰랐다.

"알아들었어. 시키? 시가지를 무대로 한 전투 상황은 어떤 식으로 진행되는 중이야?"

"좋지 않습니다. 이 도시의 안전 불감증은 저의 예상보다 훨씬 심각했던 걸로 보이는군요. 지금껏 단 한 마리조차 물리치지 못한 상탭니다. 가까스로 괴물들의 파괴 활동을 잠시 동안이나마 막는 데 성공한 곳도 있는 모양입니다만……."

어라, 그렇단 말이지?

말인즉슨, 이보다 더할 수 없이 고전 중이라는 뜻이야.

일름간드를 제외한 다른 개체들까지 저런 식으로 마술을 무효화하는 능력을 비롯한 특수 능력들을 지니고 있을 경우, 평범한 학생들이나 술사들의 힘으론 대적하기 어려운 상대일지도 모른다. 경우에 따라선 학원의 위엄이 땅에 떨어지는 결과를 초래할 수도 있으리라.

이곳은 지금껏 진정한 위기에 처한 적이 없을 테니, 보는 관점에 따라선 당연한 결과인가?

츠이게나 「끝의 황야」에 여기저기 흩어져 있는 베이스들에 비하면, 이 도시의 긴장감은 거의 없는 거나 마찬가지였다.

시키의 보고를 듣고, 나는 어디선가 진압에 가세하지 않고서야 결과적으로 심각한 상황을 야기하고야 말리라는 사실을 깨달았다.

"도련님? 방금 전 나온 학원의 졸개들은 전멸한 걸로 보여요. 제대로 저항하기는커녕, 거의 스스로 접시 위로 올라간 음식들이나 다를 바 없는 신세였군요."

미오로부터 탄식 섞인 보라색 군단 전멸의 소식이 들어왔다.

이봐, 정말로 입속으로 들어가려 나온 꼴이 될 줄이야……. 아무리 근접전에 약한 술사더라도 너무하지 않아? 애초부터 무대 위로 올라가기보다, 우선 원거리로부터 술법 공격이나 시도하란 말이야…….

"진 일행은 가세하지 않았던 거야?"

"아니요? 일단 최소한의 가세는 한 걸로 보입니다만, 전투 방식 자체가 약간 글러 먹었더군요. 시합 때처럼 활발한 움직임도 눈에 띄지 않았답니다."

미오가 한숨 소리와 함께 대답했다.

에리스로부터 받은 보고에 따르면, 걔들은 마물 상대로도 실전적이고도 제대로 된 움직임을 보이던 모양인데 말이야.

어쩔 수 없지. 일단 오늘은 지시가 필요한 걸로 보였다.

그들은 아직 학생이다. 예측하지 못한 사태로 인해, 마음먹은 대로 몸을 움직일 수 없더라도 부끄럽게 여길 필요는 없었다.

그로 인해 죽어 버릴 경우엔 다 끝나 버리는 셈이지만, 지금은 우리가 너희들의 등 뒤로 떡하니 버티고 있다.

"참나, 약간이나마 실력을 평가해 주려던 찰나에 저런 추태를 보일 줄은 몰랐군요."

미오가 차디찬 평가를 입에 담았다. 으, 마치 나 자신에게도 정확하게 들어맞는 발언인 듯한 기분이 들었다.

"시키, 네가 너무 무르게 대한 결과라는 생각은 들지 않나요? 주특기로 삼는 능력이나 기술, 속성이 하나씩밖에 없다는 건 글러먹은 휴만들의 본보기나 다름없답니다. 단체전을 치를 때 선보인 것처럼, 자신들의 장점을 최대한 활용하는 방식으로 좀 더 넓은 시야를 지닐 수 있도록 올바르게 지도하도록 하세요."

미오의 태도는 혹독하기 그지없었다.

이걸 뭐라고 해야 하나? 전부 다 자기 자신에 대한 잔소리로 들렸다.

"……어라?"

—주특기와 넓은 시야라?

나는 그녀의 발언을 자기 자신에게 적용시켜 봤다.

나의 주특기—.

마력과 방어, 그리고 휴만들의 언어를 제외한 회화 능력인가?

사실 회화 능력은 지금껏 다양한 국면이 닥쳐올 때마다 크게 활약해 왔지만, 전투 능력은 제대로 쓴 적이 거의 없는 거나 마찬가지였다.

힘을 과시하는 행동 그 자체를 거리낀 결과였지만, 올바르게 사용할 길도 많지 않을까?

그런 고로 장사할 때 역시, 힘에 호소하기보다 정정당당히 이겨나가야 한다는 마음을 먹고 있던 것이다.

장사를 어딘지 모르게 신성한 것으로 여겼기 때문에, 자신들의 힘을 상품으로 취급하지 않은 것이다. 우리가 다루던 상품은 어디까지나 다른 이들과 마찬가지로 약을 비롯한 일반적인 부류의 물품들이었다.

물론 자신들의 완력이야말로 지금의 우리들에게 가장 적합한 돈벌이 수단이라는 사실은 알고 있었다. 더군다나 아공까지 이용할 수 있는 이상, 다른 상인들에 비해 지나치게 유리하다는 생각까지 들었다. 솔직히 스스로가 적잖이 비겁하게 느껴졌던 것이다.

—하지만 정정당당이라는 건 뭐지? 그런 입 발린 말이 살아가는데 도움이 되나?

뭔가가 정확하게 맞물리는 듯한 느낌이 들었다.

폭력 또한, 나에게 주어진 정당한 선택지 가운데 하나야. 억지로 숨길 필요까지는 없을지도…….

사업적 수단 말고도 다채로운 능력을 보유한 집단이라는 인상을 주는 것만으로도, 주위 사람들에게 상당한 위압감으로 작용하리라.

—국가의 권력을 빌려 다른 상인들에게 압력을 행사한다.

—원래부터 스스로 구축한 입지를 사용함으로써 신참 상인들을 상대로 비교 우위를 확보한다.

나에게도 그러한 수단들은 당연하기 그지없는 장사 수법들로 보였다. 말인즉슨, 스스로 지니고 있는 전투력을 쓸 수 있을 때는 망설임 없이 사용하는 것 또한 그런 수단들과 큰 차이는 없지 않나?

인맥과 권력은 물론이거니와, 재력이나 폭력까지도 말이야.

스스로 사용할 수 있는 모든 수단을 동원해서 일에 임하는 거야말로 지극히 정상적인 자세가 아닌가?

그 가운데 오직 폭력만을 제외하는 거야말로 오히려 부자연스럽지 않아?

그야 이미지 자체는 모든 수단들 가운데 가장 안 좋을지도 모르지만, 전혀 쓸데가 없는 것은 아니었다.

예를 들어, 눈앞으로 닥쳐온 위기를 제거하는 데는 확실하게 쓸모가 있으리라.

나는 천천히 귀빈석 쪽으로 시선을 돌렸다.

그곳엔 아직, 상당한 숫자의 사람들이 머물러 있었다.

아마도 이 학원의 학원장 또한, 저기서 염화로 부하들에게 지시를 전달하고 있으리라.

학원 소속의 전투 집단이 속수무책으로 당하는 모습을 목격한 이상, 마음이 편치 않으리라는 것 정도는 대충 예상이 갔다.

……좋아. 여기서 우리가 온갖 나라들의 높으신 분들이나 유력자들에게 구원의 손길을 뻗칠 경우, 상회의 인상에 좋은 영향을 줄지도 몰라.

일단 시도나 해보자.

"도련님, 무슨 문제라도 있으신가요? 학생들이 싸우기 시작하려는 걸로 보이는데요?"

"미오, 그리고 시키? 진 일행에게 지시하는 역할을 부탁한다. 만약 전멸할지도 모를 때는 가세하도록 해."

"으음?"

"예?"

나의 발언이 예상 밖이었던 모양이다. 두 사람은 동시에 넋이 나간 듯한 반응을 보였다.

"음, 잘 안 들렸나?"

"아니요! 알겠습니다!"

"분부를 받들겠습니다. 아슬아슬한 한계점까지 저들에게 지시를 전달하는 역할에 집중하는 방식으로 경험을 쌓도록 유도하겠습니다."

내가 되묻자, 미오와 시키는 곧바로 대답을 입에 담았다. 그리고 전방을 향해 달려 나갔다.

두 사람은 맨 앞부분의 울타리까지 달려간 여세를 몰아, 경기장 무대의 장외로 뛰어내렸다.

—렘브란트 씨와 약속했거든. 나의 담당 학생들 중에선 단 한 사람의 사망자조차 나오지 않도록 하겠노라고 말이야. 하지만 부인의 말마따나 최악의 경우엔 거의 죽임을 당할 수도 있는 상황을

경험해 보는 것도, 저들의 미래에 큰 재산이 되리라는 예감이 들었다. 그런 고로, 미오와 시키의 가세는 어디까지나 마지막 수단이었다.

레벨 업을 시키기 위해 상대하도록 유도한 아룡(亞竜)에게 당할 뻔한 때 같은 돌발 사태가 아니라, 정당한 전투의 결과로 패배를 경험하는 것은 또 다른 의미를 지니게 될지도 모른다. 이 세계에 온 이후로 유독 전투에 관해선 설렁설렁 쉽게만 넘어가고 있는 내가 할 말은 아닌가?

"토모에, 너는 나를 따라와."

"명을 받들겠습니다. 방침을 결정하신 모양이군요."

"응. 일단 쿠즈노하 상회의 기본적인 행동 지침은, 어디까지나 지나치게 앞장서지 않는 방식으로 이 도시를 지키는 거야. 라임과 몬드를 활용하도록 해. 기본적으론 일반 주민들을 구조하는 것만으로도 충분해. 만약 어느 정도 주민들을 구조했는데도 불구하고 사태가 호전되지 않을 경우, 너의 독단으로 괴물들을 토벌시켜도 상관없어. 그리고 괴물들을 토벌할 경우, 한두 마리 정도로도 충분하니 샘플로 획득하자마자 아공으로 전송시켜. 기본적인 지휘는 너한테 전부 맡길게."

나의 말을 듣자마자 잠시 생각에 잠겼던 토모에가 입을 열었다.

"다시 한 번 확인합니다만, 이 몸의 독단으로 공격을 시작할 시점을 결정하라는 말씀이십니까?"

"바로 그거야. 너만 믿는다."

"명을 받들겠습니다. 지금, 저희는 어디로?"

"우선 나와 토모에는 귀빈 여러분을 안전한 곳으로 모시도록 하자. 일단은, **정의의 사자**로서 말이지."

"……오호라. 각국의 요직에 앉아 있는 이들로부터 신임을 사시려는 거로군요."

"……상상에 맡기도록 할게."

아마도 토모에는, 나의 머릿속 정도는 속속들이 꿰뚫어보고 있으리라.

귀빈들을 안전한 곳으로 인도할 경우, 가장 적절한 종자는 토모에였다. 나는 이 도시의 상인 겸 학원의 임시 강사라는 신분이며, 그녀는 바로 그 호위이자 측근이라는 입장에 있었다.

주위 사람들로 하여금 쿠즈노하 상회의 존재를 인식하게 하는 데는, 토모에의 실력을 선보이는 것이야말로 가장 빠른 지름길이었다.

개인적으로도 참 단순하기 짝이 없는 아이디어라는 생각이 들 정도였다.

당근과 채찍—.

원조와 협박—.

폭력을 적극적으로 이용할 마음을 먹은 이상—.

우리의 힘으로 할 수 있는 일들은 사실 굉장히 많을 수도 있겠다는 예감이 들었다.

**이렇게 간단한 수단**으로 상대방에게 좋은 인상을 줄 수 있다는 것이 말이 되냐는 마음까지 들 정도였다.

침착하게만 갈 수 있다면, 크게 문제될 일은 없었다.

철저한 예습을 쌓고 나서 임하는 시험을 앞둔 듯한 마음가짐으로, 나는 귀빈석을 향해 발걸음을 옮겼다.

3

"실례하겠소이다."

늠름하기 그지없는 목소리가, 당혹감으로 지배당한 귀빈석에 울려 퍼졌다.

양탄자가 깔려 있었으며, 온갖 호화로운 가구들이 설치되어 있었다. 뚜렷하게 일반 객석과 구별되는 분위기의 장소였다.

이곳이 귀빈석인가?

토모에의 목소리는 멀리까지 잘 울렸다. 온갖 나라들로부터 찾아온 높으신 분들의 시선이 그녀에게 모여들었다.

"너는 누구냐! 일반인들은 이곳을 출입하는 것조차 금지되어 있다는 사실을 정녕 모른단 말이냐!"

초상화로 본 적 있는 듯한 얼굴의 소유자가, 우리에게 신경질적인 고함을 질러 왔다.

그는 다름 아닌 학원장이었다.

언제나 머물고 있는 장소조차 모르는데다가, 한 번도 만나 본 적이 없는 상대인 관계로 곧장 감을 잡을 수가 없었다.

"심각한 비상사태인 관계로 용서하시구려. 귀빈 여러분들께서 아직껏 안전한 곳으로 피난을 시작하지 못 하신 걸로 보여, 미흡하게나마 도움을 드리고자 찾아뵈었을 뿐이라오."

토모에는 주눅 든 낌새조차 없이, 학원장에게 용건을 전달했다.

바로 그 순간, 나는 토모에가 순간적으로 한 여성에게 시선을 돌린 것을 깨달았다.

언뜻 보기만 해도 고귀한 느낌이 드는 여성이었다.

나이는 젊어 보이니까, 어떤 귀족 가문의 차기 당주거나 어떤 나라의 공주님인가?

음, 공주님? 토모에와 안면이 있을 듯한 왕족이라?

…….

혹시, 저 여성이야말로 그리토니아 제국 몇 번짼가의 황녀인 릴리라는 아가씬가?

만약 본인이 확실할 때는 엄청난 거물이란 뜻이군.

하지만 릴리 황녀는 항상 용사와 행동을 함께하는 인물로 유명하다. 따라서 단독으로 여기 있는 건 이치에 맞지 않아. ……경우에 따라선 사람을 잘못본 걸 수도 있겠다.

바로 그 순간, 등 뒤로부터 너무나도 낯익은 시선이 느껴졌다. 고개를 등 뒤로 돌리자, 은발의 청년이 벽에 기댄 채로 팔짱을 끼고 있는 모습이 나의 시야로 들어왔다.

뭐가 그렇게 즐거운 건진 몰라도, 그는 부드러운 미소와 함께 팔짱을 끼고 있던 손을 풀더니 나를 향해 조그맣게 손을 흔들어 왔다.

……변태(루토)였다.

맞아, 그러고 보니 저 녀석도 있었지.

말하자면 굳이 여기까지 이 사람들을 구하러 올 필요까진 없었다는 뜻인가?

이 녀석이 무신경하게 우리에 관한 정보를 발설할 경우, 우리는 대단히 달갑지 않은 상황에 처할 수밖에 없었다.

하지만 루토에게 그럴 생각은 없어 보였다. 그는 다시금 팔짱을 끼는가 싶더니, 토모에에게 재차 시선을 돌렸다. 일단 두고 보겠다는 자세가?

사실 이 녀석의 꿍꿍이속이나 진정한 의도에 관해선 아직 짐작조차 가지 않았다. 그러나 일단 그에게 나를 가로막을 마음이 없다는 건 반가운 소식이었다.

그런 식으로 잠정적인 판단을 내리면서 주위를 향해 시선을 돌리자, 추가로 두 사람 정도의 아는 얼굴이 나의 시야로 들어왔다.

사교님과 로렐 연방의…… 사이리츠 양이었나? 그녀들 역시 오늘은 투기 대회를 관전하러 온 것으로 보였다.

사교님의 경우엔 그보다 콧대가 높아 보이는 이들 여럿이 모여 있는 가운데 있다 보니, 지금은 별로 눈에 띄지 않았다.

롯츠갈드의 신전 관계자들 가운데 가장 높으신 분은 아마 저 여성 사교일 테니, 말인즉슨 저기 있는 이들은 그녀보다 더욱 더 지위가 높은 자들일 가능성이 높았다. 경우에 따라선 리미아 대신전 소속의 성직자들일 수도 있으리라.

로렐 사람들은 사이리츠 양 말고도 꽤 많은 편이었다.

전체적으로 거무스름한 피부의 소유자들이었다. 저런 피부 빛을 지닌 사람들이 많은 걸까?

나의 시선을 알아차린 건가? 사이리츠 양은 순간적으로 나한테

미소를 지어 보였다.

"우선 이름을 대라! 나는 너 같은 녀석에 관해선 아는 바가 없다!!"

학원장이 목소리의 음량을 높였다. 하기야 아무리 유사시라 한들, 어슬렁거리면서 나타난 처음 보는 녀석을 환영할 리가 없었다.

"실례하겠소이다. 이 몸의 이름은 토모에라고 하오. 쿠즈노하 상회의 일원이올시다, 학원장님. 그리고 이 분은 이 몸의 주군이신 라이도우 님이시오. 언어 구사에 불편하신 구석이 없지 않아 있으신 관계로, 종자인 이 몸부터 자기소개를 할 수밖에 없었던데 관해선 양해를 부탁드리겠소."

"토모에, 그리고 라이도우란 말인가……."

[처음 뵙겠습니다, 학원장님. 저는 현재 임시 강사로 일하고 있는 라이도우라고 합니다. 비상사태가 일어난 지금, 여러분께 저의 나약한 힘이라도 보태고자 뒤늦게나마 찾아온 참입니다. 그런 고로, 저희들의 무례를 용서해 주십시오.]

토모에의 소개를 받았지만, 어찌됐건 스스로도 필담으로 정식 인사를 마쳤다.

그리고 자기 자신이 임시 강사라는 증거인 면허증 같은 플레이트를 꺼내 들었다.

학원장은 말풍선과 나, 그리고 플레이트를 순서대로 쳐다봤다.

"필담……, 자네가 바로 그 남자란 말인가? 지금 보니 임시 강사인 라이도우가 확실한 모양이군."

모든 확인 작업을 마친 학원장은, 험악하기 짝이 없었던 말투를 약간 누그러뜨렸다.

"알아주신 듯하니 다행입니다."

토모에가 지극히 우호적인 표정으로 목례를 했다.

"그나저나 방금 우리에게 도움을 주러 왔다는 말을 주워섬겼는데, 도대체 뭘 어떻게 할 생각인가? 지금껏 시가지에도 괴물들이 출몰하고 있다는 정보밖에 들어오지 않은 상황일세. 이 인원들을 안전한 곳까지 유도하는 작업은 결코 수월하지 않을 텐데?"

"학원장님쯤 되시는 분이니, 안전한 장소 몇 군데 정도에 관해선 짚이는 구석이 있지 않으십니까?"

"물론이지. 비상시에 가야할 곳은 준비되어 있고말고. 굳이 위험한 장소에 머물며 정보를 정리하거나 지시를 전달하는 것만큼 어리석은 짓도 드물 걸세."

학원장은 당연한 소리를 왜 하냐는 태도로 토모에에게 답했다.

토모에는 그의 발언을 듣자마자 의미심장한 미소를 짓더니, 천천히 입을 열었다.

"좋소. 일단 그 장소의 입구를 떠올려 보시구려. 이 몸의 전이술법으로 안전하게 전송해 드리겠소이다."

"……**전이**? 전이라고?! 이만한 인원수를, 술사 스스로 한 번도 가 본 적이 없는 장소로 말인가?! 터무니없는 소리! 그와 같은 술법이 존재할 리가 없다! 이와 같은 비상시국에 하잘것없는 농담을 입에 올리지 마라!"

순간적으로 얼빠진 반응을 보인 학원장이, 곧장 내용을 이해한 표정으로 토모에의 제안을 일축해 버렸다.

그의 반응을 확인한 나는, 새삼스레 스스로가 선이나 염화를 너무 경솔하게 사용해 왔다는 사실을 재확인했다.

양쪽 다 고도의 마술이나 기술을 필요로 하다 보니, 기본적으로 부담 없이 사용할 수 있는 수단이 아니었던 것이다.

예를 들어 일반적으로 쓰이는 염화와 우리가 쓰고 있는 기술을 비교하자면, 유효 거리나 편의성을 비롯한 전반적인 성능 자체가 완전히 차원이 달랐다. 성능이 안 좋은 무전 통신기와 최신형 휴대폰 정도의 차이가 난다고 해도 과언이 아닐 정도였다. 하지만 커다란 도심 등지의 경우엔 그럭저럭 염화에 관한 기반 정도는 정비된 상태였다. 염화를 쓰기 위해 고용되는 술사들은 상당히 좋은 대우를 받기도 한다.

전이의 경우엔 염화보다 더욱 더 일반적인 수단이 아니었다. 전문적인 설비를 갖춘 장소까지 가서, 거액을 들여 고용한 술사를 몇 명이나 동원하고 나서도 가까스로 실현이 가능할지 어떨지 모를 정도의 흔치 않은 이동 수단이었다. 심지어 행선지를 설정할 때는 하나의 술법과 특정한 몇 군데의 장소를 연관 짓는 것은 상식이었다. 좀 더 구체적으로 말하자면, 술사가 방문한 경험이 있는 장소로밖에 이동할 수 없다. 그런 고로 우리가 사용하고 있는 전이 술법에 관해선, 입으로 아무리 설명해 봤자 듣는 이들에게 익숙한 개념일 수가 없었던 것이다.

"허나 가능한 것은 사실이란 말이지요. 그러나 의심을 사더라도 별 도리 없는 얘기라는 것도 틀림없소. 흠……."

하지만 토모에는 그다지 난감한 듯이 보이지 않았다. 뭔가 상대방을 납득시킬 만한 방법이라도 있는 걸까?

"아하하하! 몹시 유쾌한 분이시군요. 정말로 흥미로워요. 분명히 그와 같이 뛰어난 전이 술법을 다룰 수 있는 이는 좀처럼 찾기 어려울 겁니다."

"펄스 님?"

뜬금없이 루토가 토모에와 학원장의 대화에 끼어들었다. 학원장은, 갑작스럽게 웃음을 터뜨리는가 싶더니 어느 틈엔가 대화에 끼어든 루토에게 의아한 표정을 지어 보였다.

"어디 봅시다, 토모에라고 하셨나? 우선 나를…… 그렇군요. 저기 보이는 관객석 부근으로 전이시켜 보겠습니까? 머릿속으로 가고자 하는 행선지를 떠올리기만 하라고 하셨나?"

학원장을 무시한 루토가 토모에에게 제안을 건넸다.

……오호라. 첫 만남인 척 시치미를 떼면서, 실험대가 될 것을 자처한 건가?

토모에 또한 이러한 전개를 예상한 듯이, 전혀 당황한 낌새를 보이지 않았다.

뭐, 저래 봬도 저 녀석은 틀림없는 모험가 길드의 우두머리였다. 사회적으로도 그럭저럭 신용도가 높은 편이야.

"하지만, 펄스 님!"

"학원장님, 최소한 저에게는 그녀의 제안이 별로 나쁘지 않게 들리는군요. 펄스 님은 아마도 이 자리에 모인 그 누구보다도 수많은 모험가들과 얼굴을 트고 계실 뿐만 아니라, 그들의 능력을 피부로 느껴 오신 분일 겁니다. 말인즉슨 우리 눈앞의 토모에라는 자가 하고자 하는 일에 관해서도 정확하게 분간을 하실 수 있는 분이라는 뜻이지요. 그리고 이와 같은 비상시국에 우리들을 구하고자 이곳까지 발걸음을 옮겨 온 자들의 호의를 딱 잘라 저버릴 수도 없다고 봅니다만, 그에 관해선 어떻게 생각하시나요?"

"황녀 전하, 틀림없이 지금 하신 말씀에도 일리는 있사오나……."

호오, 아니나 다를까 그녀가 바로 릴리 황녀였나? 아무리 천하의 학원장이라 한들 그녀를 상대로는 그다지 세게 나갈 수 없는 모양이다.

정확한 이유에 관해선 짐작조차 안 가지만, 그녀 또한 루토의 제안에 찬성인 듯이 보였다. 게다가 나나 토모에가 이곳까지 발걸음을 옮긴데 관해서도 높게 평가하는 듯이 들리는군.

꽤나 운이 좋았다. 탈 수밖에 없잖아? 이 흐름에!

"지금 보니 그리토니아 제국의 릴리 님 아니십니까? 참으로 고마운 말씀이시오. 그나저나, 펄스 님이라 하셨소? 우선 눈앞에 보이는 안개의 문으로 들어가시지요."

토모에가 말을 꺼낸 순간, 그 자리에 사람 한 명 정도는 온통 뒤덮고도 남을 만한 안개 덩어리가 나타났다.

"헤에, 저기에도 똑같은 안개가 보이는데? 직통으로 이어져 있다는 건가? 이왕 마음먹은 김에 실제로 들어가 보도록 하지. 지금 언급한 것처럼 편리한 술법이 정말로 존재하는지 확인하고 싶었던 참이거든."

루토는 손가락으로 가리킨 행선지의 관객석 부근에 짙은 아지랑이와 같은 안개가 출현한 사실을 지적하더니, 정말로 아무 것도 모른다는 듯이 태연하기 그지없는 얼굴로 안개 속을 향해 자취를 감췄다.

그리고 바로 다음 순간, 방금 스스로 가리키던 장소로부터 걸어 나왔다. 나에게는 지극히 당연하기 짝이 없는 일상적인 광경이었다.

루토는 귀빈석으로 고개를 돌리더니, 우리를 향해 손을 흔들었다. 그 광경을 목격한 귀빈들로부터 경악과 감탄이 담긴 함성이 솟아올랐다.

토모에와 순간적으로 눈빛을 교환하던 릴리 황녀 또한, 다른 이들과 다를 바 없이 손을 입가로 가져간 채로 두 눈을 휘둥그렇게 뜨고 있었다.

상당히 깜짝 놀란 듯이 보였다.

그 근처에 있던 어떤 나라의 국왕으로 보이는 아저씨와 그의 수행원들 역시, 숨을 죽인 채로 루토와 토모에를 번갈아 응시하고 있었다. 그들 또한 꽤나 놀란 것으로 보였다.

루토는 관객석 부근에 출현했던 안개의 문을 통해 다시 이쪽으로 되돌아왔다. 그리고 마치 몹시 놀란 것처럼 언성을 높였다.

"정말 대단하군. 굉장한 술법이야! 이렇게 엄청난 술법은 처음 봐! 보아 하니…… 그 허리춤에 차고 있는 유별난 검의 힘인 것으로 추측되는데……."

응? 뜬금없이 무슨 얼빠진 소리를 하는 거지? 토모에가 사용한 능력은, 의심할 여지없이 그녀가 선천적으로 타고난 용의 힘이었다.

칼 같은 건 전혀 상관없는, 그녀 본인의 능력이었다.

도대체 무슨 이유로 일부러 완전히 엇나간 추측을 선보인 거지? 변태의 머릿속에 관해선 짐작 자체가 전혀 가지 않았다.

어이를 상실한 토모에의 연기 실력이 탄로 나지나 않을까……?

"놀랍소. 펄스 공께선 가공할 만한 안목을 지니고 계신 모양이구려. 지금 말씀하신 대로, 이 검의 특수 능력이올시다. 영창도 없이, 방금 전과 같은 전이 술법을 사용할 수 있도록 거들어주는 성능을 지니고 있소이다. 물론 어느 정도의 제한은 당연히 존재합니다만."

……뭐?

토모에, 넌 또 갑자기 무슨 소리냐?

게다가 일본도를 가리켜 검이라는 표현을 썼다. 평소의 저 녀석은 그 단어가 나오자마자 정정을 요구할 텐데?

갈피를 못 잡는 나야 어찌되건 말건, 토모에와 루토는 서로를 마주보는 자세로 의미심장한 미소를 교환하고 있을 뿐이었다.

도대체 뭐가 어떻게 돌아가고 있는 거야?

당연하게도 토모에의 검, 요컨대 일본도로 모든 이들의 시선이 모여들 수밖에 없었다. 그녀가 모든 이들의 주목에 부응하듯이 뽑아 보인 짧은 칼, 와키자시(脇差)#5가 번쩍거렸다.

"믿어지지, 않아."

학원장은 완전히 말문이 막힌 듯이 보였다.

전이 술법은 그 자체가 대단히 고도의 술법인 관계로, 본디 사용할 수 있는 것만으로도 술사 개인에게 크나큰 존경심이 모여드는 기술에 속했다. 아공 주민들 중에선 최근 들어 에마가 터득한 걸

---

**#5 와키자시(脇差)** 길이가 짧은 도검. 무로마치 말기 이후로 칼을 두 자루씩 차고 다니는 습관이 생겨났는데, 일반적인 크기의 검과 짧은 와키자시를 함께 차고 다녔다.

로 알고 있다. 하지만 그녀 역시 아직은 쓸 때마다 몹시 지친 듯한 모습을 보일 정도였다.

전이 술법은 필요로 하는 마력의 수준 자체가 대단히 높을 뿐만 아니라 복잡한 반면, 몹시 편리한 기술이었다. 그러다 보니 해당 술법을 약간이나마 손쉽게 사용할 수 있도록 사전에 치밀하게 조성된 마법진으로 전이를 재현할 필요가 있는데다가, 술사의 부담을 경감시켜 주는 용도로 보조 전이진 등의 기술이 존재하는 것이다.

그런 고로 영창도 없이 특정한 장소로 정확하게 전이시킬 수 있는 능력을 지닌 검이 존재한다는 소리가 나올 경우, 평범한 이들이 몹시 놀라는 것도 큰 무리는 아니었다.

각국 유력자들의 시선이 토모에의 와키자시, 시라후지(白藤)로 집중되는 듯한 느낌이 들었다.

……나로서는 지금 나온 발언들이 새로운 불씨가 되지 않기만을 바랄 뿐이었다.

루토와 토모에는 도대체 무슨 이유로 이렇게 골칫거리를 늘리기만 하는 단막극이나 연출하고 있는 걸까?

"어떻습니까, 여러분? 일단은 그들의 선의에 기대보지 않으시렵니까?"

루토가 나머지 사람들을 둘러보는 자세로 제안했다. 일단 지금 당장은 우리에게 유리하도록 상황을 유도하려는 듯이 보였다.

사실 현재로서는 적인지 아군인지 분간이 안 가는 녀석이지만, 최소한 지금 당장은 아군인 모양이다.

"……그렇군요. 펄스 님의 말씀이 맞습니다. 라이도우 님의 용기 있는 행동에 감사를 드립시다. 그리고 언젠가 오늘의 은혜를 반드시 갚을 것으로 약속드립니다……. 그리토니아 제국 황녀인, 릴리의 이름에 맹세코. 다른 분들께선 어쩌실 요량이신지요?”

릴리 황녀가 발언을 할 즈음, 순간적으로 토모에에게 시선을 돌린 듯한 느낌이 들었다. 하지만 그녀의 속뜻에 관해선 짐작조차 가지 않았다.

일단 저 녀석 본인으로부터 전해들은 범위에 한해선, 두 사람은 그다지 깊은 관계를 맺을 틈도 없이 헤어진 사이였다.

방금 전만 해도 우리를 거드는 쪽을 선택한 걸로 볼 때, 상대방은 우리에게 그럭저럭 호의를 가지고 있을지도 모른다.

릴리 황녀의 발언을 신호탄 삼아, 자신들만 뒤쳐질 수 없다는 듯이 우리가 뻗은 구원의 손길을 받아들이자는 이들이 속출했다.

신전 관계자들이나 로렐 연방 사람들부터 시작해서, 아마도 아이온 출신인 것으로 예상되는 귀족들까지 우리의 제안을 받아들였다.

어느 틈엔가 비서로 보이는 여성의 부축을 받기 시작한 학원장까지도 찬동하는 뜻을 밝혀 왔다.

그건 그렇고 아저씨? 젊은 아가씨의 부축을 받아야 할 만큼 체력을 쓸 일이 있으셨나요? 단순히 성희롱이나 하려는 의도로 보이거든요?

“그쪽 분들께서도 서두르시지요.”

토모에가 나머지 다섯 명에게 말을 걸어 재촉했다.

하지만 그들은 움직이려 하지 않았다.

왜 저러지?

귀빈으로 오신 높으신 분들께, 이런데 머물 의미는 거의 없는 걸로 안다.

"……짐에 관해선 신경 끄시게나. 짐은 여기서 모든 사건을 마지막까지 지켜볼 의무가 있는 몸이야."

짐? 정말로 어느 나라의 국왕이라도 되시나?

그는 아직껏 경기장을 응시하고 있었다.

—저 괴물로 변한 일름간드와 학생들의 결투를 지켜보겠다는 건가?

"아버님, 하오나 이곳은 위험합니다."

"너희들은 먼저 가거라."

"폐하, 그럴 수는 없습니다. 저기 있는 것은 다름 아닌 저의 친아들이란 말입니다."

……리미아 왕국 일동 여러분들이란 말씀이렸다?

리미아 국왕과 일름간드의 부친, 그리고 국왕을 아버님이라고 부르는 왕자? 나머지 두 사람은 몸놀림이나 태도로 보건대 국왕 폐하를 수행하는 기사들인가?

그야말로 당사자에 속하는 사람들이다.

뭘 어떻게 해야 하나?

어찌됐건, 우선은 다른 사람들의 피난 유도를 서둘러야 한다.

"도련님. 일단 우선적으로 이 분들부터 학원장님께서 말씀하시는 안전한 장소로 전송하겠습니다."

토모에에게 지시를 하기 위해 시선을 돌린 순간, 오히려 그녀에게 선수를 빼앗겼다.

당연히 원래부터 그럴 계획이었으니, 나에게 고개를 끄덕이지 않을 이유는 없었다.

토모에는 나의 화답을 확인하자마자 안개를 연성했다.

루토가 통과한 안개의 문보다 꽤나 커다란 덩어리가 나타났다.

"그리고, 이 칼은 도련님께 맡기도록 하겠습니다. 나머지 분들에 관해선 맡겨만 주십시오."

"……?!"

이봐.

너는 나한테 와키자시를 맡겨서 뭘 어쩌겠다는 건데?

나는 그런 생각을 하면서도, 그녀가 건넨 와키자시를 받아든 채로 토모에를 마주봤다.

의미심장한 미소를 남긴 채로, 그녀는 안개 속으로 자취를 감췄다.

칫.

일단 요점부터 짚고 넘어가자. 요컨대 나한테 리미아 사람들을 설득해 보라는 소리야?

하지만 일국의 국왕에 대한 예의에 관해선 아는 바가 전혀 없으니…… 우선 사과부터 한 다음, 설득을 시작해 보자.

나는 이곳에 남아있는 일행들을 향해 말풍선을 만들었다.

[일생을 통틀어 일국의 국왕 폐하 정도 되시는 분을 직접 만나뵌 적이 없다 보니, 실례되는 행동을 저지를 여지가 있을지도 모릅니다. 아무쪼록, 양해를 부탁드립니다.]

"라이도우라 했나? 참으로 능숙하기 짝이 없는 필담 솜씨로군. 그것도 일종의 마술일 테지."

[예. 공통어를 구사할 수 없는 관계로, 이와 같은 필담을 쓸 수밖

에 없는 몸입니다. 다시 한 번 소개드리옵건대, 학원의 임시 강사이자 쿠즈노하 상회의 대표를 겸임하고 있는 라이도우라 하옵니다.]

"그대에 관해선 잘 안다."

[저희들의 가게에 관해, 어디선가 전해 들으셨다는 말씀이십니까?]

강대국 리미아의 국왕 폐하에게, 도대체 어쩌다가 롯츠갈드를 근거지로 삼고 있는 우리 가게에 관한 정보가 들어갔단 말인가?

"그렇지 않은가? 호프레이즈."

"……?!"

호프레이즈라고 불린 남자가 경악스러운 표정을 지었다.

그가 보인 반응에 상관없이, 리미아 국왕은 변함없는 태도로 따지고 들어갔다.

"네가 조사하고 있던 상회의 이름이, 아마도 쿠즈노하 상회라는 곳이었던 걸로 안다. 그리고 그 상회의 대표가 라이도우라는 이름의 임시 강사가 아니었나?"

"이미 저희 쪽에서도 확인이 끝난 사항입니다, 호프레이즈 공."

왕자로 추정되는 인물이 왕의 발언을 거들었다.

뭐가 어떻게 돌아가는 거지? 나만 소외된 채로 뭔가 진행 중인가?

일름간드가 부리던 온갖 수작들의 내용 중 일부가, 왕가에도 발각이 된 상태였다는 뜻인가?

"짐은 설명을 원한다, 호프레이즈. 네 녀석의 차남인 일름간드가 저와 같이 끔찍한 몰골로 변이된 것뿐만 아니라, 학원 도시 전체를 무대로 발생 중인 재난의 일부로 전락한 사실에 관해서 말이다."

조용하지만, 무겁기 그지없는 억양이었다. 차분한 목소리가, 오히려 한층 더 심각한 긴장감을 불러일으켰다.

“으, 폐하! 제가 아들의 바람에 따라, 저 강사에 관해 캐고 다녔던 것은 틀림없는 사실입니다. 그리고 어느 정도의 금전적인 수단으로 투기 대회에 농간을 부린 것 또한 확실합니다. 하오나, 저는 결코 이번 사태를 주도한 장본인이 아닙니다! 일름간드는 저의 친아들에서 그치는 것이 아니라, 전시 체제 하의 가문을 계승할지도 모를 중요한 자식입니다. 세상의 어느 아비가 아들을 저와 같은 괴물로 만들면서까지 흉계를 꾸미겠습니까? 최소한 저에게는 있을 수 없는 일입니다!!”

호프레이즈 씨가 필사적으로 변명을 늘어놓았다.

“……그건 그렇고, 일름간드가 라이도우에게 관심을 가진 이유에 관해선 알고 있나?”

“……모릅니다. 정말로 저는 전혀 아는 바가 없습니다!”

나 역시 그의 동기에 관해선 알고 싶던 참이었다.

도대체 무슨 이유로 집요하게 뒷조사를 하거나 선전포고를 할 만큼 나에게 원한을 품었단 말인가? 저 녀석과 시비가 붙었던 루리아를 감싼 것만으로도 이렇게까지 나에 대한 집착을 보일 수가 있나?

혹시 그 사건은 귀족들에게 있어선 도저히 용납할 수 없을 만큼 치욕적으로 받아들일 일이었나?

만약 그런 이유로 나의 앞을 가로막은 것이 확실한 사실일 경우, 나로서는 아무리 머리를 굴려 봤자 그들의 사고방식을 이해할 수 없으리라.

호프레이즈 씨는 국왕에게 끊임없이 변명을 늘어놓았다.

"자세한 사항에 관해선 본국으로 돌아간 다음, 다시금 정식으로 시시비비를 가리는 자리를 마련할 것이다. 그러나 이번 대회로 인해 각국을 상대로 보인 치욕스러운 추태의 대가는, 결단코 싸게 끝나지 않을 것이야."

"큭……."

호프레이즈 씨는 시무룩하게 고개를 숙였다. 본국으로 귀환해 봤자 잃어버린 것을 되찾을 수도 없을 테니, 다시 일어날 수나 있을까?

"그나저나, 라이도우여. 그대는 상인이라고 하지 않았나? 그리고 학원의 임시 강사로서 학생들에게 실기를 가르치는 신분이라더군. 말인즉슨, 지금 일름간드를 상대로 싸우고 있는 저 아이들은 그대가 직접 담당한 학생들이라는 뜻인가?"

국왕이 나에게 질문을 던져 왔다.

[예. 저들은 저의 강의를 수강 중인 학생들이 틀림없습니다. 참고로, 강의 기간 자체가 아직 그다지 긴 편은 아닙니다.]

"호오, 저들을 가르치던 강의 기간은 얼마나 되나?"

[아직 반년이 조금 안 되는 정도인 걸로 기억합니다.]

"반년이라……, 그런데 저자들은 원래부터 저 정도 수준의 실력을 갖추고 있었나?"

리미아 국왕은 조금 놀란 듯이 보였다. 나는 그의 질문에 답했다.

[아닙니다. 저는 원래 츠이게를 본거지로 사업을 벌이던 몸입니다. 그 땅의 모험가들 사이에 유행하는 전투 방식의 일부를 학생

들에게 전수한 결과, 저들의 적성에 맞는 듯이 하루가 다르게 실력을 키우고 있는 중입니다. 물론 저들의 선천적인 소질 또한, 의심할 여지없이 훌륭한 수준이었던 것은 틀림없습니다.]

리미아 국왕 역시 학생들의 실력에 관해선 호기심을 감출 수가 없는 듯이 보였다. 그는 경기장 쪽을 향해 시선을 고정한 채로, 나를 상대로 한 문답을 이어 나갔다.

"츠이게란 말이지? 하기야 용사님께서 데리고 오신 **그 땅의 모험가** 또한 저들과 유사한 전투 방식을 선보이더군. 거짓을 고한 것은 아닌 모양이야."

츠이게의 모험가가 리미아로? 말인즉슨, 지금 리미아엔 꽤나 레벨이 높은 모험가가 버티고 있다는 뜻이군.

용사가 뽑아 간(?) 모험가들이 황야를 드나들 정도의 실력자들일 경우, 리미아가 상당히 만만치 않은 전투력을 손에 넣었다는 사실을 의미하는 거나 마찬가지였다. 솔직히 말해서 천하의 용사님 씩이나 되시는 분께서 츠이에 같은 변경까지 일부러 찾아갈 줄은 몰랐다.

[폐하, 아무쪼록 저와 함께 안전한 장소로 피난해 주십시오. 이곳까지 적들이 당도하지 않으리라는 보장은 전혀 없는 줄로 압니다.]

"아닐세. 저들과 같이 훌륭한 전투 실력을 지닌 학생들의 스승과 함께하는 짐에게 무슨 걱정이 있겠나? ……그런데 라이도우, 그대 또한 그 검의 특수 능력을 구사할 수 있나?"

리미아 국왕의 시선이 허리춤의 와키자시로 옮겨갔다.

전이 술법을 사용할 수 있냐는 의도의 질문이리라.

……토모에 녀석, 굉장히 성가신 문제를 남기고 갔잖아?

아무튼, 이 와키자시로 전이 술법을 사용할 수 있다는 명분을 앞세우라는 소리지? 거의 그런 얘기였잖아?

[예, 다룰 수 있습니다. 저와 방금 전까지 이 자리에 있던 토모에가 사용할 수 있는 특수 능력입니다.]

"말하자면 자네는 짐을 저기로 데려가 줄 수 있다는 뜻이로군? 일름간드 또한, 짐이나 친아버지의 목소리로 말미암아 다시금 휴만의 모습을 되찾을 수 있을지도 몰라."

리미아 국왕이 그러한 대사와 함께 손가락으로 가리킨 장소는, 경기장 무대 부근의 관객석이었다.

왕자로 보이는 인물이 핏기가 완전히 가신 표정으로 언성을 높였다.

"폐하! 절대로 안 될 일입니다. 너무 위험합니다!!"

지극히 당연하기 짝이 없는 걱정이었다.

그러나 국왕은 태연하기 그지없는 태도로 답했다.

"우리 리미아 왕국의 귀족이 학원에 큰 피해를 주고 있는 상황이다. 우선 짐부터 나서서 사태의 수습에 최선을 다하는 모습을 보여야, 앞으로 최소한의 체면이나마 차릴 수 있단 말이다. 그렇지 않은가, 호프레이즈?"

리미아 국왕은 왕자의 의견을 단호하게 물리치더니, 호프레이즈 씨에게 시선을 돌렸다.

그는 순간적으로 움찔거리는 반응을 보이다가, 소극적으로 고개를 끄덕였다.

완전히 딴판으로 전락해 버린 아드님과 얼굴을 마주치고 싶을 리가 없을 텐데 말이야. 하지만 지금의 그는 국왕에게 그런 소릴 주워섬길 만한 입장이 아니었다.

"물론 일부러 위험한 곳으로 나아가야 최선을 다하는 것은 아니다. 그러나 그러한 모습을 보일 필요가 있을 때도 있는 법이야. 여기 남아 있는 이들 가운데 그러한 행동을 보일 수 있는 자가 짐과 호프레이즈 뿐인 이상에야 별 수 없다. 스스로도 참으로 노골적일 뿐만 아니라 속이 뻔히 들여다보이는 짓이라는 사실을 모르는 바는 아니다."

"……라이도우 님, 우리를 저곳까지 전이시켜 주실 수 있겠습니까?"

왕자는 아버지의 명분에 자신의 뜻을 굽힌 모양이다.

나야 딱히 큰 상관은 없지만, 한동안은 이 사람들의 보디가드 노릇이나 해야 한다는 건가?

[가능합니다. 일단은 다섯 분 전원을, 관객석의 저 부근으로 전이시켜 달라는 말씀이시지요?]

나는 손가락으로 대략적인 장소를 가리켰다.

왕자님께서 고개를 끄덕였다. 기사들은 아무 말이 없었다.

그들은 잠자코 국왕의 뜻에 따를 수밖에 없다는 건가? ……동정심이 가는군.

뭐, 건너편엔 시키와 미오가 버티고 있으니 아마도 무슨 돌발사태가 벌어지건 크게 문제될 일은 없나?

나는 와키자시를 다잡았다.

토모에와 루토의 즉석 설정에 따라, 어느 정도 그럴 듯한 폼을 잡을 필요는 있거든.

나는 토모에가 만든 것과 완전히 똑같은 형태의 안개를 연성해 보였다.

목적지인 관객석에도 똑같이 안개가 나타났다.

좋아. 준비는 끝났다.

"수고를 끼치는군. 이번 일의 보답은 언젠가 반드시 할 걸세, 라이도우."

리미아 국왕이 나에게 말을 걸어 왔다.

일본도로부터 손을 떼는 것도 부자연스럽다는 생각이 든 나는, 그에게 머리만 숙여 보였다.

왼손으로 칼집을 들고 있는데다가 오른손으로 칼자루를 들고 있다 보니, 지금의 나는 꽤나 볼품없는 자세를 취하고 있었다.

기사, 호프레이즈, 왕자, 그리고 국왕—.

그들은 차례대로 안개의 문을 향해 걸어 들어갔다—.

4

나는 관객석으로 눈을 돌렸다.

방금 전 전이시킨 리미아 왕국의 귀빈 여러분께서, 조용히 경기장 무대 위의 전투를 관전하고 있었다.

학원장, 그리토니아, 로렐 연방, 리미아, 아이온, 신전…….

오늘의 나는, 수많은 나라들의 고위급 인사들과 권력자들을 구출하는데 성공한 셈이었다.

쿠즈노하 상회의 이름까지 앞세운 이상, 이 소동이 수습된 후의 우리 상회와 나의 이름은 세계 각지로 그럭저럭 널리 퍼지게 되리라. 경우에 따라선 나를 제거하려던 상인들의 후원자들을, 거꾸로 그들의 머리를 억누르는 압력으로 바꿀 수 있는 가능성까지 존재할 정도였다.

최소한 지금 우리가 취하고 있는 행동 자체가 결단코 나쁜 선택은 아닌 듯한 느낌이 들었다.

그런 식으로 머리를 굴리다 보니, 자기도 모르게 웃음꽃이 피었다.

"아무튼, 일단 따라가 볼까?"

나 또한 안개를 통해 리미아 왕국 일행이 전이된 곳으로 향했다.

나는 잠시 멈춰 서서, 우연치 않게 전이 능력을 지닌 것으로 알려지게 된 와키자시를 향해 시선을 돌렸다.

단순히 전이 능력의 정체를 숨기려 한 것뿐인지도 모르지만, 지금의 나로서는 연극을 한 두 사람의 정확한 의도를 짐작조차 할 수 없었다.

뭐, 사실 지금 당장 심도 있게 짚고 넘어갈 만한 얘기도 아니었다.

사소한 일로 그냥 넘길 수도 있는 사안이니, 일단은 토모에한테 맡겨 보도록 하자. 그녀의 의도를 전혀 짐작조차 할 수 없는 현재로서는, 아무리 골머리를 썩혀봤자 시간 낭비였다.

[조금 늦었군요. 여러분들을 기다리게 한데 관해 사과드립니다.]

안개 속을 빠져 나온 나는, 리미아 왕국 일행과 얼굴을 마주봤다. 나는 우선, 리미아 국왕에게 딴생각을 하다가 조금 늦어 버린 일에 관한 사죄의 뜻을 밝혔다.

"신경 쓸 필요 없네. ……그건 그렇고, 정말로 완벽에 가까운 전이 술법이군. 우리나라 또한 전이 기술 분야로는 휴만 종족 최고봉이라는 자부심을 앞세우는 나라지만, 이처럼 뛰어난 수준의 술법은 난생 처음 볼 정도야. 전이 과정을 거쳤다는 감각조차 느껴지지 않을 정도로 자연스러운 기술이었어. 언젠가 따로 약속을 잡아 자세한 얘기를 듣고 싶은 참이지만, 지금은 우선 저 싸움을 마지막까지 지켜봐야 하는 상황일세. ……어떤 결말을 맞이하건, 우리가 할 일은 마찬가지야."

리미아 국왕은 마지막 한 마디를 입에 담은 바로 그 순간, 호프레이즈 씨에게 예리한 눈빛을 날렸다.

"……큭."

잠자코 국왕의 말에 귀를 기울이던 호프레이즈 씨는, 입술을 깨문 채로 온몸을 떨었다. 외교적인 배경에 관해 고려할 필요조차 없이, 일름간드의 말로에 관해선 대충 예상이 가고도 남았다. 지금의 국왕은, 그가 어떤 방식으로 처리되건 순순히 받아들일 각오가 되어 있는 듯이 보였다.

저토록 유능하기 그지없는 시키로 하여금 되돌리기가 어려울지도 모른다는 대사를 입에 담게 할 정도의 극단적인 변이체였다. 평범한 휴만들의 기술 수준으로 원상 복구될 가능성을 점치는 것은 지나치게 낙관적인 태도일지도 모른다.

"더 이상 인격의 잔해조차 느껴지지 않습니다. 정말로 마물들과 크게 다를 바 없는 폭주를 보이고 있어요."

왕자가 입을 열었다.

다분히 동정심이 느껴지는 말투였다.

왕족의 일원과 고위 귀족 가문의 아드님이라.

모르긴 몰라도 서로 아는 사이였을 가능성도 없지 않아 있을 테니, 당연하기 그지없는 반응인가?

"……라이도우."

호프레이즈 씨가 불현듯 나에게 말을 걸어 왔다. 그의 눈동자로부터 숨길 수 없는, 정확히 말하자면 스스로 숨기기를 포기한 듯한 강렬한 적대심이 전해져 왔다.

나로서는 그런 눈빛으로 자기 자신을 노려보는 상대에 대한 대응 방법조차 가늠할 수가 없는 상황이었다. 나는 어디까지나 약한 자를 괴롭히던 그 녀석을 말리던 것뿐이거든.

[무슨 용건이라도 있으신지요?]

나는 가능한 한 냉정한 태도로 답했다.

"자네의 상회는 수많은 종류의 약들을 다루는 가게라더군."

[예, 주로 약 종류를 취급하고 있습니다.]

"저 녀석을, 아들놈을 원상 복구시키는 종류의 마법 약은 없겠나?"

[대단히 죄송하기 이를 데 없사오나, 저 또한 저런 종류의 변이를 목격하는 것은 난생 처음입니다. 따라서 저희 가게의 마법 약을 써서 아드님을 되돌릴 수 있는 가능성은 굉장히 낮을 것으로 예상됩니다. 언뜻 본 첫 인상만으로도, 다양한 종류의 약품과 촉매를 동원한 복잡한 술식을 사용하고 있다는 건 거의 확실합니다. 아드님을 원상 복구시키는 작업을 하는 데는 더할 나위 없이 난해한 과정이 동반될 겁니다.]

나는 시키의 설명을 참고삼아, 흠 잡을 데 없이 무난한 대답을 입에 담았다.

"……!"

말로 한 것은 아니었으나, 호프레이즈 씨는 마음속의 온갖 다양한 감정들을 한꺼번에 대변하듯이 복잡하기 짝이 없는 표정을 지어 보였다. 분노와 슬픔, 절망과 후회…… 당연하게도 밝은 종류의 감정은 전혀 눈에 띄지 않았다.

당장 눈앞의 친아들이 죽임을 당하기를 바랄 수밖에 없는 입장인 이상에야 당연한 반응인가?

"정말로 대단한 실력자들이로군. 모든 속성에 대응할 수 있는 것으로 알려진 학원의 마지막 카드인 퍼플 코트를 괴멸시킨 일름간드를 상대로 전혀 밀리지 않아."

"하오나 서로 간의 전투력 자체는 막상막하인 듯이 보입니다. 역시나 학생들의 실력으로는 감당하기 버거운 걸까요?"

국왕과 왕자는 비교적 냉정한 시선으로 전투 광경을 바라보고 있었다.

"라이도우? 무대의 근처까지 가서 학생들에게 지시를 전달하고 있는 것으로 보이는 저 두 사람은, 그대와 관계가 있는 자들인가?"

국왕이 미오와 시키의 존재를 알아차렸다. 한 나라를 다스리는 만큼, 눈치 하나는 빠르다는 건가?

[예. 남자 쪽은 학원까지 따라와 저의 강의를 거들어주고 있는 조수로서, 이름은 시키라고 합니다. 여자 쪽은 주로 저를 호위하는 역할을 담당하는 자로서, 이름은 미오라고 합니다. 두 사람 다

저에게 있어선 믿음직스럽기 그지없는 고참 종업원들이지요.]

"일단 지금은 직접 싸우고 있지는 않은 것으로 보이는데?"

[학생들 스스로가 자신들의 손으로 결판을 짓고 싶다는 자세를 보인 관계로, 직접적인 전투 참가를 삼가도록 명했기 때문입니다. 승산이 없을 때는 가세하도록 지시한 참입니다만, 아직은 조언만으로도 충분한 모양입니다. 게다가—.]

"우리 아들을 발판 삼아 자신의 학생들을 성장시키겠단 말이냐!!"

갑작스럽게 날아든 고함소리로 인해, 나의 발언은 중단될 수밖에 없었다.

호프레이즈 씨가 보인 분노엔 조금 놀랄 수밖에 없었으나, 나는 그의 발언을 가볍게 받아넘기자마자 설명을 이어 나갔다.

[—게다가 같은 배움터를 터전 삼아 함께 실력을 갈고닦아 온 그들을 상대함에 따라, 혹은 일름간드 님께서 제정신을 되찾을지도 모른다는 어렴풋한 기대를 하고 있던 참입니다. 저 자신은 어쩌다 보니 저 분에게 심상치 않을 정도의 원한을 산 관계로, 저희들이 직접 나설 경우엔 희미한 희망조차 없어질 지도 모른다는 우려가 들었거든요.]

"큭! 속이 뻔히 들여다보이는 궤변을!"

호프레이즈 씨가 입술을 깨물었다. 당신이야 그렇게 나올 수밖에 없겠지. 사실은 그 소릴 하던 나조차 무심코 쓴웃음을 지을 뻔했거든.

"호오, 우리나라 출신의 귀족에게 그 정도로 마음을 쓰고 있었단 말인가? 그대의 배려엔 탄복할 뿐일세. ……그렇지 않은가, 호프레이즈?"

국왕은 매섭기 그지없는 눈초리로 호프레이즈 가문의 당주님을 노려보면서, 그의 이름을 불렀다.

[아닙니다. 결국은 학생들에게 모든 것을 맡기는 거나 다를 바 없는 고육지책에 지나지 않습니다. 확고한 논리적 근거가 존재하는 것도 아닙니다.]

분노에 몸서리를 치면서도 나를 똑바로 바라보던 호프레이즈 씨를 제지하듯이, 나는 국왕에게 머리를 숙였다.

"그나저나, 아까부터 일진일퇴(一進一退)의 공방전이 되풀이되고 있군요. 결판 자체는 쉽게 나지 않을 걸로 보입니다."

왕자가 중얼거렸다.

"요슈아, 너의 안목으로도 예상이 안 된단 말이냐?"

요슈아 왕자라는 이름의 왕자님이신가? 사실은 그의 프로필에 관해선 전혀 알지 못했다. 리미아 왕국의 왕자님이나 왕녀님에 관해선 정확한 정보 자체가 거의 없다 보니, 요슈아 왕자의 정확한 위치를 예측하기는 쉽지 않았다.

"예. 그나저나 한 가지 궁금한 점이 있습니다. 저들은 도대체 무슨 이유로 불 속성 술법밖에 쓰지 않는 겁니까? 그리고 파티 소속의 모든 술사들이 불 속성을 다룰 수 있다는 것도 굉장히 흔치 않은 경우로 보입니다."

왕자가 의문점을 들었다.

여기서 전투를 관전하고 있는 이들에게, 그다지 전문적인 지식은 갖추어져 있지 않은 것으로 보였다. 왕족이나 귀족의 전문 분야는 역시 실전보다는 정치 쪽에 가까우리라.

"흠…… 라이도우, 그대가 지니고 있는 전문 지식으로 설명해줄 수 있겠나? 일단 우리가 이해 가능한 범위에 한해 해설해 주게."

하지만 여기서 대답했다가 예상치 못한 시비가 붙을 일은 없을까?

호위로 따라온 기사가 두 명이나 있잖아? 전투 방면에 관해선 우선 저들의 의견을 듣는 것이 도리가 아닐까?

아니, 국왕 폐하께서 나한테 직접 의견을 물었는데 기사들에게 화제를 돌리는 거야말로 예의에 어긋나는 행동일지도 몰라.

어설프게 머리를 굴리기보다, 곧이곧대로 대답하는 편이 무난해 보였다.

"라이도우, 짐에게 쓸데없이 예의를 차릴 필요는 없다. 설명을 부탁한다."

곧장 답이 나오지 않아 망설이다 보니, 국왕 폐하 본인으로부터 추가적인 언질이 떨어졌다.

물론 설명을 못 드릴 이유야 없지요.

[우선 일름간드 님은, 보시다시피 무척이나 강인한 육체로 변이된 상태입니다. 일진일퇴의 공방전이 전개되고 있는 까닭은 저 분의 불합리하기까지 한 방어력과 내구력, 묵직한 일격의 무게와 공격에 대한 학생들의 경계심으로 인한 바가 큽니다. 바로 그러한 능력적인 요소들이 전투를 장기화시키고 있는 두 가지 주된 요인 중 하납니다. 게다가 저 변이의 특징은 육체보다 오히려 마술적인 요소의 변모가 큰 것으로 보이는군요. 그것이 다른 한 가지 요인인 것으로 예상됩니다.]

"마술이라?"

[예. 현재의 일름간드 님한테는 토수화풍(土水火風)의 네 가지 기본 속성 가운데 불 속성밖에 통하지 않는 상태입니다.]

흡수나 내성이나 무효화 등의 자세한 내역에 관한 설명은 그냥 생략해 버리자.

"놀랍군. 세 가지 속성을 무효화시키고 있단 말인가?"

[다행히도 진 로안을 비롯한 저의 모든 학생들은 여러 가지 속성들을 빠짐없이 다룰 수 있는 훈련을 받아 왔습니다. 그런 고로, 저들은 적을 상대로 유일하게 유효한 속성인 불을 써서 전투에 임하고 있는 겁니다. 무속성 또한 유효할 것으로 예상되오나, 마력의 소비량이 너무 큰 관계로 불을 고른 저들의 선택은 타당한 줄로 압니다.]

"전원이 다수의 속성을 구사할 수 있다는 말씀이십니까? 말하자면 당신은, 저들에게 선천적으로 타고난 속성을 초월한 속성의 술법들을 가르쳐 왔다는 건가요?"

정중하기 그지없는 말투의 요슈아 왕자는 왕족이라기보다 집사나 그에 준하는 직업인으로 보일 정도였다.

나 같은 일반 시민A를 상대할 때는 다른 아저씨들처럼 뭔가 있어 보이게 행동해야 되지 않아?

[예, 그런 고로 학생들의 공격 자체는 그럭저럭 효과가 있는 듯이 보입니다.]

"그런데 어째서 결정타가 들어가지 않는 겁니까?"

[속성의 제한으로 인해, 상대방의 약점을 정확히 찌르기 어려운 상황이라는 요인이 커 보입니다. 원래부터 불 속성 마술 가운데

그러한 효과의 술법은 많지 않은 편으로서, 순수한 위력을 추구한 공격이나 자기 강화에 적합한 계열입니다. 더군다나 지금의 일름간드 님은 주위의 휴만들, 본인의 동료들로부터 마력을 흡수하신 상태입니다. 마력의 최대치가 향상되기까지 하다 보니, 능력을 저하시키거나 대상을 교란시키는 종류의 술법을 모조리 봉쇄하고 있는 걸로 보입니다. 게다가 육체적인 타격까지 어느 정도 재생되고 있는 걸로 봐서, 어지간히 큰 기술을 명중시키지 않고서야 전투 자체가 장기화될 우려 또한—.]

왕자에게 전투에 관한 해설을 늘어놓다 보니, 무대를 바라보던 호프레이즈 씨가 갑작스럽게 비통한 비명소리를 질렀다.

나는 그를 따라 무대 쪽으로 시선을 돌렸다.

결정적인 장면을 놓쳐 버렸지만, 어쨌든 큰 기술이 들어간 모양이다.

어깻죽지 부근으로부터 팔이 뜯겨 나간 잿빛의 거인은, 상당한 체력을 소모한 듯이 무릎을 꿇었다.

팔?

설마 아직도 쓰러뜨리기보다 무력화를 시키기 위한 목적으로 싸워 왔던 거야?

스스로 학생들에게 해줄 수 있는 조언은 전부 다 전수해줬다는 건가? 미오는 전투에 직접 참가할 의사가 전혀 없는 상태로 관전하고 있는 듯이 보였다.

시키는 그나마 학생들을 언제든지 회복시킬 준비를 갖춘 채로 전황을 지켜보고 있는 모양이다.

일곱 명의 파티로 이루어진 진 일행의 피로는 상당히 아슬아슬한 영역으로 들어선 듯이 보였다. 여기서 쳐다보고 있는 것만으로도 그들의 피로가 느껴질 정도였다.

대충 겉보기 등급만 보자면, 이미 무력화를 노리기는 어려운 상황이라는 생각이 들었다.

[이제야 조금 전황이 움직인 모양입니다. 학생들의 말은 상대방에게 전혀 통하지 않고 있을 뿐만 아니라, 아직껏 저분의 숨통을 끊고자 하는 결심 또한 서지 않은 듯이 보이는군요.]

일단 체력적으로는 일름간드가 유리해 보였다.

게다가…….

개인적으로 우려하던 사태가 일어났다.

일름간드의 팔이 재생된 것이다.

으—음, 아무리 재네들이더라도 마음이 꺾이지나 않을까?

"이럴 수가, 방금 잃어버린 팔을!"

"재생…… 시킬 줄이야……!"

"일름……, 너는 이미……!"

어라?

파티 전체로 돌이킬 수 없는 마음의 동요가 확산되기보다 먼저, 멤버 중 한 사람이 앞장서서 앞으로 나아가 검을 다잡았다.

미스라?

단체전까지 활약할 기회가 없었으니 이번에야말로 나서 보겠다는 거냐?

응, 바로 이 타이밍을 노려 앞으로 나아가 기세를 올리는 건 나

뻐지 않은 수야. 그렇지 않아도 체력 소모가 심각한 상황인데, 기력까지 꺾이는 건 최악이거든.

그 역시 다른 멤버들과 마찬가지로 몹시 피폐된 상태였지만, 아직은 일름간드의 묵직한 괴력과 오른손으로 빨려 들어가 흉악한 몰골로 전락한 명검까지 능숙한 솜씨로 받아넘길 정도의 체력은 남아 있었다.

'도련님.'

시키로부터 염화가 들어왔다. 갑자기 무슨 일이지? 뭔가 문제라도 있나?

감사하게도, 지금 리미아 왕국 여러분께서는 단 한 사람의 예외도 없이 무대로 온 신경을 집중시키고 있는 듯이 보였다. 그런 고로, 시키와 염화로 의사소통을 나눌 정도의 여유는 있는 상태였다.

'왜? 무슨 문제라도 발생한 거야?'

'예, 두 가지 정도.'

'들어 보지.'

'우선 눈앞의 변이체에 관한 보고부터 시작하자면, 아마도 학생들의 실력으로 무력화시키는 건 힘들어 보입니다. 게다가 상대방의 정체가 같은 학원의 선배다 보니, 자신들 본연의 전투 능력조차 발휘하지 못 하는 듯한…….'

'해치우지 못 할 수도 있다는 건가?'

'……예. 퇴치 자체는 급소를 노리는 것만으로도 금방 끝날 겁니다. 상대방의 급소에 관해선 학생들 또한 이미 숨골 부근 정도로 짐작하고 있으며, 그들의 판단에 착오는 없습니다. 하지만 실제로

숨통을 끊기는 어려울지도 모릅니다.'

'좋아. 결국 직접 쓰러뜨리기 어려울 것으로 예상될 때는 시키가 직접 나서서 무력화시켜. 또 하나의 문제는 뭐지?'

'예. 방금 전, 저 녀석과 똑같은 종류의 생물체 한 마리가 이곳으로 침입해 들어왔습니다. 관객석으로 향할 위험성이 있사오니, 아무쪼록 주의를 부탁드립니다.'

'응, 그렇군. 고마워, 조심할게.'

시키와 나누던 염화는 아무런 돌발사태 없이 무사히 끝났다.

흐—음, 이쪽으로도 뭔가 오고 있단 말이지?

언제든지 눈앞의 높으신 분들을 지킬 수 있는 거리를 유지해야겠군.

리미아 왕국 일행은 관객석 2층 맨 앞줄까지 나아가 전황을 굽어보고 있는 와중이었다.

일름간드를…… 고칠 수 있다는 확증조차 없는 상태로 무력화시키는데 무슨 의미가 있나—?

응?!

느닷없이 기사 두 사람의 긴장이 고조되는 듯한 기척이 전해져왔다.

순간적으로 무대 위의 전황이 다시금 바뀌었을지도 모른다는 예감이 들었다. 그러나 그쪽으로 시선을 돌려 봤자 특별한 변화는 눈에 띄지 않았다.

리미아 국왕과 호프레이즈 씨는 경기장 무대에 가장 가까운 관객석 맨 앞부분의 울타리 부근에 자리 잡고 있었다.

나와 기사들, 그리고 요슈아 왕자는 그들로부터 한 걸음 정도 물러난 위치에 서 있었다.

바로 그 구도가, 움직인 것이다.

"뭔가 옵니다! 조심하십시오!"

기사 중 한 사람이 목청껏 외치더니, 두 기사들은 무기를 뽑아들자마자 나의 옆을 지나 후방으로 달려 나갔다. 감지 계열 마술로 주변을 경계하고 있던 건가?

두 사람이 달려 나간 방향으로 시선을 돌려봤자 아무 것도 보이지 않았다. 하지만 이곳으로부터 꽤나 멀리 떨어진, 관객석과 통로를 연결하는 출입구 부근으로부터 흉악한 몰골의 잿빛 변이체가 출현했다.

우웩, 일름간드하고도 꽤나 형태가 달라 보이는군.

부자연스럽게 발달된 사람의 두 다리가, 몸의 절반 이상을 차지하고 있는 듯이 보였다.

그러나 그 위로 달려 있는 것은, 사람의 몸통이 아니었다.

다리 위로는 뜬금없이 머리가 나 있다. 게다가 부자연스럽게 커다란 머리였다.

심지어 입에는 조류의 주둥이가 달려 있다. 큰 부리 새를 연상케 하는 커다란 주둥아리에 무시무시한 이빨이 잔뜩 나 있다.

아직 서로 거리가 멀리 떨어져 있는데도 불구하고 벌린 입으로부터 이빨의 모양새가 다 보일 정도의 사이즈였다. 더군다나 사람에 비해 상당히 커다란 검은자위가 말처럼 좌우로 붙어 있었다.

한 마디로 말해 무척이나 징그러운 형상이다. 생리적으로 불쾌한 몰골의 괴물이었다.

머리털의 대용품이라는 건가? 머리로부터 여러 갈래의 촉수가 뻗어 나와 있는 몰골이 더욱더 생리적인 불쾌감을 부추기고 있었다.

기사들이 달려 나간 까닭은, 국왕 폐하로부터 가능한 한 멀리 떨어져 전투를 시작하려는 의도인 것으로 보였다.

과연, 행동 원칙 자체는 대충 납득이 갔다.

저들을 따라 나 역시 조금 앞으로 나아가…….

"기이이아아아!!"

응?

적과 근접 상황이 될 때까진 꽤나 거리가 멀리 떨어져 있었는데, 무슨 일이지?

기사의 비명소리에 두 눈을 의심했다.

왜냐하면 변이체와 기사들은 이미 맞부딪친 뒤였기 때문이다.

가공할 만한 순발력으로 달려온 것이리라. 저 터무니없는 사이즈의 두 다리로부터 나오는 다릿심은 겉치레가 아니라는 건가?

잿빛 변이체가 기사의 몸통과 옆구리를 갑옷채로 물어뜯은 결과, 붉은 피 보라와 끔찍한 비명소리를 낳은 것이다. 그 모습을 목격한 나는 자기도 모르게 멍한 머리로 한 발의 탄환을 떠올렸다.

그리고 더욱 더 끔찍한 비명소리가 들려왔다.

완전히 허를 찔린 탓인가? 혹은 기사의 실력 자체가 변이체를 상대하기엔 턱없이 모자랐던 건가?

일단 전자인 걸로 여겨 두자. 어찌됐건 국왕 폐하의 호위로 따라온 친위 기사들이었거든.

아무튼, 또 한 사람의 기사로부터 추가적인 비명소리가 들려올 때까진 그다지 오랜 시간은 필요하지 않았다.

꿈틀거리고 있던 몇 줄기나 되는 촉수들이 기사의 몸을 예리하게 꿰뚫어버렸다.

갑옷이 두터운 부분은 촉수의 관통을 가까스로 모면한 듯이 보였으나, 크게 우그러진 상태였다. 갑옷 자체가 일그러진 정도만 보더라도 상당한 충격을 입은 것은 틀림없었다.

목이나 가랑이 등을 비롯해 갑옷의 보호를 충분하게 받지 못한 부위나, 갑옷의 구조상 불가피하게 두께가 얇을 수밖에 없는 부분은 예외 없이 촉수에 관통당한 듯이 보였다.

치명상, 일지도 몰라. 정말 대형 참사가 따로 없었다.

계를 사용할 경우, 치유가 불가능할 정도의 부상은 아니었다. 하지만 현재의 위치로는 저 변이체까지 계의 효과 범위 안으로 들어와 버린다.

게다가 마력을 은폐하는 작업을 소홀히 할 경우, 숨기고 있던 것까지 모조리 들통 날지도 몰라.

……쳇.

하지만 최소한 여기 있는 세 사람만은 무슨 수를 써서든 지켜야 한다. 최선책은 아니었지만, 일단은 이 정도로 만족할 수밖에 없다.

불끈—.

변이체는 다리만 크라우칭 스타트[#6]를 본뜬 자세를 잡더니, 부리

**#6 크라우칭 스타트** 단거리 육상 경주에서 두 손을 땅에 대고 허리를 구부린 자세로 출발하는 스타트 방법.

같은 형상의 입을 우리에게 돌려 왔다.

그렇지 않아도 운동선수조차 상대가 안 될 정도로 굵게 부풀어 오른 허벅다리가, 더욱더 크게 팽창되는 광경이 나의 시야로 들어왔다.

어, 이건 아마 돌격 자세는 아니군. 도약하려는 거야.

나의 예측은 정확하게 들어맞았다.

그 녀석은 한 발의 탄환처럼 일직선으로 날아올라, 우리가 있는 곳으로 들이닥쳤다.

좋아. 상대가 우리와 맞부닥뜨리기보다 먼저, 잽싸게 제거해 버리자.

그러한 계산 하에 앞으로 한 걸음 나아간 바로 그 순간, 그림자 하나가 나의 앞으로 뛰쳐나갔다.

……?!

요슈아 왕자라굽쇼?!

"아버님, 어서 몸을 피하십시오!"

왕자는 쓸데없이 반짝이는데다가 폭이 좁아 장식품으로밖에 보이지 않는 허리춤의 검을 뽑아들자마자, 국왕을 지키기 위해 우리 쪽으로 돌격해 들어오는 변이체에게 맞섰다.

바, 바보냐?!

난처하다. 왕자가 부상을 입는 건 나한테 굉장히 불리해.

나는 즉시 시키와 미오에게 염화로 말을 걸었다.

'미안, 시키. 관객석 사람들 중에서 사망자가 나왔어. 이쪽으로 와서 치유만 좀 해주라. 미오는 현재 위치를 유지해. 학생들을 지

키는 역할은 일단 너한테 다 맡길게. 학생들이 죽지 않도록 잘 부탁한다.'

저 기사 두 사람은 아마도 되살릴 기회를 놓친 것으로 보였다. 하지만 경우에 따라선 시키의 솜씨로 치유가 가능할지도 몰라.

사망자가 나왔다는 식으로 언급했지만, 사실 꽤나 먼 거리다 보니 실질적인 사망 여부를 정확하게 확인한 것은 아니었다. 그러나 그들이 받은 공격의 성질로 판단하건대, 생존 가능성 자체는 거의 절망적으로 보였다.

다른 적들은 눈에 띄지 않으니, 지금 들이닥친 저 녀석만 제압할 수 있다면 어떻게든 될 대로 되리라.

순간적으로 거기까지 계산한 나는, 서둘러 왕자의 뒤를 쫓아갔다.

변이체는 왕자의 코앞까지 들이닥친 상태였다.

이건…… 이미 늦었나?

일반적인 인체는 정지되어 있다가 곧장 최고 속도로 가속할 수는 없는 법이다. 마술을 쓸 수밖에 없다.

나는 자신의 진짜 손 대신, 왕자와 변이체 사이로 마력을 이용한 「보이지 않는 손」을 뻗어 그를 지켰다.

계를 은폐에 총동원하고 있는 이상, 나의 「손」은 주위 사람들에게 보이지 않을 것이다.

나는 변이체의 고속 몸통 박치기를 「손」으로 가로막았다.

그리고 그 여세를 몰아 「손」을 가볍게 꺾어 올렸다. 물론 왕자로부터 변이체를 떼어 놓기 위한 동작이었다. 변이체는 그 여파로 크게 튕겨 나갔다.

나 자신은 그제야 요슈아 왕자를 따라잡았다.

나는 변이체로부터 그를 감싸듯이 끌어안자마자 즉시 이탈을 시도했다. 나는 변이체의 시야로부터 왕자를 숨기기 위해 부근의 좌석 사이로 몸을 날렸다.

젠장, 정작 가장 중요한 국왕 폐하와 조금 거리가 떨어지고 말았다.

꽤나 멀리 날려 버렸으니 곧바로 재공격을 시도해 올 리야 없겠지만, 서둘러 해치워야겠군.

[왕자 전하, 예기치 못한 돌발 사태였던 관계로 무례를 저질러 버린데 관해선 너그러운 마음으로 용서해 주십시오. 저 괴물은 저의 손으로 처리—.]

우선은 왕자에게 사죄하기 위해 거기까지 단숨에 말풍선을 채운 그 순간, 나의 손으로부터 도저히 이해가 안 가는 감촉이 전해져 왔다.

어라?

"……큭!!"

나는 품안의 왕자에게 시선을 돌렸다.

그의 표정은 그야말로 이보다 더할 수 없이 굳어 있었다.

방금 전의 여파로 인한 건가? 혹은 어디선가 옷이 걸렸는지도 모른다.

그가 입고 있던 옷의 일부, 특히 복부 부근이 꽤나 찢어진 결과…….

나의 손은 겉으로 드러난 복부의 약간 위로 가 있다 보니…….

말도 안 돼. 왜 이렇게 부드러운 거야?

아니…… 잠깐?

나의 머리가 순간적으로 혼란을 일으켰다.

"……자세한 사항에 관해선 기회를 봐서 말씀드리겠습니다. 지금은 우선 아버님을 부탁드립니다!"

수치심으로 물든 그, 아니? 그녀(?)의 조용한 목소리가 들려온 관계로, 나는 황급히 그녀와 거리를 벌렸다.

상당히 문제될 소지가 있을 만한 짓을 저지른 듯한 느낌이 들었으나, 지금은 변이체부터 먼저 제거해야 한다.

방금 전 저 녀석을 「손」으로 튕겨 버렸던 일련의 동작은 상당히 효과적이었던 모양이다. 변이체는 아직껏 비틀거리고 있는 중이었다.

나는 불릿으로 견제 공격을 날린 다음, 단숨에 거리를 좁혀 들어갔다.

참고로 방금 사용한 불릿은 무속성이었다.

무영창인데다가 무속성일 뿐만 아니라 대충 날린 간이 공격이었던 관계로, 즉석 불릿에 변이체에게 치명상을 입힐 정도의 위력은 없었다.

하지만 발을 묶는 데는 충분하고도 남을 정도의 위력이었던 모양이다. 상대방의 움직임이 멈췄다.

그 덕분에 손쉽게 접근할 수 있었던 나는, 마력을 부여한 오른손으로 변이체를 힘껏 후려갈겼다.

변이체는 좌석이나 울타리 등의 다양한 장애물들과 함께 멀리 날아가 버렸다.

좋아.

이제 리미아 국왕 폐하는 안전지대로 들어간 거나 다를 바 없다.

무속성 술법들은, 같은 레벨의 속성이 부가된 술법들보다 위력이 감소되는 경향이 없지 않아 있었다.

하지만 방금 전의 손맛으로 보건대, 무속성 불릿으로도 얼마든지 잡을 수 있는 상대로 판단된다.

나는 두 마디 정도의 영창을 읊은 다음, 활을 시위에 메기는 동작으로 새하얀 불릿을 날렸다.

화살처럼 보이는 그 탄환은, 축 늘어져 있던 변이체의 부리에 정확히 명중됐다. 그 충격파로 더욱 더 멀리 날아간 변이체는, 십자가에 박히듯이 관객석으로 처박혔다. 상대가 지닌 공격 수단을 예상할 수 없었던 관계로, 거리를 벌리는 편이 좋지 않을까 싶어 위력을 희생한 술법이었는데…….

결국 나의 걱정은 기우였던 모양이다.

변이체는 몸 안쪽으로부터 거품이 일듯이 마구잡이로 팽창하는가 싶더니, 엄청난 폭발과 함께 산산이 흩어졌다.

에휴—, 조금 조마조마했지만 그럭저럭 매듭은 지었다.

나는 이미 도착한 시키가 기사 중 한 사람에게 치유를 시작하는 광경을 확인한 다음, 안도의 한숨을 내쉬었다.

일단 분위기로 봐서 저 기사는 목숨을 건진 모양이다. 시키가 때를 놓친 환자에게 쓸데없는 수고를 들일 리가 없거든.

이 시점까지 오고 나서야 겨우, 나는 한 가지 일을 마쳤다는 확신을 가졌다.

……왕자에 관한 건수가, 새로운 문제의 불씨가 되지 않기만을

바랄 뿐이다.

……에휴.

나는 가능한 한 얼굴을 똑바로 쳐다보지 않도록 노력하면서, 나에게 딱 붙은 채로 웅크리고 있던 왕자와 함께 국왕이 있는 곳으로 돌아갔다.

아무튼 한 건 끝났다—.

아주 짧은 시간 동안 방심하고 있던 그 순간, 무대 위로부터 지금껏 들어본 적조차 없을 만큼 끔찍한 절규 소리가 들려 왔다.

## 5

◇◆ 아베리아 ◆◇

"아베리아. 저는 위에서 부상을 입은 기사를 치료하러 가고자 합니다만, 무리는 하지 마십시오. 저자에 관해선 돌아와서 제가 매듭을 짓겠습니다."

시키 선생님은 후방으로 물러나 있던 나에게 말을 걸어 왔다. 일름간드였던 존재를 상대로 고전 중인 우리에 대한 걱정이 직접적으로 전해져 왔다.

"……미오 님, 잠시 동안이나마 학생들을 잘 부탁드립니다."

"그러도록 하지요. 지금은 도련님의 부름을 받은 몸이니 서두르기나 하세요. 학생들에 관해선 걱정할 필요 없고요."

시키 선생님과 미오 양이 짧은 대화를 나눴다.

등 뒤로부터 두 분의 대화 소리가 들려오자, 기대에 부응하지 못하는 자기 자신에게 몹시 화가 났다. 게다가 시키 선생님과 미오 양, 그리고 라이도우 선생님에게 있어선 이 정도의 적은 별 근심거리조차 되지 않는다는 현실까지 두 분의 태도나 말투로부터 아주 쉽게 짐작이 되는 점 또한 나로 하여금 자기 자신을 한심하게 느끼도록 하는 주된 원인 중 하나였다.

……나와 일름간드의 관계에 관해선, 일단 지금은 아무런 상관도 없었다.

설령 그러한 요소가 아주 약간, 평소보다 조금 굼뜬 나의 동작에 관여하고 있더라도 말이다.

다른 동급생들 또한 나와 마찬가지로 평소보다 조금 움직임이 둔하게 보였다.

평상시의 강의 시간에 이런 움직임을 보였다면, 전투를 강제적으로 중단 당했을 뿐만 아니라 엄청난 설교를 받으리라는 것이 뻔히 예상될 정도로 형편없는 전투 실력이었다.

이유 자체는 의심할 여지조차 없이 아주 뚜렷했다. 지금 우리가 맞서고 있는 상대의 정체가 단순한 마물이 아니라, 우리와 같은 학원의 학생이었기 때문이다.

필연적으로, 상대하기 거북할 수밖에 없었다.

제정신으로 돌아와 주기를 바라는 소망을 담아 의사소통을 시도해 봤지만, 덧없는 희망사항에 지나지 않았다. 그러나 그냥 죽여 버리기도 꺼림칙한 상황이었다. 그 결과, 생명에 직접적인 지장은 없을 듯한 부분들로 공격을 집중시킬 수밖에 없었던 것이다.

아까 팔을 뜯어버린 것 또한, 그런 식으로 벌여온 한심한 전투의 산물에 지나지 않았다.

하지만 『그』에게 있어서, 팔이 뜯겨나간 것 정도는 대단한 손상이 아니었던 모양이다.

그 남자였던 괴물은 분노로부터 우러난 것으로 보이는 포효에 가까운 고함소리를 지르는가 싶더니, 곧바로 팔을 통째로 재생시키자마자 다시 전투를 시작한 것이다.

만약 방금 미스라가 앞장서서 나아가지 않았다면, 우리들 또한 마음의 동요를 못 이겨 퍼플 코트의 전철을 밟아 갈가리 찢겨 나갔을지도 모른다. 그에게는 나중에 기회를 봐서 감사를 해야—.

나는 앞으로 나아가 일름간드의 공격을 글자 그대로 온몸을 던져 막고 있는 동료들의 등 뒤로 물러나, 오로지 무의미하게 현재의 전황을 방관하고 있을 수밖에 없었다.

—울화가 치밀어 올랐다.

지금의 일름간드는 우리들보다 훨씬 강하다.

정상적인 휴만으로서 수련을 쌓은 결과가 아니라 정체불명의 괴물로 변이함으로써 손에 넣은 능력이었지만, 어찌됐건 지금의 그가 우리보다 강하다는 건 틀림없었다.

아무튼 원래 모습을 되찾을 가능성이 존재하건 말건, 그는 **또다시** 나를 능가한 것이다.

라이도우 선생님의 강의를 받게 된 이후로, 이제야 저 녀석을 능가하기 시작한 것으로 여기던 참이었다.

나는 지금껏 도저히 이길 수 없을 것만 같던 저 남자를, 이제야 막 뛰어 넘는데 성공한 참이었단 말이다.

마음속의 감정을 못 이겨 울부짖다가, 저 녀석을 후려갈기고 싶은 자기 자신이 존재하는 것도 사실이었다.

하지만 지금 당장은 절대로 시도할 생각조차 들지 않는 충동이었다. 단 한 순간의 잘못된 판단으로 파티가 붕괴하는 실마리를 제공할 수도 있는 상황이었기 때문이다.

애초부터 그 따위 한심한 모습을 시키 선생님이나 동급생들한테 보이고 싶지 않았다.

따라서 지금으로선 시키 선생님이 돌아오실 때까지 끈질기게 버티는 것이, 의심할 여지없이 가장 현명한 수단이었다.

혼자 남은 미오 양은 특별히 따로 우리를 거들 마음은 없다는 듯이, 지금껏 주어진 조언을 참고삼아 어떻게든 직접 해결해 보라는 태도였다. 그녀는 시키 선생님과 완전히 다른 존재였다.

일름간드가 날려 오는 공격의 성질과 그에게 효과적인 속성, 그리고 급소—.

우리는 이미 그녀로부터, 일름간드를 쓰러뜨리는데 필수적으로 필요한 몇 가지 조언을 제공받은 참이었다.

우리의 고찰이 정답일 때는 인정해 주기도 하다가 틀렸을 때는 힌트를 제공해 주는 방식으로 주어진 조언들이었다.

퍼플 코트는 롯츠갈드가 자랑하는 최강의 전투 부대였다.

요컨대 우리가 처음으로 목격한 이 도시 최강의 전투 부대는, 처음 보는 상대라는 사실을 감안하더라도 일름간드에게 민겨지지 않을 만큼 간단하게 깨졌을 뿐만 아니라 곧바로 잡아먹혔다는 뜻이다.

우리가 퍼플 코트를 전멸시킨 일름간드를 상대로 그럭저럭 호각에 가깝게 싸울 수 있는 까닭은, 시키 선생님의 회복 계열 마술과 미오 양의 조언, 그리고 라이도우 선생님에게 받은 장비와 여신의 축복을 받은 영향이 컸다. 아니, 정확히 말하자면 그러한 도움들 없이는 저 정도 괴물과 맞서 싸울 수 있을 리가 없었다.

다시 말하자면, 여러 단계에 걸쳐 자신들의 능력을 향상시켰는데도 불구하고 이 모양 이 꼴이라는 뜻이다. 참고로 우리가 여신의 축복을 받은 바로 그 순간, 시키 선생님과 미오 양은 어딘지 모르게 어중간한 표정을 지어 보였다.

아무튼 갈피를 못 잡은 채로 회복이나 조언이나 뛰어난 장비조차 없이 도전했다면, 우리는 벌써 오래 전에 전멸 당하고도 남았을 것이다.

이 정도의 능력 차이를 뒤엎는데 필요한 협력 체계나 고찰 능력은 나날이 받아온 강의를 통해 토 나올 만큼 단련 받아 왔을 텐데, 정작 현실의 우리들은 너무나 꼴사나웠다—.

"제엔자아앙! 작작 좀—!!"

진은 다정한 성격의 소유자였다.

그는 아직도 급소를 노리지 않는 방법으로 일름간드를 무력화시키려는 듯이 보였다. 저 괴물을 아직도 학원의 선배로 판단하고 있는 것이다.

이도류(二刀流)로 단숨에 적을 제압하는 것이, 지금의 그가 추구하는 스타일이었다.

당하기 전에 먼저 공격한다.

바로 그것이야말로 지금의 진이 지향하는 이상적인 전투 방식이었다.

그런데 평소엔 상대의 공격조차 집어삼키던 그의 격렬한 검기로부터 기세가 느껴지지 않았다. 강력한 재생 능력을 지닌 적수를 상대로 무딘 참격(斬擊)을 날려 봤자 아무런 의미가 없었다.

일름간드였던 저 괴물은 확실하게 우리를 죽이러 오고 있는 만큼 그 차이는 더욱더 뚜렷할 수밖에 없었다.

"사실 불 속성을 다루는 데는 조금 서툰 편이란 말이지!"

그런 식으로 일종의 변명과 함께 마술을 날리는 이즈모 역시 답답해 보였다.

바람 속성을 이용한 상대의 이동 수단 봉쇄나 시야 차단, 그리고 고속 기동 상태를 유지한 채로 연발하는 공격용 술법—.

그가 주특기로 삼는 전술을 전혀 사용할 수 없는 상황이었다.

일름간드에게 가까이 근접한 바람 속성의 술법들은, 단 한 발의 예외조차 없이 모조리 흩어져 버렸다.

내성을 갖추고 있다기보다는, 완벽하게 무효화 당하고 있는 듯한 분위기였다.

사각지대로부터 날리는 술법 또한, 그의 불 속성 숙련도로는 공격력이 부족하다 보니 유효타를 날릴 수가 없었다.

따라서 그로서는 차라리 지금처럼 후방의 고정된 위치로 물러나 공격에 집중함으로써 술법의 위력을 최대한 끌어올리는데 집중하는 것이야말로 가장 올바른 선택이었던 것이다. 게다가 기본적으로 그다지 친숙하지 못한 속성의 술법을 연발하고 있다 보니, 평소보다 훨씬 빠르게 마력을 소모하고 있는 상황이었다.

이즈모는 원래부터 장기전에 버틸 수 있을 만큼 마력의 양 자체가 그다지 많은 편이 아니었다. 그러다 보니, 이제 슬슬 바닥이 보이기 시작하는 것도 무리는 아니었다.

"아직 멀었다! 전부 막아주마!!"

최전선으로 나아가 공격을 막고 있는 미스라의 기력은 충분해 보였다.

그러나 하늘을 찌를 듯한 엄청난 기력과 상관없이, 그 방어 능력을 유지하고 있는 우리의 회복 술법이 끊기면 그가 감수해야 하는 위험은 단숨에 증폭될 수밖에 없었다.

시키 선생님께서 안 계신 지금, 저런 식으로 끊임없이 적의 공격을 막는 것은 지극히 위험한 행동이었다. 하지만 그가 버티고 있는 마지막 라인을 사수하는데 실패할 경우, 가까스로 유지되고 있는 전원의 진형은 덧없이 무너지고야 말리라.

"이 자식은 한도 끝도 없군!"

"게다가 우리가 결정타를 날리고 싶을 때는 꼭 빈틈없이 막으려 들잖아! 정말 성가셔!"

다에나와 유노는 자신들의 속도와 허실을 섞은 다양한 수단으로 끊임없이 공격을 날리는 와중이었다.

하지만 두 사람의 체력은 훨씬 오래 전부터 한계를 초월한 상태였다.

괴물로 변신한 일름간드는 머리가 나빠진 만큼, 본능적인 직감은 훨씬 좋아진 듯이 보였다. 아까 전부터 중요한 공격이 들어갈 때마다 예외 없이 전부 다 가로막히고 있던 것이다.

순발력을 활용한 속도를 중시하는 전투 방식은, 당연하게도 장기전을 치르는 데는 치명적일 만큼 적합하지 않았다.

지금의 유노는 차라리 후방으로 물러나, 활을 사용하는 편이 나을 정도였다.

그러나 정신 집중이 끊긴 순간을 노려 적의 일격이 들어올 경우, 두 사람 다 단 한 순간조차 버티지 못 하리라.

"세프트, 아르오스테…… 에다, 크라이."

나의 옆에 자리를 잡고 있던 시프는, 불 속성을 띤 고화력 마술을 구성하는 와중이었다.

우리들 가운데 일름간드에게 가장 효과적인 공격을 선사할 수 있는 수단을 지니고 있는 주체는, 다름 아닌 그녀였다.

미스라와 시프는, 사실상 우리의 생명선이나 다름없었다. 다시 말하자면, 우리가 그녀의 마력을 제대로 활용하지 못할 경우엔 전혀 승산이 없다는 뜻이다.

…….

아무튼, 냉정한 자세로 전황을 분석하다 보니 자연스럽게 한 가지 결론에 다다를 수밖에 없었다.

지금 이 상황을, 우리들의 힘만으로 추가적인 가세 없이 극복하고자 할 경우—.

「이제 무력화는 불가능」하다. 상대방을 완벽하게 죽일 생각으로 급소를 향해 최강의 일격을 때려 박을 수밖에 없다.

원래는 전체적인 작전을 수립한 다음, 나머지 멤버들의 의견을 한데 모으는 것은 진의 역할이었다.

하지만 지금의 그에게 그러한 역할을 기대하는 것은 너무나 가혹한 처사였다.

지금껏 지겹도록 흉이나 보던 주제에, 지금의 그가 온힘을 다해 선배를 구하고 싶어 한다는 것은 틀림없었다.

바로 그러한 점이야말로 그의 가장 큰 장점이자 단점이었다. 그는, 지나치게 다정하고 선량한 성격의 소유자였던 것이다.

남은 학원 생활 동안 약간이나마 바뀔 수 있을까? 아니, 아마도 그다지 큰 변화는 없으리라.

나는 자기도 모르게 쓴웃음을 지을 수밖에 없었다.

나는 이미, 한 가지 작전을 세워 놓은 상태였다.

묵묵히 전황을 분석하면서 여러 차례에 걸쳐 머리를 굴린 결과, 항상 똑같은 결론밖에 나오지 않았다.

죽이고자 할 경우, 아직은 늦지 않았다.

틀림없이 우리의 실력으로도 죽일 수 있는 상대였다.

……쓸데없이 고민하다가 때를 놓칠 경우를 고려하자면, 솔직히 망설일 필요조차 없었다.

치료를 받을 수 있으니 이기건 지건 마찬가지라는 사고방식은 마음에 들지 않았다.

심지어 이런 식으로, 자아를 잃은 괴물로 전락한 일름간드를 상대론 절대로 지고 싶지 않아.

가능한 한 엮이고 싶지 않았던 나나 애들한테 일일이 시비를 걸어온 건 바로 너야.

그리고 결국은 그 모양 그 꼴이니—.

날카로운 소리가 울려 퍼졌다.

진의 검과, 일름간드의 오른손 속으로 반쯤 빨려 들어간 가문의 명검이 정면충돌을 일으킨 소리였다.

정상적인 힘겨루기로 지금의 일름간드에게 이길 수 있을 리가 없었다.

결과를 예상하고 있던 것이리라. 진은 상대방의 힘을 거꾸로 이용하는 식으로 후방을 향해 몸을 날려 약간이나마 충격을 경감시켰다.

일름간드는 진을 쫓아오지 않았다. 그 대신, 입을 크게 벌렸다.

뭔가 마술을 사용하려는 듯이 보였다. 그는 기묘한 방식으로 마력을 가다듬었다.

아마도 우리가 처음 보는 패턴일 텐데…….

바로 그 순간, 꺼림칙한 기시감이 나의 머릿속을 스쳐지나갔다.

아니, 아니야. 처음이 아니야! 이건……!

"다들, 장벽을 펼쳐! 포효(로어)가 와!!"

날카롭게 고함을 지르자마자, 나는 곧장 스스로 장벽을 펼쳤다.

나의 장벽으로 전방까지 커버하기엔 효과 범위가 충분치 않았다. 나의 실력으론 후방을 지키는 정도가 고작이었다.

일찍이 아룡(亞竜)에게 당할 뻔한 기억을 순간적으로 떠올린 나는, 거의 반사작용에 가깝게 포효에 대한 대항 수단으로 고려하고 있던 방벽을 쓸 수 있었던 것이다.

그 순간은 나에게도 최악의 트라우마 중 하나였다. 큭, 정말 아까부터 꺼림칙한 기억만 골라서 되살리는군.

아마도 효과 또한 아룡과 마찬가지로 상대방을 위압하는 것이었던 모양이다. 마치 가위에 눌린 듯이 진과 미스라, 다에나와 유노의 움직임이 멈췄다.

그 광경을 목도한 순간, 나에게도 아주 약간 남아있던 일말의 망설임이…… 녹아서 사라졌다.

포효 자체가 경직을 동반하는 기술이었나? 일름간드 역시 아직 발걸음을 멈춘 상태로 우리를 마주보고 있었다.

……나는 진과 달라.

동료들을 잃을 바엔, 저 녀석을 죽여 버릴 거다. 소극적인 결말로 매듭을 지을 생각은 없어.

"시프. 그 술법 말인데, 내가 쓰는 화살에 부여할 수 있을까? 너한테 굳이 서투른 부여 술법을 써 달라는 건 미안해."

"예? 아마도 힘들지 않을까 싶어요. 제가 서투르다기보다는 이미 술법 자체가 완성된 상태거든요. ……혹시 예전에 시키 선생님께서 시범을 보여주셨던 그 방법을 떠올리신 건가요? 정말로 시도해 보실 생각이세요? 그 분 같이 거의 우격다짐에 가까운 방식으로 술법을 부여할 경우, 우리들의 실력으론 겨우 성공해 봤자 10

초 이상 버틸 수 있을 리가 없어요. 엄청난 폭발이 이어질 거고요. 그 방법은 최소한 시키 선생님 수준의 실력 없이는……!"

시프는 나의 당돌하고도 무모한 요구를 듣자마자 몹시 곤혹스럽다는 반응을 보였다.

그러나 그녀가 대답한 내용에 따르면, 그 정도 숫자만으로도 나에게는 충분하고도 남았다.

"10초라고? 아무 문제없어. 이즈모! 움직일 수 있지?!"

"으극, 대충 움직이긴 움직여. 방금 전에 방벽으로 지켜준 건 고맙다. 혹시 지금부터 비장의 카드라도 써 보겠다는 거야? 어쩐지 사탕부터 시작해서 온갖 잡동사니가 다 튀어나오던 우리 할머니의 호주머니가 떠오르는군!"

이즈모가 실없는 농담을 지껄였다. 아직은 기운이 남아 있는 모양이다.

"괜한 뻘소리나 할 때가 아니야. 나한테 속도 증가를 걸어줄 수 있어?"

"어, 응. 물론이야. 하지만 지금은 일단 다른 애들부터 먼저 도와야 되지 않아……?"

나는 고개를 가로저었다.

"이제 그럴 여유가 없다는 것 정도는 짐작이 가지? ……지금부터 나의 활로 저 녀석의 숨통을 끊어 버릴 거야."

『……?!』

두 사람의 표정이 굳었다. 나는 그들의 얼굴을 보고도 못 본 척을 해야 했다.

“아무튼, 얼른 움직이기나 해! 멀뚱히 서 있다가 저 녀석한테 정통으로 얻어맞는 날엔, 경우에 따라선 미스라의 방어력으로도 즉사를 면할 수 없을 거야!”

“하, 하지만!”

이즈모는 일름간드를 구하고 싶었던 파벌에 속해 있던 모양이다.

“……당신 혼자 전부 짊어질 심산이신가요? 그럴 바엔 제가 이번에야말로 저 녀석에게 술법을 정확히 명중시킬 테니—!”

시프는 쓰러뜨리는 것에 망설일 필요는 없는 것으로 여기는 듯이 보였다.

그녀는 나 혼자 저 괴물로 변신한 일름간드를 죽였다는 사실을 짊어질 경우를 걱정한 나머지, 자기 자신의 손을 더럽히려는 결심을 굳혔을지도 모른다.

하지만 그 방법으론 저 녀석을 못 이겨.

“단순한 술법으론 저 녀석을 이기기 어려워. 지금의 저 녀석은 마법에 대한 방어력이 상식을 초월할 정도로 단단한 상태거든. 물리적 수단뿐이건 마술적 수단뿐이건, 어지간한 위력을 갖추지 않고서야 저 녀석의 방어력을 뚫기는 쉽지 않을 거야. 높은 확률로 동료들까지 말려들 수밖에 없는 상황인 지금, 아까 쏜 일격 이상의 공격을 날릴 수 있을 것 같아?”

시프는 충분한 너비의 사선을 확보하는데 성공하고 나서야, 방금 전의 팔을 날릴 정도의 술법을 쏠 수 있던 것이다.

시프가 방금 전 같은 위력의 술법을 급소에 대한 명중력을 유지한 채로 다시 발사할 수 있으리라는 느낌은 들지 않았다. 심지어 지금은 포효의 영향을 받아 접근전을 담당할 멤버 전원이 몸을 움직일 수 없는 상태였다. 지금의 그들은 술법 사용을 서포트하기는커녕 일종의 장애물이나 다를 바 없었다.

그리고 공격의 명중 정확도가 별로 높지 않다는 것이 그녀의 단점 중 하나였다. 그 이상의 플러스 요소가 너무나 많다 보니 평상시엔 그다지 신경 쓸 만한 단점이 아니었지만, 지금은 얘기가 달랐다.

"그, 그건 좀……."

시프의 말문이 막힌 듯이 보였다.

"그런 이유로, 지금 당장 우리가 쓸 수 있는 수단은 나의 화살뿐이야. 물리적 수단과 마술적 수단을 전부 다 때려 박는 데는 술법을 강제로 부여할 수 있는 나의 화살보다 적절한 수단은 없어. 걱정 마, 승산은 그럭저럭 높은 편이야. 아무튼 그런 셈이니…… 시키 선생님한테 멋진 모습을 선보일 기회를 나한테 양보해줄 수 있을까?"

나는 그다지 적절치 못한 농담을 입에 담았다. 그러나 시프를 진지하게 바라보는 자세로 협력을 구했다.

불현듯 나의 몸이 가벼워졌다.

"으아아아!! 어차피 이제 이판사판이야!! 마력의 한계가 올 때까지 저 녀석의 주의를 끌어볼 게! 아베리아, 너만 믿는다! 정말 화가 나! 선생님들이 버티고 계시니 뒷일을 걱정할 필요야 없다지만, 이렇게 볼품없는 방식으로 싸울 수밖에 없다니……!!"

이즈모가 당장 울음을 터뜨릴 듯한 얼굴로 목청껏 외쳤다. 그리고 나에게 속력 증가 술법을 사용한 다음, 일름간드를 향해 공격 술법을 연발하기 시작했다. 글자 그대로 난사에 가까운 방식이었다. 그가 마력을 전부 소모하자마자 곧장 뻗어 버리고 말리라는 것은 확실해 보였다.

"……알겠습니다. 그러고 보니 진이 움직일 수 없을 때는 아베리아가 리더 역할을 대신 맡기로 했었지요."

"고마워, 시프."

시프가 응축시킨 불 속성의 강대한 마력이, 나의 오른손 안에 있는 화살촉으로 깃들었다.

『힘들지 않을까』 싶다고?

시프가 틀림없이 해낼 수 있다는 것쯤 알고 있다.

같은 곳을 추구하고 있는 입장인 만큼, 나는 현 시점의 그녀가 자기 자신보다 몇 걸음이나 더 앞서 나아가고 있다는 사실 정도는 파악하고 있었다. 애초부터 그녀의 실력으로 불가능할 리가 없었던 것이다.

10초 정도는, 확실하게 버티고도 남으리라.

나는 한 걸음에 앞으로 달려 나갔다.

이즈모의 마지막 마력을 투입한 탄막의 엄호를 받으며 단숨에 가속해 들어가, 예정된 지점까지 이동하자마자 있는 힘껏 대지를 박찼다. 그리고 평상시보다 훨씬 높은 최고 도달점까지 도약한 바로 그 순간, 부유 술법을 전개했다.

밑으로부터 온몸을 가볍게 밀어 올리는 감각이 발생하자, 나는 더욱 더 높이 뛰어 올랐다.

지상의 일름간드가 나를 올려다보고 있었다.

나의 예상은 정확히 맞아 들어갔다.

저 녀석은 공격을 몸으로 버티는 방법을 당연한 것으로 여기고 있다. 그런 고로, 적의 공격을 회피하고자 하는 의지가 전혀 보이지 않았다.

그만큼 방어력에 자신이 있다는 뜻이리라.

—하지만 말이지, 지금 당장 너를 지켜주고 있는 장애물은 단 하나도 없단다.

우리 사이를 가로막고 있는 물체는 아무 것도 없단 말이야.

하늘로부터 지상을 향해 사격을 날린다.

개인적으론 지금껏 비교적 평범하게 써온 전술이었지만, 어쩐지 라이도우 선생님은 무척이나 놀랍다는 반응을 보였다.

정색을 한 얼굴로 대단한 기량이라는 글자가 적힌 말풍선을 만들 정도였다.

백발백중의 활 솜씨로 유명한 그에게 대단한 기량이라는 칭찬을 들어 봤자 바보 취급당하는 기분밖에 들지 않았지만, 상황에 따라선 공중으로 뛰어 올라 화살을 쏘는 것은 지극히 유효한 공격 수단 가운데 하나였다. 물론 전황을 정확히 파악하지 못한 상태로 시도할 경우, 상대방의 공격에 무방비하게 노출될 가능성이 존재하는 관계로 아무 때나 함부로 쓸 수 있는 기술은 아니었다.

아까 시프가 날린 일격 덕분에, 네가 자랑하는 방어력에 관해선 대충 파악이 끝났단다.

설령 그 묵직하기 짝이 없는 양팔로 막는다 한들, 방금 무자비한 마술을 부여받은 나의 화살은 너 정도는 간단히 꿰뚫어 버리고도 남아.

이걸로 너는 끝—?!

"……!! 설마 그 팔로?! 아닛—!"

화살을 쏘기 위한 자세를 잡기 시작한 나의 시야로, 믿겨지지 않는 광경이 날아 들어왔다.

일름간드는 아까 뜯겨 나가 바닥에 떨어져 있던 자신의 팔을 왼손으로 잡아 올리더니, 나를 향해 기세 좋게 치켜든 것이다.

말도 안 돼, 그걸 설마 나한테 던지려는 거야?!

저런 동작을 예상할 수 있을 리가—!

"이름조차 없는 흙의 아이들아! 나에게 힘을! ……해냈어!"

시프의 목소리!

이미 시프로부터 완성된 공격 술법을 부여받은 나는, 그녀에게 추가적인 엄호는 기대조차 하지 않았다.

하지만 그녀에게는 아직, 정령 마술이라는 수단이 남아 있었다.

흙 속성은 저 녀석을 상대론 그다지 큰 효과를 발휘할 수 없는 걸로 아는데, 시프에게도 나름대로 생각이 있던 모양이다.

흙이 모여 형성된 여러 개의 팔이 시프의 발밑으로부터 뻗어나가, 일름간드의 다리를 붙잡았다. 성가시기 짝이 없게도, 불 속성과 무속성 이외의 술법은 저 녀석이 서 있는 곳 부근을 기점으로 삼아선 발현조차 제대로 되지 않는다.

그런 이유로 시프는 자신이 서 있는 곳 부근을 기점으로 술법을 발동시킨 다음, 상대방을 향해 뻗치는 방식을 사용한 것이다.

상대방의 움직임을 봉쇄하는 바인드 계열의 술법은, 적의 허를 찌르기 위해 상대의 부근을 기점으로 삼아 발동시키는 것이 가장 기본적인 사용법이었다. 따라서 현재 상황은 상당히 변칙적인 경우에 속했다.

시프가 흙으로 연성한 팔 또한, 아니나 다를까 불과 몇 초 만에 무참히 짓밟혀 무효화 당하고 말았다.

그러나 바로 그 한 순간의 동작 지연 덕분에 나를 향해 날아오던 팔의 궤도가 아주 약간 엇나갔다.

나에게는 그 한 순간만으로도 충분하고도 남았다. 나로서는 정말 고맙다는 말밖에 나오지 않았다.

기세 좋게 날아오던 팔에 빗맞은 나는, 옆구리로부터 묵직하고도 강한 충격을 느꼈다. 그러나 그럼에도 불구하고 나는, 차분한 마음가짐으로 화살을 시위에 메겼다.

—낙하를 하다가 만일의 경우가 발생할 때를 위해 준비한 통각 마비를 일찌감치 해방해 둬서 다행이야.

지금도 옆구리로부터 조금 좋지 않은 느낌이 마구 전해져 오거든.

육안으로 확인하면 울고 싶을 만큼 아플 듯한 예감이 드는 관계로, 실제 부상 정도의 확인은 나중으로 미뤘다.

부여된 술법이 폭발을 일으키기 직전까지 간 결과, 화살촉은 마구잡이로 날뛰고 있는 와중이었다. 나는 바로 그 화살촉과 나를 올려다보는「변이체」의 이마를 겨눴다.

망설이지 마.

더 이상 시간이 없었다.

부여받은 술법이 화살의 명중 시점보다 먼저 폭주할 경우, 모든 노력은 허사로 돌아간다.

옆구리의 부상과 통각 마비의 영향인가? 정신이 서서히 멀어져만 갔다. 시간의 흐름까지 느리게 느껴졌다.

마력이 아닌 술법 그 자체를 부여하는 기술—.

이런 종류의 전법은 우리가 지금껏 배워온 부여 마술의 범위를 한참 초월한, 이단 중의 이단이었다.

불이익이 너무 많다. 하지만 시키 선생님은 당연하다는 듯이 자유자재로 구사하던 기술이다.

그리고 지금은 이 기술을 사용함에 따라 주어지는 이익, 월등한 위력을 최대한 활용할 수 있는 상황이다.

나는, 저 괴물을 물리치고 싶었다.

극복해 버리고 싶었다.

아무런 거리낌 없이「다음 단계」로 가고 싶었다.

반드시 맞춰야 한다.

저에게…… 힘을 빌려 주세요.

나는 시키 선생님과, 또 한 사람의 얼굴을 머릿속으로 떠올렸다.

……당신의 경지를 목표로 삼아 봤자, 틀림없이 지금의 저에게는 너무나 버거운 길이겠지만요.

머릿속으로 떠올렸다.

지금의 나에게, 그야말로 이보다 더할 수 없이 믿음직스러운 두 사람의 얼굴을—.

"……맞춘다!!"

아마도 그렇게 말씀하셨지요, 라이도우 선생님?

힘을 빌려 달라고 기원한 보람이 약간이나마 있었던 걸까? 나의 마지막 힘까지 쥐어짠 기백과 함께 날아간 붉은 화살은, 「변이체」가 방어를 위해 교차시킨 양팔로 보기 좋게 꽂혀 들어가더니—.

순간적으로 기세가 줄어드는가 싶다가, 이윽고 나의 노림수대로 일름간드의 양팔을 꿰뚫어 버렸다.

나의 화살은 그가 양팔로 지키고 있던 이마까지 관통해 들어가더니, 급소로 점찍고 있던 목의 일부 안쪽까지 깊숙이 잠겨 들어갔다.

맞췄, 다.

……끝난 거야.

완벽한 확신이 들었다.

어디선가 어렴풋이 목소리가 들려왔다.

나는 소리가 들려온 방향을 향해 시선만을 돌렸다. 우리들을 바라보던 관객석의 한 남자가, 비통한 표정으로 울부짖고 있었다.

저 사람은 아마, 리미아 왕국 호프레이즈 가문의 현 당주—.

일름간드의 아버지이자, 나의—.

나는 쓸데없는 말썽을 피하기 위해, 추천을 받아 제국 변경의 마을로부터 학원으로 거처를 옮긴 신분이었다.

그런데 도대체 어쩌다가 이런 결말을 맞이할 수밖에 없었단 말인가? 운명의 장난이라는 말이 나의 머릿속을 스쳐 지나갔다.

—하지만, 뭐, 사실 그다지 큰 상관은 없었다.

왜냐하면, 이걸로 전부—.

머릿속이 잘— 정리되지 않았다.

정확한 이유를 알 수 없는, 약간의 고독감 섞인 공허한 상쾌감이 나의 가슴속으로 퍼져 나갔다.

그리고 결과를 확인하자마자 긴장의 끈이 풀린 바로 그 순간—.

부유 술법과 통각 마비가 풀렸다. 옆구리로부터 들이닥친 엄청난 통증을 견디다 못한 나는, 순간적으로 목청껏 비명을 질렀다. 하지만 결국은 어떻게든 이를 악문 채로 버틸 수밖에 없었다. 그리고 낙하하는 감각과 탈력감에 몸을 맡겼다.

한 순간 늦게 폭발로 인한 굉음과 빛이 일어났다.

엄청난 소음들과 함께 나의 귀를 울린, 마지막까지 「그」라는 개인의 감정을 느낄 수 없었던 추악한 단말마의 비명소리를 어딘지 모르게 멀리 느끼면서—.

나는 완전히 정신을 잃었다.

## 6

"안녕, 토모에?"

"루토냐? 모험가 길드의 우두머리씩이나 되는 네가 이런 곳까지 직접 나올 필요가 있나?"

"문제없어. 그리고 지금은 루토라는 이름으로 부르지 마. 여기선 펄스라는 이름으로 불리는 몸이거든."

"흥, 일단 방금 전의 협력에 대한 보답이다. 호칭에 관해선 너의 뜻을 존중하도록 하마."

토모에는 학원장의 안내에 따라, 리미아 왕국 일행을 제외한 나머지 귀빈들을 셸터로 피난시켰다.

그리고 그녀는 귀빈들을 호위한다는 명목으로 셸터 입구의 수문장 역할을 자처하고 나섰다.

물론 그녀가 실질적으로 그 역할을 자처한 까닭은, 귀빈들의 동향을 완벽하게 파악한 상태로 상회의 멤버들에게 염화를 통한 지시를 전달하는데 가장 적절한 위치였기 때문이다. 게다가 마코토가 각 세력의 귀빈들을 상대로 움직일 방침까진 확실하게 정하지 않은 관계로, 그녀 스스로가 그들과 접촉하는 시간을 최대한 줄이고자 하려는 의도 또한 있었다.

"그나저나, 현재 상황은 어떻게 돌아가는 중이야? 물론 나를 상대로 밝힐 수 있는 수준의 정보만 가르쳐준다 한들 큰 상관은 없어."

"괴물들에게 거의 속수무책으로 당하고 있는 중이로군. 아마도 하루나 이틀 정도로 수습될 사태는 아니로고. 이번 사건은 이 도시에 실로 깊은 흉터를 남길 지도 몰라."

"응? 아니 잠깐, 그쪽이 아냐. 마코, 도련님한테 말이야. 물어보고 싶었던 걸…… 제대로 물어봤나 싶어서 말이야."

루토는 현재 발생 중인 소동의 상세한 상황을 가르쳐줄 수 있는 범위에 한해 솔직하게 전달하려던 토모에의 대답을 물리치더니, 스스로 던진 질문의 진짜 의도를 밝혔다. 루토를 마주보던 토모에는 그의 의도를 깨닫자마자 은근히 당황한 듯한 표정을 지어 보였다.

"……?!"

"정말 귀엽더라. 참고로 나는 네가 술의 힘을 빌려가면서까지 그에게 도대체 뭘 물어보고 싶었던 건진 몰라. 어쨌든 결과를 말해 봐. 그는 술에 취한 너에게 진심을 밝혔나?"

"일단 그 뚫린 입을 다물어라. 결과적으로 그런 비약(秘藥)에 의지하지 않고도 도련님의 속내는 어느 정도 엿볼 수가 있었다. 지금은…… 그 정도로 충분하고도 남아."

"그건 또 무슨 소리야? 요컨대 굳이 취할 필요까진 없었다는 뜻인가? 아깝군. 그 비약은 단 한 번의 복용만으로도 내성이 생겨버리는 관계로 한 달만 지나도 무용지물이야. 모처럼 주어진 기회니까 효과가 남아있는 동안에 최대한 더 마시자."

"딱히 그 정도까지 취할 필요 없이, 술 자체는 얼마든지 즐길 수 있는 걸로 안다. 꽤나 귀중한 경험이었다는 사실은 부정하지 않으마. 갑자기 무슨 소릴 지껄이나 했더니, 의외로 정말 쓸데없는 데다 신경 쓰고 있었군."

"그야 나로서는 신경이 쓰일 수밖에 없거든. 그가 앞으로 나아가게 될 길에 관해선 말이야."

"……애초부터 너와 친밀한 관계를 맺을 생각은 없다. 그러나 최근 들어 우리가 너에게 어느 정도 신세를 진 것 또한 틀림없는 사실이다. 아주 일부 정도는 가르쳐주마. 도련님께선, 지금 스스로 택할 수 있는 수많은 길의 존재를 막 깨닫게 되신 참이다."

"……흐음, 대충 알아들었어. 지금껏 너희들한테는 비밀이 많아 보였는데, 이제 슬슬 세상에 대한 직접적인 간섭을 시작해 보겠다는 뜻이야?"

루토가 눈웃음을 지은 표정으로 토모에에게 질문을 던졌다.

그의 표정은 기쁘거나 몹시 흥미로운 듯이 보이다가도—.

몹시 조심스럽게 경계하고 있는 듯한 느낌도 들었다.

"글쎄다."

"이봐 잠깐, 지금 그 태도는 정보를 밝히는데 너무 인색한 것 같지 않아? 예를 들어 리미아의 용사와 함께 휴만들의 희망이 되거나 그리토니아의 용사와 함께 광기를 가속시키거나, 로렐로 가서 현인(賢人) 신앙의 비호를 받아 조용히 사는 길을 택할 수도 있을 거야. 혹은 아이온으로부터 츠이게를 독립시킬 수도 있지 않을까 싶어."

"……너는 정말 용케도 그만큼이나 연달아서 온갖 가능성들을 떠올리는구나."

루토가 거리낌 없는 태도로 수많은 가능성들을 제시하자, 토모에는 어처구니가 없다는 듯이 나직하게 중얼거렸다.

"차라리…… 신전으로 가서 여신에게 공손히 머리를 숙인 다음, 그녀의 신도가 되는 건 어떨까? 사실 그에게 정말로 이 세계에 적응하고자 할 마음이 있을 때는, 꽤나 유용한 수단 중 하나긴 해. 그는 휴만들과 어울려 살려는 듯이 보이기도 하거든."

"묵비권을 행사하마."

토모에는 더 이상 할 말은 없다는 듯이 단호한 태도로 못을 박았다.

"……그에게 있어선 뒤틀린 것으로밖에 보이지 않는 휴만 사회를, 마왕에게 가세함으로써 멸망시킨다는 선택지 또한 그가 나아갈 수 있는 길 중 하나잖아?"

"……."

토모에는 말없이 루토를 노려봤다.

"솔직히 꽤나 소름끼치지 않아? 너희들의 도련님께서는 자각 증상 없이, 전쟁의 결과조차 좌지우지할 수 있는 입장에 서서 미래로 나아갈 길을 선택해야 하는 기로에 서 있는 셈이야. 사실 나에게는 그가 오히려 스스로 지닌 능력을 지나치게 과소평가하고 있는 경향이 있는 걸로 보여. 주위 상황을 여러모로 답답하게 느낀 나머지, 진작부터 본격적인 활동을 시작하고도 남았을 상황인데 말이야."

"……도련님께도 지금껏 살아오신 경험이나 가치관이 있으시다. 저 분은 겉보기보다 완고한 구석까지 있는 분이시거든. 스스로 확인하지 않고선 납득하실 리가 없다. 우리들에게도 여러모로 사정이 있단 말이다."

"가치관? 그의? 또 나의 궁금증을 자극하는 소리가 나왔군."

"……."

"또 입을 다물 생각이야? 나한테는 가장 난감한 태도군. 더 따지고 들어갈 것도 없이, 한 가지만 가르쳐줄 수 있을까? 하나부터 열까지 전부 곧이곧대로 털어놓을 필요는 없어. 나 또한 교환조건 삼아 너희들에게 유익한 정보를 제공해줄게. 솔직히 말해서 정보가 제한된 지금 이 상황은 나한테 있어선 무척이나 어중간하거든."

"흥. 일단 들어보고 판단하마."

"나한테 얘기해줄 수도 있다는 뜻이야? 정말 고마워. 지금 나의 호기심을 가장 크게 자극하고 있는 요소는, 그가 자기 자신의 **한계를 초월**할 가능성의 존재 여부야. 예전에도 잠깐 이 주제로 얘기한 적이 있지 않나?"

루토의 질문은 일전, 여름이 다가오던 무렵의 야음을 틈타 나누던 대화의 속편이었다.

토모에는 순간적으로 눈썹을 움찔거리는가 싶더니, 골똘히 생각에 잠기듯이 고개를 숙였다.

"그걸 알고 싶었나? 약간 정도야 가르쳐줄 수도 있다."

고개를 든 토모에가 루토의 말을 받아들였다.

"정말이야?! 물론 그가 그날 이후로 어느 정도 변화를 거쳤다는 사실 정도는 감지하고 있었지만, 가까이서 보고 있던 너의 의견을 들어보고 싶었거든."

루토는 천진난만하게 기쁜 듯이 미소를 지어 보였다.

"우선 먼저 말해두겠다만, 네 녀석이 예상하던 것으로 보이는 내면의 극적인 변화는 아직 찾아오지 않았다. 도련님께선 아직, 이 세계의 일원으로서 스스로 취하셔야 할 기본적인 자세를 결정짓지 않으셨다. 하지만 능력에 관해선 완전히 꽃을 피운 거나 다름없으시다. 만약 지금 당장 너와 도련님 사이에 싸울 수밖에 없는 사태가 벌어질 경우, 우리들은 그 광경을 지극히 평화로운 마음가짐으로 지켜볼 수 있지 않을까 싶군. 단순한 능력에 관해선 그 정도의 변화를 거치셨다."

"……?! 헤에. 하지만 나를 상대하는 것 정도야, 처음 만났을 무렵의 힘으로도 얼마든지 가능하지 않았나? 겨우 그 정도론 크게 성장한 듯이 들리지 않아."

"평화로운 마음가짐으로 지켜볼 수 있을 정도, 라고 하지 않았나? 어디까지나 정면충돌할 경우의 얘기다. 어찌됐건 너는 이 몸을 비롯한 상위 용들의 정점에 해당되는 존재니, 도련님께도 자그마한 찰과상 정도는 입힐 수 있을지도 모르겠군. 어쨌든 제대로 된 싸움조차 되지 않을 것이다."

루토는 완전히 말을 잊은 듯한 표정으로 토모에를 마주봤다.

말문이 막혔다는 표현이 정확하게 들어맞는 표정이었다. 평소의 그가 짓고 있는, 거의 연극조에 가깝게 과장된 여유를 머금은 미소가 완전히 자취를 감춘 상태였다.

"지금껏 다른 이들보다 훨씬 높은 경지에 올라 세상을 얕보는 식으로 살아온 결과, 네 녀석의 머릿속에 자리 잡게 된 특유의 사고방식에 관해선 알 바 아니다. 하지만 특히 도련님께 직접적으로 관련된 건수에 관해선 섣불리 끼어들지 말 것을 권장하마. 네 녀석이 예상하고 있는 「한계를 초월」하는 단계까지 진행될 경우, 모르긴 몰라도 우리와 같은 상위 용들이 그분께 무더기로 덤벼 본다한들 아무 데나 기어 다니는 도마뱀들을 밟아 죽이는 거나 다름없을 것이다."

토모에는 다음 대사를 입에 담지 못 하는 루토에게 박차를 가하듯이 말을 걸었다.

"그건 그렇고, 네 녀석이 지니고 있다는 유익한 정보라는 건 또

뭐냐?"

토모에는 의기양양한 표정으로 루토에게 되물었다.

"……휴만들이 지닌 비장의 카드가 활동하기 시작한 모양이더군. 뭐, 그가 그 정도 경지까지 오른 이상에야 크게 걱정할 필요는 없을지도 몰라."

"비장의 카드? 드래곤 슬레이어라는 녀석이었나? 이 몸이 듣기론 그 녀석은 휴만들 중에선 최강이라더군."

"드래곤 슬레이어? 소피아를 말하는 거야? 좀 착각하고 있던 모양이군. 걔는 어디까지나 길드에 등록되어 있는 모험가들 가운데 최고의 레벨까지 오른 녀석일 뿐이야. 그리고 랜서를 쓰러뜨릴 정도의 실력을 지니고 있는 것에 지나지 않아. 최강이라는 호칭하고는 거리가 멀어. 드래곤 슬레이어와 최강은 서로 별개의 존재야."

"요컨대 도대체 누가 최강이라는 거냐?"

"용사에게 버금갈 만큼 여신의 사랑을 받는 자야. 당대의 그 녀석은 꽤나 나쁘지 않은 소질을 타고났다더군."

"당대…… 대대로 계승되어 온 존잰가?"

"그렇군. 너한테는 알 기회가 없었는지도 몰라. 여신조차 다룰 수 없는 속성까지 자유자재로 구사하는, 특수한 혈통을 타고난 휴만이야. 아무튼 지금은 여신이 바쁜 몸으로나마 조금씩 진지한 마음을 먹기 시작한 걸로만 알아둬. 물론 그녀의 경우, 지금의 바쁜 몸이 된 까닭은 전부 다 자업자득이지만 말이야."

"흠. 일단 네가 제공해준 정보는 고맙게 받도록 하마. 당장 볼일은 끝났을 테니 얼른 제자리로 돌아가라. 네 녀석과 쓸데없이 함께 있다가 서로의 관계에 대한 의심을 사는 것도 성가시거든. ……솔직히 우리가 지니고 있던 정보를 너무 많이 준 듯한 느낌이 드는군. 우리가 사용한 전이 술법에 관한 저들의 의혹을 수습하는 것 정도는 맡아줄 수 있겠지?"

토모에는 얼른 꺼지라는 듯이 루토를 왼손으로 쫓는 손놀림을 보였다.

"걱정 마. 게다가 나한테는 모처럼 마코토 군의 감사를 받을 수 있는 흔치 않은 기회야. 열심히 뛰는 모습을 보이고말고. 휴만 종족을 다루는 데는 너희들보다 훨씬 자신이 있거든. 나중에 기회를 봐서 보고하러 갈게. 도련님께, 말이지."

"흥. 미리 말해두지만, 칼을 빌려줄 생각은 없다. 물론 이 몸의 전이에 관해 수작을 부릴 생각은 꿈에도 꾸지 마라."

"물론이야. 그냥 나만 믿어. 넌 그에게 안부나 전해줘. 그리고…… 아직 알아차린 듯한 나라는 없어 보이지만, 염화를 도청하는 건 정도껏 해. 참나, 너희들은 염화 하나만으로도 경이적인 수준이야. 편하게 마코토 군과 대화조차 나눌 수가 없거든. 현행 기술을 아득히 초월하는 수준의 염화와 전이 술법만이나마 각국에 보급시켜 쓸 수 있게만 하더라도, 마족들과 휴만들의 전쟁은 앞으로 몇 년이나 더 길어지려나?"

루토는 어이가 없다는 듯이 양 어깨를 으쓱해 보이더니, 셸터의 문을 향해 손을 가져갔다.

토모에에게 밝힌 대로, 셸터 안으로 들어간 그는 얌전히 모험가 길드의 마스터인 펄스를 연기할 듯이 보였다.

토모에는 조용히 그의 뒷모습을 배웅했다.

"우리들로 인해 전쟁이 오래 갈 수도 있단 말이지……? 루토 녀석, 마족들의 내정에 관해서도 훤히 꿰뚫어보고 있단 말인가? 이 몸이야 휴만과 마족의 전쟁 따위에 큰 관심은 없다만, 저 녀석에게 농락당하는 자들한테는 적잖이 동정하는 마음까지 들 지경이군. 그나저나, 우리는 언제부터 반격을 시작해야 하나? 당분간은 피난을 돕는다는 대의를 앞세우면…… 며칠 정도는 그 방비를 명분으로 삼을 수 있겠군."

토모에는 다시금 혼자가 되자마자, 쿠즈노하 상회의 인원들에게 지시를 전달하기 시작했다.

사실은 루토와 대화를 나누는 동안에도, 연달아 염화를 통해 들어오는 보고들을 순서대로 정리하던 중이었다.

부하들로부터 올라온 보고, 각국의 연락 사항을 도청함으로써 입수한 정보—.

그리고 추가로, 토모에 자신이 개인적으로 수집한 것들까지 한데 모은 대량의 정보—.

토모에는 그야말로 이보다 더할 수 없이 방대한 양의 정보를 종합한 분석의 결과를 토대 삼아 움직일 타이밍을 가늠하고 있었다.

이미 상품 재고들의 철수는 끝났을 뿐만 아니라, 단순한 건물에 지나지 않는 점포는 철거한 상태였다. 그녀는 점포 건물에 관해선 얼마든지 대용품을 준비할 수 있는 관계로, 건물 자체에 쓸데없이 집착할 필요는 없을 것으로 여겼다.

토모에로부터 지시를 전달받은 상회의 종업원들은 현재, 도시의 각처로 뿔뿔이 흩어져 각각의 독자적인 활동을 벌이고 있는 중이었다. 리스트로 작성된 변이체의 폭주가 눈에 띄지 않는 장소나 이미 피난소로 설정된 구역 등으로 공황 상태의 일반 주민들을 유도하기 위한 움직임이었다.

끊임없이 갱신되는 정보를 기반 삼아, 피난소는 수시로 추가되어 갔다. 방금 아인(亞人)들이 모여 사는 빈민가로부터 동의를 받아 새로운 피난 장소로 추가한 참이었다.

혼란은 아직껏 확대 일변도를 걷고 있었으나, 쿠즈노하 상회와 토모에는 더할 수 없이 질서 정연한 대응을 이어 나갔다.

◇◆◇◆◇

“그렇군. 벌써 그 정도 경지까지 올라갔구나, 마코토 군.”

루토는 셸터 안의 벽에 기댄 채로 혼잣말을 중얼거렸다.

그는 토모에의 대답에 쇼크를 받은 반면, 그 이상의 환희를 느끼고 있었다.

자신을 확실하게 물리칠 수 있다는 말에 비관한 듯한 낌새는 전혀 눈에 띄지 않았다.

“경우에 따라서, 너는 정말로 여신을 토벌할 수 있는 권능을 지닌 존재가 될지도 몰라. 너는 자기 자신에게 운이 없다는 소릴 하지만, 사실은 그거야말로 이보다 더할 수 없을 만큼 크게 엇나간 관점이야. 지금의 여신이 스스로 도저히 움직일 수 없는 상황에 처해 있다는 사실을 감안하면, 마코토 군은 정말 엄청난 행운의 소유자일지도 몰라……. 나한테는 정말 너무나 반가운 소식이야. 역시 넌 최고야. 어떤 방식이건 상관없어. 너의 그 힘을 직접 구경하는 날이 오기만을 기다릴게……. 바라옵건대 언젠가, 사랑스럽고도 이상적인 그대(마코토 군)와 어깨를 나란히 한 채로 같은 경치를 보게 될 날이 오기만을 바랄 뿐이야. 후후."

나직이 혼잣말을 중얼거리는 그의 표정은 몹시 들뜬 나머지, 어딘지 모르게 다가가기 어려운 분위기를 풍겼다.

## 7

아베리아라—.

결국 저 아이가 일름간드를 죽여 버렸나?

나는 저 아이들이 시키를 통해 무리할 필요까진 없다는 말을 확실하게 전달받은 걸로 알고 있다. 게다가 실질적인 활약상을 보고 있으려니, 학생들로부터 뚜렷한 망설임이 느껴졌다. 어느 정도 상대방의 공격에 대응할 수 있을 정도의 능력이나 수법 등을 터득함으로써, 오히려 실력적으로 어중간하게 이길 수도 있는 수준이었기 때문에 가지는 망설임이었다는 인상이었다.

……아베리아 호프레이즈.

—호프레이즈.

역시 그녀는, 리미아 왕국의 호프레이즈 가문과 어느 정도 관계가 있는 신분일까?

예전에 그 일로 본인에게 넌지시 물어본 적이 있었는데, 아베리아에게 대답할 생각은 전혀 없어 보였다. 당시의 나는 스스로 대답하고 싶지 않은 일에 관해 굳이 억지로 물어볼 필요는 없을 것으로 여겼다.

말하자면 나는 결국, 저들에게 있어서 일개 사설 학원의 선생님이나 다름없는 존재였다. 나는 학생들의 개인적인 사정에 일부러 끼어들 마음은 없었다.

그녀에게 개인적인 사정이 있건 없건, 결과적으로 저 녀석들은 아베리아의 활약으로 일름간드를 이길 수 있었던 것이다. 지금은 그것만으로도 충분하고도 남았다.

그나저나, 강사로서 학생들과 일정한 거리감을 유지하기도 쉽지 않군.

진 일행의 이번 전투를 강사의 관점에 서서 어디까지나 평범한 일개의 전투 중 하나로 평가할 경우, 유감스럽게도 급제점을 줄 수 있는 전투는 아니었다.

처음부터 죽일 마음을 먹었을 경우, 지금처럼 심각한 체력 소모를 겪지 않고도 얼마든지 이길 수 있는 상대였다. 미오와 시키의 서포트가 버티고 있던 이상, 저 녀석들의 실력으로도 일름간드 정도는 손쉽게 물리치고도 남았으리라.

결과적으로 저들이 저 정도의 적에게 고전한 까닭은, 아마도 진이나 다른 아이들이 일름간드를 구하고 싶다는 마음을 먹었기 때문이다. 실력이나 경험을 고려하자면, 지금의 저들이 그러한 바람을 이루려 한데 관해선 무모하다는 말밖에 나오지 않았다. 냉정하게 말해서, 지금의 저들에게는 거의 오만에 가까울 만큼 분수에 맞지 않는 소망이었다.

상상조차 할 수 없는 기적이라도 일어나지 않는 이상, 지금의 저들에게 상대방을 죽이는 것을 제외한 승리의 방법 따위는 전혀 없는 상황이었다.

하지만 이번 전투는, 저들에게 있어서 아마도 자신들의 목숨을 건 첫 전투였다. 학생들이 실전을 겪고도 살아남은 것만큼 기쁜 일은 드물었다. 나는 눈치 없이 문제점을 지적하는 식으로 그들에게 찬물을 끼얹고 싶지 않았다.

나는 일름간드였던 잿빛의 고깃덩어리와 몹시 지친 상태로 주저앉아 있는 학생들을 번갈아 쳐다보면서, 멍하니 그런 식으로 두서없는 생각들을 떠올리고 있었다.

"도련님, 기사들 중 한 사람은 가까스로 몸을 회복시키는데 성공했습니다. 하오나 나머지 한 사람은 이미 숨이 끊어져 있던 관계로, 치료에 실패했습니다."

둘 중 하나는 목숨을 건졌단 말이지? 어쨌든 그의 목숨을 구원한 시키는 마땅히 감사를 받아야 하는 입장이었다.

[그렇군. 수고했어. 일단 학생들한테 돌아가 봐.]

"명을 받들겠습니다."

나에 대한 보고를 마친 시키는 리미아 국왕을 향해 가볍게 고개를 숙인 다음, 학생들이 있는 곳으로 되돌아갔다.

[기사님들 중 한 분을 구할 수 없었습니다. 정말로 죄송합니다. 게다가 일름간드 님까지 저러한 결과를 맞이했으니, 저로서는 여

러분들께 사죄할 방도가 없는 줄로 압니다.]

"라이도우, 그대가 괘념할 필요는 없다. 둘 중 한 사람이나마 목숨을 건진 것만으로도 몹시 기쁜 일이다. 왕자와 기사의 목숨을 구해준데 관해선 다시 한 번 감사하마. 경기장으로 난입한 괴물을 격퇴한 솜씨 또한 더할 나위 없이 인상적이더군."

왕자?

아아…….

불현듯 손의 감촉이 되살아났다.

왕자에 관한 일은 앞으로 반드시 성가신 사건을 불러들일 듯한 예감이 들었다.

애초부터 말인데, 왕자로부터 여성적인 요소 같은 건 전혀 느껴지지 않았거든? 그런데 때마침 옷이 찢겨나간 순간, 우연히 붕대 같은 천 쪼가리까지 한꺼번에 뜯겨나가 겉으로 드러나 버린 신체 부위와 나의 손이…… 솔직히 우연에도 정도가 있는 거 아니야? 끝의 황야에 자리 잡고 있던 베이스에서 적들의 습격을 받았을 때, 얼굴을 숨기고 있던 습격자를 남자로 착각한 토모에를 비웃을 수가 없군.

[황송하기 그지없는 말씀이십니다.]

"학생들 또한 놀라운 활약을 선보였다. 우리 근위 기사들의 실력으로도 대적하지 못할 상대를, 재학 중인 학생들 일곱 명의 실력으로 물리칠 줄은 예상할 수 없었다. 리미아가 전원을 등용하고 싶을 정도로군. 물론 실제로 근위 기사가 대응하러 갔다가 손쓸 도리조차 없었던 같은 부류의 괴물을 어렵지 않게 물리친 그대 또한 마찬가지야."

[외람된 말씀이오나, 제가 상대한 변이체는 학생들과 싸웠던 저분에 비해 훨씬 열등한 존재였던 모양입니다. 그런 고로 저 따위보다는, 저들에게야말로 높은 평가가 적절할 줄로 압니다. 학생들에게는 몹시 혹독한 전투였던 것으로 사료되오나, 더할 나위 없이 인상적인 활약상을 선보였습니다. 제각각 자신들의 장래에 관해 다양한 희망사항을 품고 있을 줄로 압니다만, 폐하로부터 하사받은 말씀은 의심할 여지없이 저들에게 큰 동기 부여가 될 것으로 확신합니다.]

"음. 그나저나 경기장으로 난입한 괴물이 일름간드보다 열등한 개체였단 말인가? 짐의 안목으로는 가늠할 수 없는 차이였다만, 확실하게 장담할 수 있겠나? 그렇다면 이번 사건을 주도한 범인이 일름간드에게 다른 개체들보다 한층 더 공을 들여 작업을 진행시켰을 가능성이 존재할지도 모른다는 뜻이 되는군……."

리미아 국왕은 골똘히 생각에 잠긴 듯이 보였다.

이곳은 롯츠갈드였지만, 이 사건의 가해자 겸 피해자인 일름간드는 리미아 귀족 가문의 아들이었다.

그리고 현재 학원제를 개최 중인 이 도시엔 전 세계로부터 수많은 사람들이 모여든 상태였다.

만일 범인을 확정하고자 할 경우, 짚이는 데가 너무 많아 애를 먹게 되리라.

하지만 진 일행에게는 몹시 기쁜 소식이었다.

저들은 4대국의 최정상이라는 호칭조차 과언이 아닌 리미아 왕국, 심지어 국왕으로부터 사실상의 합격 통지나 다름없는 말을 들은 거나 마찬가지였다.

리미아 왕국은 현재의 국력 또한 정상급일 뿐만 아니라, 그리토니아 제국에 비해 기후적으로나 지형적으로도 풍족한 지역을 차지하고 있는 국가였다.

만약 개인적으로 4대국 중 한 군데를 골라 살라는 제안이 들어올 경우, 나는 아마도 망설임 없이 리미아를 택할 것이다. 통치하는 귀족이 그나마 정상적인 지역을 골라 정착할 수만 있다면, 리미아 왕국만큼 살기 좋은 나라는 흔치 않았다.

학생들한테도 꽤나 기쁜 소식이 되리라는 확신이 들었다.

롯츠갈드 학원의 장학생을 거쳐 리미아 왕국의 기사단이나 술사단으로 입단하는 경우는 초일류의 출세 코스 중 하나라더라. 경우에 따라선 렘브란트 자매를 제외한 나머지 멤버들은 전부 다 리미아로 가버릴지도 몰라.

"……."

아들이었던 고깃덩어리와 마주한 호프레이즈 씨는, 무릎을 꿇은 채로 말없이 넋을 놓고 있었다.

친아들이 그야말로 이보다 더할 수 없을 만큼 구슬픈 말로를 맞이한 셈이다. 그의 반응은 지극히 자연스럽게 느껴졌다.

"라이도우 님, 나중에 긴히 드릴 말씀이 있습니다. 이 소동이 어느 정도 진정되고 나서라도 상관없으니, 시간을 만들어 주십시오."

왕자가 호프레이즈 씨의 반응을 바라보고 있던 나에게 말을 걸어 왔다.

[알겠습니다, 요슈아 님.]

……역시나 아까 전의 일로 할 말이 있는 걸까? 나한테는 아까 전의 충격적인 체험에 관해 제3자에게 발설할 마음은 추호도 없었다.

어디, 보자.

이제 이곳의 제압은 완료된 셈이다. 우선은 토모에와 연락을 취한 다음, 이 사람들을 다른 귀빈들께서 기다리고 있는 안전한 장소라는 곳으로 전송해야 한다.

아직은 우리 일행들로부터 긴급 연락은 없었다. 하여튼 전체적인 상황 자체는 어느 정도 진정된 걸로 예상된다만, 최소한 한 번 정도는 자신의 눈으로 정확한 정황을 확인하고 싶었다.

렘브란트 부부의 호위로 따라간 미스티오 리자드로부터 조금 성가신 연락이 들어오는 것 정도는 각오하고 있었지만, 아직은 한 번도 없었다.

아마도 렘브란트 씨의 수완 덕을 적지 않게 보고 있는 것이리라. 길드를 상대로 리자드맨의 존재가 충분히 납득이 가도록 설명한 것으로 예상된다.

좀 더 휴만에 가까운, 예를 들어 고르곤이나 아르케를 불러들일 수도 있었다. 혹은 무난하게 숲 도깨비를 소환할 수도 있었지.

하지만 렘브란트 씨에게 나의 다른 부하들을 선보일 경우, 아마도 시프와 유노 또한 머지않아 그들의 존재를 알게 되리라. 그리고 렘브란트 자매가 알게 된다는 것은, 진 일행에게 정보가 새어 나가는 것 역시 시간문제라는 뜻이었다. 나한테 리자드맨 말고도 다양한 종류의 부하들이 존재한다는 사실을 학생들에게 설명하는 과정 자체가 몹시 성가셨다. 그런 고로, 저들에게는 나의 힘으로 소환할 수 있는 종족은 파랑도마뱀 일족이라는 고정관념을 심어주는 방법이 더 편하게 느껴졌던 것이다.

렘브란트 부부의 호위로 리자드맨들을 선택한 것은, 대충 그런 식으로 개인적인 사정을 감안한 인원 선발이었다.

하지만 그런 내막이야 어찌됐건, 우선은 리미아 왕국 여러분을 피난시켜야 하는 상황이었다.

[이곳에 머무르시다가 추가적인 습격을 받게 되실 지도 모릅니다. 이번에야말로 다른 나라의 귀빈 여러분들을 따라 안전한 곳으로 피난해 주십시오. 여러분들의 고국과 직접적으로 연관된 건수는 이미 종식된 걸로 압니다.]

"하지만 사건의 책임을 져야 하는 자들이 모조리 안전한 장소로 도망가 틀어박혀서야, 이 도시의 주민들에게 면목이 서겠나?"

리미아 국왕은 변함없이 사태를 수습하는데 솔선수범하는 태도를 보이고 싶은 듯이 보였다.

[이 도시의 책임자에 해당되시는 학원장부터 그곳으로 몸을 피하셨습니다. 물론 이미 이 도시를 지키기 위한 활동을 시작하셨을 겁니다. 안전한 장소로부터 실제로 동원되는 인원들에게 적절한 지시를 전달할 수 있는 분이 계셔야, 이 소동을 조기 수습할 수 있을 테니까요. 저희들은 주민들의 피난을 유도하기 위해, 지금 당장 활동을 시작하고자 합니다. 이와 같은 상황에 익숙한 편은 아니오나, 최선을 다할 생각입니다.]

"피난 유도라 했나? 그대 정도의 능력을 지닌 자로서는, 적들을 토벌하기 위해 움직여야 하지 않겠나?"

뭐, 당연히 나올 수밖에 없는 말이었다. 나는 미리 고려해 두고 있던 모범 답안으로 그의 질문에 답했다.

[물론 시급한 토벌이 필요할 경우에야 가세할 마음을 먹고 있습니다. 하지만 방금 전 술사 부대를 파견한 것처럼 학원으로서는 적들을 토벌하는데 집중적인 역량을 투입할 수밖에 없는 이상, 저희들은 인원수가 부족할 것으로 예상되는 피난 유도나 인명 구조를 책임지고자 합니다.]

"……닮았군. 막 강림하셨을 무렵의 —과."

국왕은 잠자코 나의 전망에 귀를 기울이는가 싶더니, 작은 목소리로 무슨 말을 중얼거렸다.

잘 안 들렸다. 특히나 중요할 듯한 예감이 드는 부분은 전혀 안 들린 거나 마찬가지였다.

나를 향한 말이 아니라 혼잣말이었나? 하지만 일단 짚고 넘어가볼까?

[죄송합니다. 지금 하신 말씀을 한 번만 더—.]

"아니, 신경 쓰지 말게. ……아무튼 그렇단 말이지? 우리가 언제까지나 여기에 남는다는 식으로 억지를 부릴 경우, 오히려 이 도시에 민폐를 끼친다는 뜻이야. 음…… 요슈아여."

으, 그냥 넘겨버릴 생각인 모양이다.

하지만 어찌됐건 피난에 관해선 동의를 받은 셈이니 그걸로 만족하자.

"예."

왕자가 국왕의 부름에 즉시 응했다.

“제때 도착할 가능성에 관해선 장담할 수 없겠으나, 국경에 대기 중인 우리나라의 부대를 롯츠갈드로 이동시켜라. 구원 물자 또한 적지 않은 양이 필요할 테니, 피난을 완료시키고 나서라도 절차를 밟도록 해라. 학원장으로부터 허가를 받는 일에 관해선 짐에게 맡겨 다오. 너에게는 중계수(中繼手)를 통한 염화로, 본국에 연락하는 역할을 맡기마.”

“알겠습니다. 가장 가까운 부대는 왕국 남단의 호프레이즈 령(領)에 주둔 중인 부대로군요. 염화 또한 안전한 장소로 이동하자마자, 곧바로 연결하도록 하겠습니다.”

국왕과 대화를 나누던 요슈아 왕자가 순간적으로 호프레이즈 씨에게 시선을 돌렸다. 그러나 두 사람의 대화를 듣지 못한 걸까? 정작 당사자인 호프레이즈 가문의 당주님은 전혀 반응을 보이지 않았다.

저 상태로 정말 아무 문제없으려나?

친아들이 사망한 직후인 만큼, 지극히 당연한 반응이야.

“어쨌든, 라이도우? 수고를 끼친다만, 전이를 부탁하네. 그리고 저기서 얼이 빠져 있는 자를 부축해 줄 수 있겠나?”

[분부를 받들겠습니다.]

염화로 토모에에게 정확한 장소를 확인받은 다음, 그녀가 있는 장소로 연결되는 안개의 문을 연성했다.

한 치 앞조차 보이지 않을 만큼 짙은 안개가, 곧장 국왕의 코앞으로 나타났다.

시키와 미오에게 시선을 돌렸다.

두 사람은 전투를 마친 진이나 아베리아와 뭔가 대화를 나누고 있는 모양이다.

학생들의 체력 소모 상태로 판단하건대, 내일 이후의 작업을 돕게 하기는 힘들어 보였다.

시가지를 어지럽히고 있는 변이체들의 정체가 일름간드와 마찬가지로 휴만일 가능성을 고려하자면, 학생들을 실전 투입시키는 사태는 최대한 회피하는 것이 무난하리라.

아무 데나 적당한 장소로 피난시킨 다음, 휴식이나 취하게 하자.

렘브란트 씨와 나눈 약속까지 고려하면, 학생들에게 더 이상 무리를 시키는 건 좋지 않게 느껴졌다. 결국 지금의 재들은 기본적으로 미숙한 학생 신분에 지나지 않거든.

학생들로부터 약간 거리가 떨어진 곳에 뻗어 있는, 보라색 의상을 걸친 부대의 잔해 쪽으로 시선을 돌렸다.

……저 정도 레벨의 부대가 변이체와 싸우는 주력이란 말이야?

저들보다야 좀 더 강한 부대가 존재할지도 모르지만, 제대로 싸울 수 있는 인원의 숫자에 따라 사태 자체가 장기화될 가능성 또한 없지 않아 있었다.

나는 자기 나름대로 향후의 전개를 예상하면서, 비틀거리는 기사의 뒷모습을 배웅했다.

그리고 뒤이어 안개의 문으로 발걸음을 옮기는 리미아 국왕과 요슈아 왕자의 모습을 확인했다.

이제 마지막 한 사람이다.

나는 울타리를 붙잡은 채로 멍하니 고깃덩어리를 바라보고 있던 호프레이즈 씨의 팔을 잡았다.

[호프레이즈 님, 실례합니다. 전송해 드릴 테니 일어서시지요.]

“건드리지 마라!!”

“……!”

그의 팔을 붙잡아 일으키려 한 바로 그 순간, 호프레이즈 씨는 분노로 가득 찬 고함소리와 함께 나의 팔을 뿌리쳤다. 음량 자체가 상당히 높았던 관계로, 무대 위로부터 영문을 알 수 없다는 시선이 우리에게 날아올 정도였다.

나는 문제없다는 사실을 전달하기 위해 그쪽으로 손바닥을 향한 다음, 호프레이즈 씨가 스스로 일어설 때까지 기다렸다.

방금 아들을 잃은 아버지로서는 지극히 당연한 반응일지도 모르지만, 그는 나를 그야말로 이보다 더할 수 없이 증오스러운 눈초리로 노려보다가 휘청거리는 발걸음으로 안개의 문을 향해 걸어 들어갔다. 물론 그는 나의 부축 따위는 절대로 받지 않았다.

에휴—.

도대체 왜 나를 그렇게까지 미워하는 거야?

솔직히 말해서 영문을 알 수가 없었다.

아들의 증오를 계승했다는 건가?

나는 불현듯 요슈아 왕자의 한 마디를 떠올렸다.

더 이상 인격의 잔해조차 느껴지지 않을 만큼 무지막지한 폭주를 보이고 있다고 했던가? 정말로 마물과 크게 다를 바 없다는 말까지 중얼거리던 것 같아.

하지만 폭발의 굉음에 뒤섞여 있던, 괴물로 전락한 일름간드의 마지막 절규—.

『나는 단지, 용서를 구하고 싶었을 뿐이야.』

……아마도 그의 마지막 한 마디에 관해선, 평생 동안 아무한테도 털어놓을 수 없으리라는 예감이 들었다.

계속 귀를 기울이다가 그 변이체의 발언을 이해할 수 있게 된 걸리는 없지만, 실제로 그의 마지막 절규가 뜻하던 바를 알아들어 버린 이상에야 어쩔 도리가 없었다.

너에게 죽음을 앞둔 순간까지 가서도 부르짖을 만큼 용서를 구하고 싶은 상대가 있었다면, 나 따위한테 집적거리는데 시간을 낭비하기보다 얼른 그 상대한테 염화나 편지 등을 보내거나 본인과 직접 만나 그 본심을 고백해야 하지 않았을까?

나는 순간적으로 아주 약간이나마 일름간드에게 동정하는 마음이 들었다. 하지만 호프레이즈 씨를 전송하자마자 무대 위로 내려선 나를 향해 달려오는 미오와 눈이 마주친 순간, 곧장 마음을 고쳐먹을 수밖에 없었다.

그가 용서를 구해야 했던 상대와 용서를 해야 했던 내용에 관해 아는 바가 없는 이상, 그가 용서를 구하고 싶었던 상대에게 그의 마음을 전달할 방법은 전혀 없었다. 이제 와서 아무 상관없는 제3자가 뒤늦게 신경 써 봤자 전혀 소용없는 일이었다.

“도련님, 아무 문제 없으셨나요?!”

나는 미오의 물음에 고개를 끄덕여 답했다.

리미아 국왕 일행에 관해선, 토모에가 「재량껏」 잘 처리하고 있는 와중이리라.

게다가 루토까지 버티고 있다. 높으신 분들한테는 높으신 분들끼리 하실 일들이 있을 테니, 결국은 그쪽으로 가야 그들에게도 할 일이 있을 것이다.

[걱정 마. 하지만 막상 이쪽으로 와 보니, 꽤나 성가신 분위기가 느껴지는군.]

보는 관점에 따라선 나의 예상이 정확히 들어맞은 셈이었다.

학생들 사이로 전투에 승리한 기쁨뿐만 아니라 복잡하기 짝이 없는 분위기가 감돌고 있었다. 굳이 정확하게 따지고 들어가자면, 꽤나 묵직한 분위기였다.

특히 아베리아는 심각할 정도로 초췌해 보였다. 게다가 옆구리 언저리에 부상까지 입은 모양이다.

이미 그녀는 시키의 치료를 받은 상태였으나, 방어구나 옷까지는 고치지 못한 관계로 부상을 입었던 장소를 짐작하기는 어렵지 않았다.

게다가 그녀가 정신적으로 심하게 소모된 까닭의 태반은 전투 자체가 원인이 아니리라는 사실 정도는 대충 예상이 가고도 남았다.

지금은 아베리아가 좋아하는 시키가 그녀의 곁에 붙어 있는 상황이었다. 나는 그녀에 관해선 시키에게 일임하기로 마음먹었다. 만약 시키가 그녀의 내막에 관한 고백을 듣는데 성공할 경우, 나에게도 그 정보는 시간차 없이 들어오게 되리라.

"꽤나 아슬아슬했답니다. 상대의 포효로 인해 접근전을 담당할 아이들이 움직일 수 없게 된 순간, 결국 끼어들 수밖에 없을 것으로 여겼지요. 하지만 아베리아가 한 끝 차이로 상대방을 물리쳤습니다. 완성된 마술을 화살에 부여할 줄이야…… 술법을 건 시프 역시 큰 차이는 없었지만, 정말로 굉장히 무모하기 짝이 없는 전법을 쓰더군요. 시키를 따라 한 걸로 보였지만, 저 아이의 실력으로는 거의 절반쯤은 자폭하는 거나 다름없는 공격이었지요."

[마술을 직접 부여했단 말이지? 그리고 그 결과가 아까 전의 폭발이었다는 뜻이군. 애들의 실력으로는 정말 터무니없을 만큼 상식을 초월한 전법이었어.]

시키를 따라 한 거란 말이군.

완성된 마술을 무기에 부여할 경우, 일시적으로나마 공격력이 폭발적일 만큼 크게 상승된다.

다만, 그 상태를 유지할 수 있는 시간은 극단적으로 짧았다.

시키는 자신의 실력으로도 몇 분 정도밖에 유지할 수 없다는 사실을 나에게 밝힌 적이 있다. 아마도 아베리아나 진의 실력으로는 그 시간은 더욱 더 짧아질 수 없으리라.

한 마디로 말해서, 최악의 연비를 자랑하는 기술이었다. 마력으로 속성을 부여하는 경우와 비슷한 듯이 보이나, 실질적으로는 완전히 다른 기술이었다. 어지간히 마술을 부여한 무기로 공격하는데 집착하는 성격이 아니고서야, 사실상 그다지 큰 의미가 없는 전법이었다.

뭐, 지금의 진 일행이 지니고 있는 역량으로 판단할 경우에야 자신들의 실력에 비해 훨씬 강력한 위력의 일격을 날릴 수 있는 수단이니 써보고 싶어지는 심정에 관해선 이해가 간다.

시키가 말하기로는, 해당 전법을 쓸 만할 상황은 평범한 부여 마술로 착각한 상대방으로 하여금 공격의 위력을 잘못 판단하도록 유도함으로써 허를 찌르는 용도인 모양이다. 아무튼, 시키에게 있어선 그 전법이 비장의 카드가 아니라는 것만큼은 틀림없었다.

시프와 아베리아의 협력으로 실현한 모양인데, 그녀들의 실력으로는 정말 용케 성공시켰다는 말밖에 나오지 않았다.

적에게 명중시키기 전에 유지 한계가 와 버렸을 때는 본전조차 못 찾는다는 것만으로도, 엄청나게 불리한 기술이었다.

요컨대, 정말로 이보다 더할 수 없을 만큼 무모한 시도였다.

나는 땅바닥 위에 주저앉아 있는 접근전을 담당하던 멤버들에게 가까이 다가갔다.

"……선생님."

나의 접근을 감지한 진이, 고개를 들었다.

[진, 잘 했다.]

"전, 그 녀석 따위는 어찌되건 상관없을 줄 알았어요. 오히려 마음에 안 드는 녀석이었는데, 막상 죽여야 한다는 생각이 든 순간…… 도저히……."

요컨대, 얼마든지 할 수 있을 것으로 여겼던 행동을 실제로 할 수 없었다는 말을 하고 싶은 것이리라. 하지만 그러한 딜레마 정도는 자기 자신의 힘으로 극복할 수 있을 만큼 성장해야 한다.

마물들의 숨통을 무자비하게 끊어 버릴 수 있는 녀석들치고는 너무 새삼스러운 소릴 하고 있는 것으로 느껴지는 까닭은, 나 자신이 마물들하고도 의사소통하는 능력을 지니고 있기 때문인지도 몰라.

[상대는 원래 휴만이었던 존재였다. 딱히 부자연스러운 감각은 아니야. 무리할 필요 없으니 일단 지금은 푹 쉬어라.]

나는 지극히 피상적인데다가 스스로에게 구역질이 날 듯한 말로 진을 타일렀다.

"……?! 저희들의 실력으로는 걸리적거리기만 한다는 건가요?!"

솔직히 말해서 그러한 측면을 전혀 고려하지 않은 것은 아니었다.

그러나 쓸데없이 그들에게 상처를 입힐 필요가 없는 지금, 나는 다른 이유를 입에 담았다.

[아니야. 지금의 너희들은 어디까지나 학생이다. 애초부터 학생들이 최전선으로 나아가 싸울 필요는 없다. 싸우는 건 학생들이 아니라 다른 자들의 임무야.]

실력에 관한 신용이야 어찌됐건, 학원 도시 또한 일정한 무력을 보유하고 있다.

적들에 관한 정보는 서서히 모여들 수밖에 없을 테니, 학원장을 비롯한 학원 유력자들의 역량으로도 충분히 제대로 된 대책을 가다듬어 변이체들에게 대항할 수 있을 것이다.

"하지만 저희들은 아직도 얼마든지 싸울 수 있어요!!"

진은 나의 반응을 보고도 끈덕지게 고집을 부렸다. 조금 더 엄하게 나가야 하나?

[단 한 차례의 전투를 치른 것만으로도 이만큼이나 체력을 소모한 주제에, 용케 그런 소릴 입에 담는구나.]

전투의 기억을 떠올리다 보니 조금 흥분한 걸까? 진은 나의 대답을 인정할 수 없다는 표정을 짓고 있었다.

……자기 자신의 실력을 객관적으로 평가하는 건 아직 어려워 보이는군.

관객석에 나타난 두 번째 변이체가 우리를 그냥 지나쳐 무대 위로 난입한 경우를 가정하면, 전혀 대항조차 못 하다가 사망자가 발생했을 가능성까지 있어 보였다.

두 번째 변이체에 관해 단 한 마디조차 언급하지 않는 걸로 봐서, 그 녀석의 존재조차 깨닫지 못할 만큼 여유가 없었는지도 몰라.

스스로 판단할 여유가 없을 만큼 육체적으로나 정신적으로 소모된 상태로 보여.

말하자면 지금의 그들에게 필요한 것은 추가적인 전투 경험이 아니라 시급한 휴식이라는 사실을 잘라 말할 수 있다는 뜻이다.

최소한 지금의 그들에게 여러 마리의 변이체를 동시에 상대할 수 있을 정도의 여유는 있을 리가 없었다.

변이체들이 일름간드보다 약하다고 전제해도, 세 마리 이상을 상대할 경우엔 각 개체의 능력에 따라 전사할 가능성은 부정할 수가 없었다.

[진, 너는 **정말로** 눈앞의 일름간드를 죽이는 한이 있더라도 막아야 한다는 마음을 먹고 있었나?]

“으…… 그건…….”

진의 말문이 막혔다.

[되돌려주고 싶었던 거겠지.]

"으?!"

[그거야말로 너의 본심이었잖아?]

"선생님은, 그렇지 않았나요? 제가…… 너무 쉽게 생각하던 건가요?"

진이 중얼거리듯이 입에 담은 그 말은, 그가 마지막까지 상대방을 죽이는 길을 선택하지 않았다는 사실을 긍정하는 뜻으로 들렸다.

[나는 너희들을 희생양으로 삼을 바엔, 일름간드를 제거할 마음을 먹고 있었다. 단순히 나에게 있어서 너희들이 그보다 중요하기 때문이야. 아마도 아베리아 역시 나와 똑같은 행동원칙을 따른 걸로 보이는구나. 만약 네가 자기 자신의 여린 부분을 단점으로 여길 경우, 남은 학원 생활 동안 어떻게든 개선하는 방법을 모색해 봐라. 솔직히 말해서 나에게는, 너의 그러한 성격은 틀림없는 장점 중 하나로 보이지만 말이야.]

이번엔 그다지 좋지 않은 방향으로 작용된 셈이지만, 그러한 부분 또한 진의 커다란 매력 중 하나로 여겨진다는 데는 의심할 여지가 전혀 없었다.

……애초부터 이 녀석한테 냉혹하기 이를 데 없는 모습은 어울리지도 않아.

"동료들을 위기로 몰아넣을 만큼 모자란 판단력이, 장점이라는 건…… 납득이 안 가요."

어라, 꽤나 드물게도 용기를 잃은 듯이 보이는군.

지금은 골치 썩을 필요 없이 최선을 다해 휴식이나 취하는 거야말로 너희들의 의무야.

[고민은 나중에 시간 날 때 천천히 해라. 지금은 어찌됐건 휴식부터 취하도록 해. 너희들을 책임지고 있는 강사로서 정식으로 전달하는 지시 사항이다. 롯츠갈드의 중심가를 비롯해 주변 도시들에도 상당히 만만치 않은 숫자의 변이체들이 나타났다는 정보가 흘러 들어왔다. 이번 사건은 꽤나 오래갈지도 몰라.]

"아니…… 도대체 뭐가 어떻게 돌아가고 있는 건가요?"

진의 표정이 경악으로 물들었다.

[아무튼, 오늘은 다른 학생들이 피난한 곳으로 이동하여 합류하고 휴식부터 취해라. 아무리 싸우고 싶다 한들 몸이 따라와 주지 않을 때는 별 도리 없다. 그리고 참고로 말인데.]

나는 거기서 일단 말풍선을 작성하는 작업을 중단했다가, 지금 당장 정보를 교환해야 하는 인물들에게 시선을 돌렸다.

[시프와 유노에게 할 말이 있다.]

그런 식으로, 나와 진의 대화를 잠자코 듣고 있던 렘브란트 자매에게 화제를 돌렸다.

"라이도우 선생님?"

"선생님?"

[부모님께선 무사하시다. 믿을 만한 호위를 동반시켰으니 걱정 마라. 너희들은 얌전히 피난소로 이동해줄 거지?]

"……알겠습니다."

시프의 속마음 역시 진과 거의 같은 걸까? 그녀는 분한 표정으로 대답했다.

"……피난할게요. **오늘은** 말이죠."

유노 역시 다루기 힘든 걸로는 다른 아이들과 마찬가지였다.

투지는 아직 남아있다는 말을 하고 싶은 건가? 사실은 그녀의 언니 또한 순순히 납득한 걸로는 보이지 않았다. 진에게도 한 말이지만, 학생이 너무 부담을 가질 필요는 없단다.

다른 멤버들 역시, 뚜렷하게 체력을 거의 다 소모한 상태지만 눈만은 부자연스럽게 번쩍거리고 있었다.

실전의 흥분 상태가 아직껏 지속되고 있는 건가?

어찌됐건 휴식 시간을 확보하는 과정이 최우선적으로 필요할 듯이 보였다.

리미아 국왕으로부터 하사받은 황송하기 그지없는 덕담을 전달하는 건 훗날로 미루자.

게다가 아까 전 왕자님과 엮인 건수까지 있다 보니, 리미아 왕국 관계자들과 접촉할 때는 신중하게 가고 싶었다. 지나치게 덤비다가 폭주를 일으키는 사태만은 사양하고 싶거든.

……그나저나, 이제 슬슬 이동해야 할 것 같다.

[시키, 미오. 학생들을 피난소로 안내해 주도록 해. 혹시 필요할 경우엔 하룻밤 동안 그곳을 지키다가 나중에 따라와.]

"예?! 저기, 도련님께선 어쩌시려고요?"

[토모에한테 상황을 물어볼게. 아무튼 애들에 관해선 잘 부탁한다.]

나는 말을 마치자마자 관객석으로 돌아간 다음, 토모에가 있는 피난소로 이어지는 안개의 문을 연성했다.

토모에는 도대체 언제까지 이 사태를 방관할 마음을 먹고 있는 걸까?

어설프게 다가갔다가 귀빈 팀에게 붙잡힐 경우엔 성가실 테니, 몰래 가서 얼른 물어볼 말만 물어보고 가게의 상황이나 확인하러 가자.

## 8

으윽…….

나는 힘없이 무릎을 꿇었다.

—사태가 진정되자마자 다시 지을 수 있으니 크게 문제될 일은 없을 겁니다.

—그런 고로 가게의 이름이 적힌 간판만을 회수한 다음, 건물 자체는 포기했습니다.

상황을 들으러 간 나는, 토모에로부터 태연하기 그지없는 목소리로 그런 식의 보고를 받았다.

정신을 차리고 보니, 나는 여기로 와 있었다.

나는 자기도 모르게 납죽 엎드린 채로, 폐허만 남은 그 장소를 멍청히 쳐다봤다.

쿠즈노하 상회—.

처음으로 가진, 나 자신의 가게였던 곳이다.

사실 사업의 성패 자체는 나에게 과분할 만큼 유능한 종업원들과 운에나 맡긴 채로 노력다운 노력은 한 적이 없었지만…… 어찌 됐건 꽤나 잘 나가는 가게였다.

그런 가게가 이런 식으로 철저하게 파괴당한 꼴을 쳐다보고 있자니, 서글픈 기분이 들 수밖에 없었다.

—특별히 중요한 물건이 남아있던 건 아닌데다가, 건물이 파손되건 말건 토지의 소유권까지 상실될 리는 없었다.

토모에의 발언은 지극히 타당하고도 논리적이었다.

그나마 중요한 축에 속하는 가게의 상품 재고들은 예외 없이 아공의 창고에 수납을 마친 상태였다. 게다가 만약 주위의 건물들이 모조리 파괴된 가운데 우리 가게만 멀쩡할 경우, 이웃들로부터 쓸데없는 오해를 사게 될지도 모른다.

가게 자체는 구입할 때부터 기존 설비까지 포함된 상태였던 데다가, 리모델링은 금방 끝났다.

그리고 엘드워들의 손을 빌릴 경우, 아마도 완전한 재건축 작업조차 사흘 이상은 걸리지 않으리라—.

하지만 말이야—.

이렇게 될 수밖에 없었던 이유야 납득이 가지만, 입술 사이로 새어 나오는 한숨까지는 막을 방도가 없었다.

울고 싶은 기분 자체는 변함없었다.

양쪽의 이웃들 역시 예외 없이 붕괴된 데다가, 반대편 건물의 폐허로부터도 연기가 피어올라 왔다.

응, 알아.

우리 가게 역시 당연히 파괴당해야 하는 상황이었다.

이 부근에도 운 나쁘게 변이체가 나타났으리라는 것 정도는 충분히 상상이 가고도 남았다.

그 녀석들의 행동 원리를 예측할 방법은 전혀 없었지만, 전이진만 노릴 경우에 한해 시가지의 일반적인 건물 등에 대한 피해가 그다지 크게 확대될 일은 없을 것으로 예상하던 부분은 없지 않아 있었다. 그리고 우리 가게 부근에 전이진은 존재하지 않았다.

그런 고로, 가게가 무사할지도 모르는 우연에 아주 약간 기대하고 있던 것이다.

에휴우우우우우우—.

새로운 출발은 텅텅 빈 공터로부터 시작하라는 뜻인가?

……긍정적으로 받아들이지 못해선 마음이 꺾이고야 말리라.

심기일전(心機一轉)하는 방향으로 가야하고말고요, 옙.

"우리 가게를 철두철미하게 폐허로 만들어 버린 녀석이 아직 이 부근을 벗어나지 않았어야 이 손으로 직접 숨통을 끊어 버릴 텐데……."

불덩어리와 직접 충돌한 듯이 보이는 흔적이 눈에 띄었다. 고열의 물체가 가로질러 간 자국으로도 보였다.

멧돼지나 코뿔소와 닮은, 불 속성을 지닌 변이체의 소행인가?

무심하게 범인의 이미지를 상상해 봤지만, 이미 목격한 두 녀석에게도 잿빛의 피부를 제외한 공통점은 존재하지 않았다.

예상조차 안 가는 기상천외한 모습일 가능성이 높군.

나는 한 줌의 희망에 모든 것을 맡긴 채로 주위를 둘러봤다. 하지만 이곳은 벌써 근방 주민들의 피난까지 완료된 구역이었다. 유감스럽게도 이 근방은, 이미 완벽한 침묵에 휩싸여 있었다.

일단 학생들의 피난소에나 발걸음을 옮겨 볼까? 임시 강사의 신분으로도 쓸데없이 눈에 띄지 않을 테니, 그보다 무난한 선택지는 많지 않으리라—.

"응?"

어디선가 무슨 소리가 들려온 듯한 느낌이 들었다.

귀를 기울였다.

응, 역시 들린다.

여러 사람의 비명 소리였다. 게다가 거리가 비교적 가까웠다.

이 방향은…….

가게 뒤편을 똑바로—.

아니, 잠깐?

……창관(娼館) 골목인가?

주민들을 피난시키는 작업은, 현재의 쿠즈노하 상회가 가장 높은 중요도의 임무로 수행 중인 작전 가운데 하나였다.

게다가 이 부근을 휩쓸고 간 덩어리가 창관 골목으로 이동했을 가능성 또한 낮은 편이 아니었다.

보복의 찬스가 온 건지도 몰라.

엘드워들이 제작한 방어구를 속도 중시 타입으로 전환시켰다.

온갖 잡동사니들이 사방으로 흩어진 나머지 어딘지 모르게 장애물 경주 코스 같은 몰골로 전락한 드넓은 중심가로부터 한 블록 정도 이동한 다음, 비명소리가 들려온 방향을 향해 똑바로 달려

나갔다.

—그나저나, 마족들은 도대체 무슨 이유로 변이체 같은 녀석들까지 동원하면서 학원 도시를 공격하고 있는 걸까?

본능에 따라 폭주하는 변이체들은, 전략적인 용도가 크게 한정되는 수단으로 보이거든. 하지만 전이진을 주로 공격한다는 건, 최소한도의 컨트롤은 가능하다는 뜻인가?

애초부터 이번 변이체 소동은, **어디서부터 어디까지 마족들의 노림수대로 유발시킨 사건**일까?

특히나 일름간드가 변이한 순간을 떠올려 보자면, 굳이 그 상황하에 일으킨 의도를 짐작할 수가 없었다. 실제로 일름간드는, 거의 아무 짓도 못 하다가 무력하게 퇴치당한 셈이거든.

—만약 이번 작업을 비밀리에 추진하던 마족들이, 변이의 발동타이밍을 그다지 정확하게 조절 가능한 단계가 아닐 경우…….

이번 소동과 완전히 다른 의도를 이루기 위한 목적으로 약품이나 액세서리들을 퍼뜨렸을 가능성까지 고려할 수 있다는 건가?

만약 그럴 경우, 이번 소동을 주도한 범인의 정체와 의도는 도대체 뭐야?

그런 식으로 혼자서 머리를 굴리다 보니, 비명의 출처에 도착했다.

역시나 예상대로 창관 골목이었다.

이곳은 아직, 다른 구역에 비해 건물들의 손상 정도가 심하지 않았다. 하지만 골목의 한 귀퉁이로부터 요란한 비명소리와 건물이 파괴되는 소리가 울려 퍼졌다.

저기군.

망설임 없이 그곳으로 발걸음을 옮기자, 가게의 창문으로부터 나를 향해 정체불명의 덩어리가 날아 들어왔다.

바윈가?

난로나 그에 가까운 구조물의 일부였던 것으로 추정되는 바윗덩어리였다.

나를 향해 꽤나 빠른 속도로 날아 들어오던 바윗덩어리는, 현재 장비 중인 재킷에조차 도달할 수 없었다. 나의 몸으로부터 1미터 정도 떨어진 지점까지 오자마자 마력에 막힌 바윗덩어리는, 엉뚱한 방향으로 궤도를 틀다가 힘없이 추락했다.

추가로 더욱 더 많은 덩어리들이 날아들었으나, 숫자만 늘어나 봤자 단 한 발조차 나에게 도달할 수 없었다.

그리고 나는 드디어 목적지의 코앞까지 도착했다. 비명이 들려온 창관 안으로 발길을 들였다.

설마, 인생 최초의 유흥업소 방문 경험을 이런 식으로 하게 될 줄은 몰랐다…….

실례합니다—.

"꽝이었나 보군. 우리 가게를 파괴한 범인은 아니야. ……문어?"

예상하고 있던 모습의 변이체가 아닌 관계로, 나로서는 무심코 혀를 차면서 혼잣말을 중얼거릴 수밖에 없었다.

거기서 마주친 변이체는, 문어였다.

하지만 세세한 부분은 진짜 문어와 꽤나 달랐다.

다리의 개수는 진짜 문어처럼 여덟 개였지만, 그 중 두 개가 부자연스럽게 발달되어 다른 다리들보다 긴데다가 끝부분은 사람의 손 같은 형태였다. 그리고 나머지 여섯 개의 다리가 몸을 지탱하고 있었다. 그러나 전체적인 인상은, 그야말로 새하얀 문어로밖에 보이지 않았다. 아니, 하얀색에 가까운 잿빛의 문어인가? 창부(娼婦) 누님들을 덮치는 연체동물이라니, 거참 매니악한 조합이로군…….

그 변이체를 상대로 맞서고 있던 이는, 도저히 전투용으로 보이지 않는 자그마한 날붙이를 든 여성이었다. 용감하군.

그리고 또 다른 누님들 몇 명 정도가, 그녀의 뒤로 물러나 서로의 몸을 얼싸안고 있었다. 울고 있는 사람부터 시작해서 허릿심이 빠져 주저앉아 있는 사람까지, 그녀들의 반응은 각양각색이었다.

대부분의 누님들이 요염하기 그지없는 드레스를 대충 걸쳐 입은 듯한 모습이다 보니, 나로서는 눈 둘 곳이 거의 없을 지경이었다. 그녀들 중에선 윗옷이 없어 찢어진 커튼 끝자락을 휘감고 있는 이까지 있었다. 제발 좀 봐주십쇼.

나의 난입으로 인해 상황은 적잖이 바뀌었다. 문어는 그녀들로부터 나에게로 표적을 변경한 듯이, 몸 전체를 나에게 돌린 채로 다리들을 꿈틀거렸다. 지금껏 돌을 던지던 건 누님들과 마주보던 상태로 하던 짓인가? 가게 밖에 있을 때부터 나의 존재를 파악한 데다가 공격까지 가해오던 걸로 판단하건대, 이 녀석에게도 특수한 능력이 갖추어져 있을 가능성은 꽤나 높아 보였다.

모르긴 몰라도 눈앞의 문어가 나의 접근을 민감하게 감지한 덕분에, 목숨을 건지는 누님들의 숫자는 늘어나리라. 그런 고로 나에게는 나쁘지 않은 상황이었다.

하지만 상당히 진한 피비린내를 풍기는 걸로 봐서, 이미 희생자가 발생한 것은 틀림없었다. 게다가 이곳이 첫 번째라는 보장도 없었다.

무기라고 부를 수도 없는 과일 깎는 칼 같은 날붙이 하나로 최선을 다하던 저 누님의 활약 없이는 더 많이 죽었을 테니, 그나마 생존자가 남아 있는 현재 상황을 순순히 달갑게 받아들이자.

"사, 살려줘요!!"

나의 존재를 알아차린 창부 한 사람의 외침소리를 신호탄 삼아, 그녀들은 입을 모아 새된 목소리로 나에게 구원을 요청해 왔다.

이곳은 실내였다. 아까 전의 투기장까지 난입해 들어왔던 새 형태의 변이체를 물리친 순간처럼 사방으로 흩날려 버리기는 껄끄러운 상황이었다.

요컨대 그다지 큰 힘을 쓰기는 어렵나는 뜻이군. 변이체의 토막들로 사방을 어지럽히는 건 피하자.

[제가 이 괴물을 퇴치할 테니, 지금 당장 밖으로 도망가서 기다려 주세요. 조금만 있다가 피난소로 안내해 드리겠습니다.]

"큭! ……꼬맹아, 이 녀석은 겉보기보다 훨씬 만만치 않은 상대야. 우리를 구조하러 와준 거야 고맙다만…… 이 괴물은 나 혼자서 어떻게든 유인해볼 테니, 너는 그 틈을 타 등 뒤의 여자들을 가능한 한 많이 데리고 도망이나 가."

앞장서 싸우고 있던 여성에게는, 일단은 피난소로 안내할 테니 기다려 달라는 나의 의도가 전달되지 않은 모양이다. 게다가 「꼬맹아」라는 소리까지 들었다.

더군다나 지금 당장 자기 자신을 희생할 의도밖에 담겨있지 않은 대사와 함께, 다른 여자들을 데리고 도망가 달라는 부탁까지 받았다.

다른 여자들의 반응을 확인해 보니, 어찌됐건 대부분의 누님들은 그녀의 말에 따라 도망을 가기 위한 발걸음을 옮기기 시작했다. 하지만 허릿심이 빠진 듯이 보이는 누님들은 당장 몸을 가누기가 꽤나 힘든 듯이 보였다. 누님들은 일반적으로 서로가 앞 다퉈서 도망치는 거야말로 자연스럽게 보이는 상황임에도 불구하고, 만족스럽게 움직이지 못 하는 사람에게 손이나 어깨를 빌려주는 식으로 함께 도망치기 위해 최선을 다했다. 동료 간의 유대감이 무척이나 강한 듯이 보였다.

나는 잠시 동안 머리를 굴렸다.

저 헐벗은 누님들 사이에 뒤섞여 이곳을 탈출하는 것과, 눈앞의 변이체를 쓰러뜨리는 것—.

과연 어느 쪽이 나에게 있어서 더 「간단」한 작업일까?

굳이 따지고 들어갈 필요조차 없이, 후자였다.

오히려 나야말로 괴물을 쓰러뜨리는 역할을 맡고 싶었다. 그리고 가능한 한 그녀에게 창부 동료들의 피난을 유도하는 역할을 맡기고 싶은 참이었다.

그런 식으로 골똘히 생각에 잠겨 있다 보니, 우리의 의도를 깨달은 듯한 문어가 몸을 움직이기 시작했다.

나는 가벼운 견제 공격을 날려 문어의 움직임을 억눌렀다.

사실 나는 아까 당한 공격을 되돌려줬을 뿐이다. 그냥 아무 데나 굴러다니던 돌멩이들을 저 녀석의 움직임에 따라 던졌을 뿐이거든.

문어가 보인 반응을 보니, 상대방의 견제 공격을 경계할 만한 지성 정도는 갖추고 있는 모양이다.

“꼬맹아, 그만둬! 이 녀석은 정말로 위험한 괴물이야! 여기서만 저 녀석에게 벌써 수많은 사람들이 죽어 나갔어! 난 이래봬도 어엿한 모험가 출신이야. 최소한 이곳에 있는 이들 중에선 가장 전투 경험이 많아. 그러니까 넌 어서—!”

헤에, 모험가 출신이란 말이지?

현역 모험가조차 그리 많지 않은 이 거리의 주민들 가운데, 모험가 출신 창부(아마도)가 섞여 있을 줄은 몰랐다.

[이래봬도 저는 학원의 현역 임시 강사랍니다. 동료 분들께서는 저 따위보다 당신과 함께하셔야 그나마 안심이 되실 것으로 보이는군요. 저한테는 너무 신경 쓰지 마세요. 곧장 여러분과 합류할 테니, 아무쪼록 밖으로 대피해 주십시오.]

“학원의…… 강사? ……그렇군. 일개 모험가 출신인 나보다 훨씬 대단한 실력을 지니고 있을지도 모른다는 뜻이네. 정말로 혼자서 처리할 수 있겠어?”

우리 가게를 방문한 적 있는 창부 몇 명 정도와 서로 얼굴을 튼 적은 있었지만, 눈앞의 그녀는 처음 보는 얼굴이었다.

서로 아는 사이였을 때는 불필요한 설명 따위는 필요 없었을 텐데 말이야.

서로 간의 의사소통에 불편을 느끼고 있다 보니, 질리지도 않은 문어가 나에게 뭔가를 투척해 왔다. 서로 돌팔매질이나 하는 꼬락서니가 마치 어린애들 싸움 같은 느낌이 드는군. 기본적으로 전혀 웃어넘길 수 없는 사이즈라는 사실을 제외하자면 말이야.

물론 문어가 던진 물체는 나에게 다다르기는커녕, 마력에 막혀 튕겨 나갔다.

"아니?!"

나와 대화를 나누던 여성이 경악스러운 표정을 지어 보였다.

문어가 던졌던 물체는…… 우웩, 사람 머리잖아? 돌멩이가 아니었다. 아무리 미인이건 뭐건, 피투성이의 머리만 남은 상태로는 절대로 홀릴 리가 없었다.

[저를 걱정하실 필요는 없습니다. 바깥의 활짝 트인 장소로 나가셔서 기다려 주십시오. 저를 돕고자 하신다면, 가능한대로 다른 건물들에 숨어 계신 여러분들까지 유도해 주시는 것만으로도 충분합니다. 금방 다른 구역 주민들의 피난소가 있는 장소까지 안내해 드리겠습니다.]

"이렇게 가까이 있는 녀석의 실력조차 가늠하지 못 하다니, 나도 참 갈 데까지 간 모양이군. ……그 녀석은 대단히 강력한 재생능력을 지니고 있는 걸로 보이니, 최대한도로 주의를 기울여야 할 거야. 나의 실력으로도 가벼운 상처 몇 군데 정도는 입힐 수 있었지만, 전부 다 아물어 버리더군."

[제공해주신 정보는, 감사히 쓰도록 하겠습니다.]

"……신세 좀 질게. 죽지나 마셔, **선생님**."

일단 나의 실력에 관해선 납득이 간 모양이다. 그녀는 다른 창부 여러분들과 합류하자마자, 정확하고도 빈틈없는 몸동작으로 피난 유도 작업에 착수했다.

그리고 나와 문어만 실내에 남았다.

으아— 정말 긴장되는 순간들이었다.

사실 나는 방금 전 같이 선정적인 옷차림을 걸친 불특정 다수의 여성들로부터 주목을 받는 상황엔 면역성이 거의 없는 거나 마찬가지였다. 거의 묘한 압박감까지 느껴질 정도였다.

파티 때와는 또 다른 긴장감이라고 해야 하나?

방금 전까지 대화를 나누던 여성 역시 적포도주 빛깔의 짧은 드레스를 입고 있다 보니 그렇지 않아도 노출이 많은 편인데, 거기다 추가로 옷의 일부를 찢어 활동성을 중시한 차림새라 눈을 둘 곳이 없을 정도였다. 허벅지를 거의 다 노출한 거나 다름없는 상태였거든.

“미안하지만, 이 부근의 누님들은 우리 가게의 영양 드링크를 자주 사러 오는 단골손님 분들이시다. 더 이상 네 손에 죽게 할 수는 없다는 뜻이야.”

문어 녀석의 김빠진 듯한 호흡 소리가, 휴만들의 언어로 들리는 듯한 느낌은 들지 않았다.

일름간드가 흔치 않은 케이스였을지도 몰라.

아무튼 잽싸게 해치워 버리자.

그러한 결론에 다다른 나는, 오른손으로 마력을 모았다.

뭔가 만만치 않은 재생 능력을 지니고 있는 모양이니, 불릿에 연사 성능을 추가하는 형식으로 영창을 읊었다.

나의 오른손바닥에 나타난 새하얀 빛 구슬은, 야구공 정도의 크기였다.

그리고 문어에게 손바닥을 향했다.

그 순간적인 동작을 신호탄 삼아, 보우건의 화살만한 사이즈의 짧은 불릿들이 빛 구슬로부터 연속으로 나타났다. 사출된 불릿들은 연달아 문어 모양의 변이체에게 꽂혀 들어갔다.

문어 괴물은 손처럼 발달한 다리로 불릿을 막기 위해 마구 꿈틀거렸지만, 그 녀석의 사정에 딱히 신경 쓸 필요가 없는 나는 그저 끊임없이 공격을 박아 넣을 뿐이었다.

The, 우걱다짐—.

점점 뒤로 물러나던 문어는, 결과적으론 불릿에 의해 벽 속으로 파묻혀 들어갔다.

그러나 연사는 멈추지 않는다. 네가 울건 말건, 공격은 멈추지 않는단다.

이윽고 문어에게 변화가 일어났다.

문어의 머리가 원래 사이즈보다 훨씬 크게, 게다가 불규칙적으로 부풀어 오르기 시작한 것이다.

최소한 지금부터 재생을 시작할 분위기는 아니군.

끝났나?

나는 영창을 읊었다. 흙 속성 술법으로 문어 녀석의 추한 몸을 숨기는 용도의 벽을 바닥으로부터 천장까지 이어지도록 발생시켰다. 산산이 조각난 살점들을 뒤집어쓰는 취미는 없거든.

아마도 급소를 잘 찔렀을 경우, 일름간드가 그나마 고깃덩어리 정도는 남겼을 때처럼 산산이 부서지는 경우를 피할 방법이 존재할지도 모르지만, 일일이 약점을 찾기도 귀찮아. 그냥 무속성 술법으로 재생이 불가능할 때까지 대미지를 가해 폭발시켜 버리는 방법이 더 쉽게 끝난다.

어쨌든 벽이 완성한 나는 그 순간이 다가올 때까지 잠자코 기다렸다—.

뿌직—.

굉장히 커다랗고도, 불쾌한 소리가 들려왔다.

나는 일단 임시로 연성한 벽을 해제한 다음, 문어였던 것으로 추정되는 반고체에 가까운 젤리 상태의 물질을 확인했다. 바로 그 물질이야말로 방금 변이체를 격퇴한 증거였다.

응, 목숨이 붙어 있는 듯한 낌새는 없다. 원형조차 남아있지 않아. 그리고 직접 치우고 싶지도 않다.

구역질난다. 말로는 표현하기 힘든 고약한 악취가 실내로 퍼져 나갔다.

아무튼, 결판은 났다.

나는 한숨 돌리자마자, 밖으로 나갔다.

[오래 기다리셨습니다.]

밖으로 나간 나를, 대량의 시선들이 꿰뚫고 지나갔다.

으음, 꽤 많군. 여성 9할에다가 남성은 1할 정도가?

게다가 아직 늘어나는 와중인 모양이다.

개중에는 목숨을 건질 수 있었던 건 기적이라는 듯이 기쁘게 서로 얼싸안고 있는 이들 역시 꽤나 많이 눈에 띄었다.

이만큼 많은 인원수를 수용할 수 있는 곳은, 토모에가 언급한 피난소 중에선 아인들이 모여 산다는 빈민가 지역밖에 없어 보였다.

불행 중 다행인 점은, 나와 그곳 아인들의 우두머리가 상회의 이용을 통해 서로의 얼굴을 아는 사이였다는 것이다. 지금은 숲 도깨비 아쿠아가 체류하면서 주위를 경계 중인 것으로 알고 있다.

넓이는 충분한데다가, 변이체가 발생하지 않은 구역이었다.

이 정도의 인원수는 얼마든지 수용 가능할 뿐만 아니라, 거부당할 일도 없으리라.

대충 모일 때까지 기다렸다가, 피난민들을 지키면서 빈민가로 향하자.

이곳과 꽤나 거리가 멀리 떨어져 있으니, 시간을 죽이는데도 안성맞춤이었다.

토모에의 말로는, 앞으로 며칠 동안은 눈치를 봐야 하는 단계인 모양이다.

그때까진 꾸준히 무사한 주민들의 피난 작업을 돕는 작업에 종사하다가 「우연히」 맞닥뜨려 버린 변이체들을 제거해 나가자는 것이 그녀의 기본적인 전략이었다. 뿔뿔이 흩어진 종업원들은 각처의 피난소를 무대로 활약 중인 모양이니, 우리가 전원 다 모일 기회는 경우에 따라선 모든 일이 끝난 이후에야 찾아올지도 모르겠군.

"다행이다! 무사히 나왔구나. ……정말로 해치운 거야?"

아까 전과 다를 바 없이 아슬아슬한 옷차림을 걸치고 있는 누님이 다가오더니, 나의 무사 귀환을 환영했다.

[예. 이 부근에 또 다른 적이 없으리라는 보장은 없습니다만, 방금 전의 그 괴물은 물리쳤습니다. 그나저나 피난하실 분들은 점점 더 늘어날 걸로 보이는군요.]

"역시 학원 강사들은 대단한 실력의 소유자들인가 봐? 방금 전의 그 괴물은 도저히 혼자서 처리할 수 있을 만한 상대로는 안 보였는데, 설마 이렇게 짧은 시간 만에……. 정말 놀라워. 아무튼 엄청나게 갑작스러운 사고였거든. 보시다시피 손님들까지 몇 명 정도 섞여 있는 상황이야. 당연히 알고 있겠지만, 창관이라는 데는 낮과 밤을 안 가리거든. 그건 그렇고, 우리 **선생님**께서 알고 계신 피난소라는 곳은 여기서 먼 편인가?"

대낮부터 영업하고 있었단 말이야? 금시초문이었다. 별 생각 없이 밤에만 영업하는 곳인 줄로만 알았다.

[이곳으로부터는 빈민가가 가장 가깝습니다. 넓이까지 고려할 때 아마도 그곳이 피난하는 데는 가장 적절할 장소일 겁니다. 여러분들을 동반해도 20분 정도 걸릴 걸로 예상됩니다.]

"빈민가?! 혹시 그 아인들이 모여 사는 빈민가를 말하는 거야?! 하필 그런 데로 피난 갔다가 또 다른 문제가 일어날 수도 있지 않을까?"

빈민가라는 명칭대로, 휴만들에게는 치안이 안 좋은 장소로 인식된 곳이었다. 따라서 그녀가 놀라는 것도 당연한 얘기였다. 내가 보기엔 휴만들보다 소박할 뿐만 아니라 무척이나 선량한 사람들인데 말이야.

휴만들은 아인들에 대한 선입관 등이 앞서나가 멋대로 혐오의 감정을 품게 된 결과, 더욱 더 그들의 영역으로 들어가기가 꺼림칙한 상황에 놓인 것으로 보였다.

[다행히 저와 얼굴을 트고 있는 분께서 그곳의 책임자 역할을 맡

고 계시다 보니, 피난민 수용에 대한 저의 부탁은 벌써 받아들여진 모양입니다. 평소의 제가 운영하던 상회 관계로 아는 분이거든요.]

"아하! 당신, 지금 보니 쿠즈노하 상회라는 가게의 대표였던 것 같아! 아마도 이름은, 라이도우 대표라고 하셨나?"

상대방을 안심시키기 위해 빈민가에도 지인이 있다는 사실을 털어놓은 그 순간, 그녀는 엉뚱하게도 다른 부분에 반응을 보였다.

구체적인 개개인에 관해선 전혀 아는 바가 없었지만, 가끔씩 창부들이 우리 가게로 물건을 사러 온다는 사실 정도는 파악하고 있었다. 스스로가 자기 자신의 예상보다 유명인일지도 모른다는 실감이 들었다.

[예. 쿠즈노하 상회의 대표인 라이도우입니다.]

"흐음, 당신이 바로 그 양반이란 말이지? 피로에 잘 듣는 음료수를 팔던 데야. 나 스스로 당신네 가게까지 찾아간 적은 없지만, 어쩌다 보니까 그 음료수의 효과를 실감할 기회는 꽤 많았거든."

[저희 가게의 상품을 애용해주신데 관해선, 정말로 감사드립니다.]

설마, 우리 가게의 상품을 마신 적이 있는 고객일 줄은 몰랐다.

나는 머리를 숙인 다음, 감사의 말을 입에 담았다.

지금에 와서야 그럭저럭 팔리는 축에 속하는 영양 드링크 매상의 몇 할 정도는, 기본적으로 야간의 물장사를 하시는 분들의 구입 지분이었다. 아니, 대낮부터 영업하는 모양이니 야간의 물장사라는 말은 잘못된 표현인가?

그렇지 않아도 가혹하기 그지없는 육체노동에 종사하시는 분들인데, 영업시간까지 불규칙할 줄은 몰랐다. 정말로 힘든 업종인 모양이야.

그러한 생각이 든 순간, 자연스럽게 머리를 더 깊숙이 숙일 수밖에 없었다.

혹시 지나치게 머리를 숙이는 모습이 이상해 보였나? 그녀는 순간적으로 어리둥절한 반응을 보이다가 쓴웃음을 지었다.

"……크큭, 우리 **선생님**은 참 유별난 분이시군. 기본적으로 유별난 상회의 대표니까 당연히 그런 걸까? 사실 현재 상황은 정말 최악이야. 아인들이 모여 사는 빈민가건 어디건, 사실 피난민들을 받아들여주는 것만으로도 고맙긴 해. 잠시만 기다려줄 수 있을까? 도착하고 나서 뒤늦게 성가신 일이 일어나지 않도록, 내가 먼저 다른 사람들을 설득해 볼게."

괴짜 취급을 당했다. 어째서?

나 역시 상황을 그다지 정확하게 파악하고 있는 것은 아니었지만, 스스로 나서서 다른 사람들을 설득하는 역할을 자처한 그녀에게는 감사하는 마음밖에 들지 않았다.

사실은 토모에 또한 그곳이 원래 아인들의 거주 지역이라는 사실을 고려하여 다양한 트러블에 대응 가능한 인원을 배치한 걸로 알고 있다. 하지만 추가로 피난민들 스스로가 쓸데없는 충돌을 피하기 위해 조심한다는 것을 말릴 까닭은 없었다.

[고맙습니다. 아마도 학원이 본격적으로 활동을 시작한 이상, 이번 사태는 머지않아 말끔히 해결되지 않을까 싶습니다. 아주 잠시 동안만 인내심을 발휘해 주십시오.]

"물론이야. 쓸데없는 수고를 끼친데 관해선 정말 미안해. 자기

소개가 조금 늦었네, 나는 에스텔이야. 앞으로 잘 부탁해."

[다시 한 번 잘 부탁드립니다, 라이도우라고 합니다.]

우리 둘은 뒤늦게나마 서로 간의 자기소개를 마쳤다.

우리는 에스텔 양이 다른 피난민들과 대화를 하러 돌아간 이후로 십 수 분 정도 지나고 나서야, 빈민가로 피난을 가기 위한 본격적인 이동을 시작할 수가 있었다.

◇◆◇◆◇

"시키, 너는 학생들과 함께 먼저 가도록 하세요."

"예? 미오 님께선 어쩌실 요량이신지요?"

"때마침 개인적인 볼일이 떠올랐거든요. 여기서 다른 학생들이 모여 있는 피난소까지 가는 것 정도야, 시키 혼자서도 충분하지 않나요?"

"그야 물론 그렇습니다만……, 알겠습니다. 가능한 한 빠른 합류를 부탁드립니다."

"금방 따라갈게요."

진을 비롯한 학생들이 투기장을 뒤로하려 한 그 순간, 미오가 시키에게 먼저 가도록 명했다.

시키는 순간적으로 까닭을 물어보려다가, 결국은 그녀의 뜻을 받아들여 순순히 납득하는 반응을 보였다.

이곳으로부터 학생들과 관객들에게 배정된 피난소까지 떨어진 거리는 그다지 멀지 않을 뿐만 아니라, 시키 스스로가 그들을 호위하는 역할을 담당하고 있었다. 사실은 시키 한 사람만으로도 학생들을 지키는 용도로는 방어력의 과잉 상태나 다름없었다.

"어디 보자……."

발길을 되돌린 미오는, 무대 쪽으로 천천히 걸음을 옮겼다.

그곳에 자리 잡고 있는 물체는, 아니, 자리 잡고 있던 물체는 말없는 고깃덩어리로 전락한 변이체였다.

"……저도 재생 같은 쪽엔 꽤나 친숙한 편이거든요. 그런 이유로 다른 이들보다 비교적 민감한 걸까요? 일종의 냄새나 숨소리에 가까운 감각이라고 해야 하나? 『조짐』을 느끼는 데는 일가견이 있답니다."

미오는 누구에게 하는 소린지 짐작할 수 없는 말을 입에 담은 다음, 크나큰 한숨을 내쉬었다. 바로 그 순간, 그녀의 숨소리에 호응하듯이 눈앞의 고깃덩어리가 꿈틀거렸다.

"핵에 해당되는 부분은 확실하게 파괴된 것이 틀림없는데, 참으로 가련하군요. 재생하는데 친숙하다는 이유만으로 너 같은 녀석과 똑같은 취급을 당하는 건 사양하고 싶지만, 끈질긴 생명력에 관해서만은 칭찬해 드리도록 하지요."

그녀의 입으로부터 그런 말이 나온 그 순간, 고깃덩어리는 더욱더 세차게 꿈틀거리다가 사람의 형태를 취했다. 하지만 결국 그 물체는, 사람이 아니라 어디까지나 사람의 형태로 보이는 살점들의 집합체에 지나지 않았다. 그에게서 아까 죽은 변이체와 같은 굳센 생명력은 느껴지지 않았다.

그러나 그 물체는 그럼에도 불구하고 아직껏 자기 자신을 사람으로 여기고 있는 듯이 보였다. 얼굴과 같은 부분의 아랫부분이 부풀어 오르더니, 입처럼 보이는 균열이 나타났다. 곧이어 얼굴의 윗부분 중 두 군데가 가늘게 진동하는가 싶더니, 가로로 가느다랗게 찢어진 균열이 나타나자마자 위아래로 열렸다.

그 균열 사이로, 눈알이 엿보였다.

『……단편적으로나마, 조금씩 기억이 떠오른다. 너는, 쿠즈노하의 여자로군. 이 몸은, 아직 살아있었단 말인가?』

찢어진 균열로부터 목소리가 새어 나왔다. 그 목소리는 한창 난동을 부리던 때와 달리, 확실하게 그가 일름간드였던 당시의 음성이었다.

"어머나, 말문까지 트여 버렸나요? 사실 너한테 인격이 남아있을 줄은 미처 몰랐어요."

『나는, 일름간드 호프레이즈—.』

"그 남자였던 물건의, 찌꺼기가 아닐까요?"

미오는 사람의 모습을 한 고깃덩어리가 중얼거리던 혼잣말을 가로막았다.

『……나는 그 녀석들에게 이용당한 건가? 한심하군. 이루 말할 수 없는 추태를 연출하다가 가문의 이름에 먹칠까지 하다니……!』

"……."

『정체불명의 약물에 절어 괴물로 변신한데다가, 그럼에도 불구하고 그 녀석들을 이길 수 없었단 말이지. 크크큭, 정말로 이보다 더할 수 없이 꼴사납군.』

"그렇군요. 동감이에요."

『방금 전까지 마음속을 가득 메우고 있던 파괴 충동은 물론이거니와, 너무나 들떠 올라 주체할 수 없었던 온갖 감정들까지 지금은 거짓말처럼 너무나 고요하게 느껴져.』

"……너를 그런 식으로 몰고 가던 핵이 파괴된 상태니, 더 이상 그러한 감정들을 느낄 수 없는 건 지극히 당연한 현상이랍니다. 지금의 너는 그 아무개라는 귀족의 기억과 잔해를 계승한 한낱 고깃덩어리에 지나지 않거든요."

미오는 변이체였던 고깃덩어리가 제정신을 되찾은 원인에 관해선 대략적으로 짐작하고 있었으나, 굳이 상세한 내용을 언급할 마음은 없었다. 그녀는 그저 무심한 표정으로, 눈치나 보듯이 조그맣게 눈웃음을 짓고 있을 뿐이었다.

변이체였던 고깃덩어리는 한동안 자기 자신을 일름간드 호프레이즈라고 인식한 채로, 여러 차례에 걸쳐 혼잣말을 중얼거렸다. 미오는 이따금씩 맞장구를 치거나 무시하는 식으로 그와 가벼운 대화를 나눴다.

『하지만 이러한 육체를 지닌 괴물로 전락한 이상, 나라는 존재의 인생은 지금 당장 끝나 버려야 한다. 만약 죽지 않을 경우, 호프레이즈 가문이 짊어져야 하는 책임만 더욱 더 가중될 뿐이야. 그래선 우리 가문이 다스리는 영지를 삶의 터전으로 삼는 백성들의 부담을 늘리는 결과만 야기한다는 뜻이지.』

"……흡."

귀족 가문의 차남이었던 그는, **이미 죽었다**.

그런데 일름간드였던 고깃덩어리는 마치 자기 자신은 아직 죽지 않았다는 듯이, 스스로의 책임이나 입장을 돌이켜보고 있는 와중이었다. 그 꼬락서니에 너무나 기가 차던 미오로서는, 입가를 박차고 나오는 웃음을 도저히 참을 수가 없었던 것이다.

『상관없어. 어차피 남은 수명조차 정확히 가늠할 수 없는 몸이다. 이왕 이렇게 된 바엔, 하다못해 자기 자신의 마음에 따라 죽을 곳을 선택할 뿐이야.』

일름간드는 미오의 비웃음 따위에 전혀 신경을 쓰지 않는 듯이 보였다.

그는 무거운 듯이 다리를 질질 끌면서, 미오에게 다가갔다.

그의 얼굴은 서서히 휴만이었던 당시의 형상에 가까워 졌으나, 기본적으로 도저히 원래의 외모를 재현할 수 있을 정도는 아니었다.

얼굴의 각 부속품이 원래 있어야 할 장소로부터 어중간하게 어긋나 있는 관계로, 보는 이들로 하여금 생리적인 혐오감을 느끼게 하는 형상을 취하고 있었던 것이다.

아베리아의 공격에 의해 끔찍한 화상을 입은 표면은 거의 짓물러 터진 듯이 보였다. 지금의 그는 아인이라고 부르기도 꺼림칙할 만큼, 불균형적인데다가 추악한 외모의 소유자였다.

"어머나? 참고로 지금의 그 몸은 딱히 죽음을 각오할 정도로 불안정한 상태는 아니랍니다. 그런데 그 꼴로 일름간드 아무개로서 살아갈 생각인가요?"

인형은 미오로부터 주어진 정보를 전해 듣자마자, 곁눈질로 그녀를 쳐다봤다.

『그런가? 목숨을 부지하는 데는 지장이 없단 말이지? 듣던 중 반가운 소리군. 방금 나는 자기 자신의 마음을 따른다고 했다만, 안심해라. 이제 더 이상 고테츠나 루리아에게 쓸데없는 수작을 부릴 생각은 없다. 이유가 뭘까? 그야말로 이보다 더할 수 없을 만큼 집착한 상대였는데, 지금의 나는 그녀에 대한 사모의 감정보다 자기 자신의 이상을 실현하는데 마음이 기울어지는군.』

"응? 고테츠, 루리아?"

미오의 의문을 무시한 고깃덩어리는, 태연하게 말을 이어 나갔다.

『나는, 싸울 것이다. 이 추악한 육체는 전신 갑옷으로 얼마든지 뒤덮어 숨길 수 있어. 설령 더 이상 햇볕이 드는 데서 자기 자신의 이상향을 쫓을 수는 없더라도, 하다못해 그 분의, 히비키 님의 방패가 되는 정도는 지금의 나에게도 가능할 거야. 그렇게 볼 때는 지금의 추악하고도 강인한 육체 또한 꽤나 쓸 만하게 느껴지는군.』

"히비키? 지금, 히비키라고 하셨나요?"

방금 전부터 아는 이름이 연속으로 튀어나오다 보니, 아무리 주위에 신경을 안 쓰는 미오라 해도 되물을 수밖에 없었다.

『……그렇다. 리미아에 강림하신 용사님이시다. 그분께서 버티고 계신 이상, 휴만 종족은 반드시 마족들을 타도할 수 있을 거야. 그리고 언젠가 반드시, 휴만 종족에게 각자의 주어진 의무와 책임을 다할 수 있을 뿐만 아니라 자기 자신의 꿈까지 좇을 수 있는 평화로운 세상을 선사해 주실 분이시다.』

"아하, 누군가 했더니 용사를 말씀하시는 거였군요? 아마도 제가 아는 히비키와는 전혀 다른 사람인가 보군요. 그나저나 용사와 동명이인이라니, 그 아이도 참 불쌍하군요. 아무튼, 리미아에 있는 용사의 이름은 히비키란 말이죠?"

『그렇다. 히비키라는 이름의 지인이 있었단 말인가? 듣자 하니 로렐 근방으로 갈수록 그런 종류의 이름은 꽤나 흔한 편이라더군. 있을 수 없는 얘기는 아니야. ……어쨌든 이제 이별이다. 아마도 다시 만날 일은 없을 거야.』

일름간드의 기억을 지닌 고깃덩어리는 미오의 옆을 지나, 그녀를 돌아보는 일 없이 무대로부터 떠나려 했다.

"……좋아요. 원래는 그냥 **청소**나 하다가 갈 생각이었는데, 본인의 기억이 남아있었다는 건 반가운 오산이군요. ―저의 손으로 직접, **징벌**을 가할 수 있다는 뜻이니까요."

고깃덩어리는 등 뒤로부터 미오의 목소리가 들려오고 나서야 고개를 돌리려 했으나―.

그는, 고개를 돌릴 수가 없었다.

몸을 지탱하던 다리에 힘이 들어가지 않아, 땅바닥 위로 쓰러져 버렸기 때문이다.

그는 땅바닥 위에 엎드린 채로 머리와 유사한 부분을 그녀에게 돌렸다. 그와 동시에, 일름간드의 기억을 지니고 있던 고깃덩어리는 자기 자신의 상황을 파악했다.

『다리, 를? 도대체 무슨, 짓이지?』

상황을 파악하기는 어렵지 않았다.

수단에 관해선 전혀 짐작조차 가지 않았으나, 결과는 이보다 더할 수 없을 만큼 뚜렷해 보였기 때문이다.

양 다리가 절단된 것이다.

고깃덩어리의 무릎 아랫부분이 어디론가 날아가 버렸다.

그는 아픔을 느끼지 못 하는 듯이 보였다. 놀라지 않은 것은 아니었으나, 비명은 지르지 않았다. 표정으로부터도 고통스러운 듯한 낌새는 느낄 수가 없었다.

"무슨 짓이냐고요? 방금 말씀드리지 않았나요? 징벌의 시간이 다가왔다고요."

미오는 방금 전과 특별한 차이는 눈에 띄지 않는 태도로, 천천히 고깃덩어리에게 가까이 다가갔다.

『큭……?! 나는 더 이상, 너희들은 물론이거니와 너희들의 주인인 라이도우에게도 폐를 끼칠 생각은 없다지 않나?』

고깃덩어리는 몸을 비틀듯이 꿈틀거리다가, 미오의 행동에 의문을 제기했다.

하지만 미오는 차갑게 잘라 말했다.

"그런데 뭐가 어쨌다는 거죠?"

『뭐가, 어쨌냐고?』

"그럼요. 너는 지금껏 도련님께 지독한 민폐를 끼쳤을 뿐만 아니라, 온갖 영문을 알 수 없는 잡소리나 지껄이던 바로 그 당사자잖아요? 네가 하고자 하는 일에 관해선 잘 알아들었답니다. 하지만 속죄는 시작조차 하지 않은 걸로 보이는군요."

『속, 죄?』

"맞아요, 너는 지금부터 속죄를 해야 한답니다. 어렵게 생각하지 마세요. 너는 감히 도련님께 주제 넘는 적대심을 품다 못해 그분의 앞길을 가로막았을 뿐만 아니라, 온갖 방해공작을 꾸미다가

급기야는 도련님의 학생들을 상대로 난동이나 부리던 죄인이랍니다. 그리고 보기 좋게 패배한 지금은 휴만조차 아닌, 우스꽝스러운 고깃덩어리로 전락한 신분이지요."

『…….』

"봐요, 도련님께 저지른 짓에 대한 속죄는 시작조차 하지 않았잖아요? 너는 단지 스스로 싸움을 건 상대방에게 져서 죽었을 뿐이랍니다. 하지만 지금, 기적이라도 일어난 걸까요? 언뜻 보기엔 지금의 너는 본체의 기억과 인격을 복제한 상태로 육체가 재생된 모양이거든요. 너 자신을 구성하고 있던 혼과 핵 자체는 분명하게 산산이 조각났을 뿐만 아니라 완전히 사라져 버렸는데, 그나마 사람에 가깝게 행동할 수 있을 정도로는 육체를 재생시키는데 성공한 거죠. 그런데 정작 가장 중요한 혼을 잃어버렸다는 건 정말 웃기는 얘기지만, 너 같은 어릿광대한테는 이보다 더할 수 없이 잘 어울리는 말로기도 하군요."

『……하지만 나는 더 이상—.』

지금의 그는, 라이도우에게 품고 있던 증오심과 진 일행에게 품고 있던 적대심을 더 이상 느낄 수 없는 상태였다.

도대체 어쩌다가, 스스로 가장 혐오하는 악덕 귀족들이나 다를 바 없는 어리석은 짓을 그들에게 저질렀단 말인가—.

제정신이 아니었다는 사실을 감안하더라도, 고깃덩어리는 자기 자신의 행동을 수치스럽게 여기는 양심을 가지고 있었다.

"학생들에게 패배한데다가 지금의 그 몰골로 전락한 건, 너 스스로가 저지른 어리석은 행동에 대한 징벌로는 간주할 수가 없답니다. 지금의 그 꼴은 너 자신의 나약함이 야기한, 단순하기 짝이 없는 하나의 결과에 지나지 않거든요. 아니, 차라리 이렇게 생각하는 거야말로 정답에 가까울지도 몰라요. 너는「대가를 치르기 위해」기적적으로 재생하는데 성공한 거라고요."

『무슨 소릴, 하는 거지? 게다가 지금의 나에게 죗값을 치르기 위한 용도로 건넬 수 있을만한 건, 전혀……. 하지만 굳이 나의 직접적인 사죄를 원한다면, 라이도우나 그의 학생들에게도 기꺼이 땅에 엎드려 사과하마—.』

"목숨만으로도 충분하답니다."

『……?!』

"뜻을 이루지 못한 채로 원통하게 죽는 셈이니까요. 도련님을 상대로 한 짓에 비할 때야 터무니없이 부족한 대가지만, 무려 기적씩이나 일으킨 수고를 봐서 이 정도로 납득하도록 할게요. 저는 너 같은 녀석에게도 반드시 이루고 싶은 소원이 있었다는 사실에 감사할 뿐이랍니다. ……하다못해 절대로 이룰 수 없는 소원과 함께 허무한 소멸을 맞이하도록 하세요."

고깃덩어리는 크게 몸을 떨었다.

그렇게 잘라 말하는 미오가, 웃었기 때문이다.

천진난만할 뿐만 아니라, 무심코 넋을 잃고 쳐다볼 만큼 아름답기 그지없는 미소였다.

그리고—.

고깃덩어리가 지니고 있는 일름간드의 모든 기억을 통틀어, 평생 동안 느낀 적 없는 처절한 공포의 감정을 환기시키는 미소였다.

『윽!』

일름간드였던 고깃덩어리는 온몸을 둔탁하게 울리는 충격을 받아, 자신의 복부로 시선을 돌릴 수밖에 없었다.

커다란 구멍이 뚫려 있었다.

미오의 집게손가락과 가운뎃손가락이, 고깃덩어리로 향하고 있었다.

『이럴 수가? 나의 몸은 지금, 마술에 대한 저항력이 크게 강화된 상태일 텐데……?』

"큰 폭으로 강화된 상태는 맞아요. 사실 지금도 일격으로 흔적조차 안 남길 만큼 완벽하게 날려버릴 생각이었거든요. 설마 어둠 속성에 대한 내성까지 지니고 있을 줄은 몰랐군요. 솔직히 조금 놀랐답니다. 혹시 그 힘도 기적을 통해 획득한 능력인지도 몰라요. 속죄의 순간을 천천히 맛볼 수 있도록 말이죠."

『라이도우는, 이만큼이나 나를 증오하고 있었단 말이냐?! 자기 자신을 증오하던 나에게, 지지 않을 정도의 엄청난 증오를 품고 있었다는 건가?!』

또다시 충격이 전해져왔다.

이번엔 가슴의 중앙 부분을, 둥글게 파 버린 듯이 말끔한 구멍이 뚫렸다.

"도련님께서 너한테 증오를 품고 있었냐고요? 우후후, 모자란 것도 정도가 지나치니 귀엽게 보일 때가 있군요. 도련님에게 있어서 너 따위는, **우연히 발로 걷어찬 길바닥의 돌멩이 정도**에 지나지 않는답니다. 당연히 너의 생사에 관해서도, 그다지 큰 관심은 없으신 줄로 알아요."

『크?! 그, 그런데 너는 도대체 무슨 이유로……!』

라이도우에게 따로 명령을 받지도 않았는데, 그의 종자인 미오는 도대체 무슨 이유로 이런 짓을 하고 있단 말인가?

고깃덩어리의 상식으로는 그녀의 속셈을 예측조차 할 수 없었다.

"그야 당연히 개인적으로 네가 한 짓을 용서 못 하기 때문이죠? 도련님께서 직접 구조를 명하실 경우에야 목숨 정도는 살려줄 수도 있겠지만, 오늘은 딱히 그런 말씀은 하신 적 없거든요. 시키에게 무력화를 명하신 듯한 기억이 조금 날듯 말듯 한데, 그건 어디까지나 네가 한 번 죽기 전의 얘기였답니다."

『그러나 그 녀석으로부터 그런 명령이 있었던 것은 틀림없지 않나! 그런데 어째서—!』

고깃덩어리의 두뇌로도 이 승부의 결과는 충분히 예상이 가고도 남았다.

아니, 사실은 처음부터 승부조차 아니었다.

그가 무슨 수를 쓰건 말건, 혼자선 절대로 헤어날 수 없는 상황이었다. 육체의 재생이 시작될 낌새조차 전혀 느껴지지 않았다. 몸에 뚫린 구멍 두 개의 존재가, 더할 나위 없이 피아의 능력 차이를 증명하고 있었던 것이다.

"하지만…… 도련님께선 네가 죽게 될 경우에 관해서도 특별히 따로 말씀하신 바가 없었답니다. 말하자면 죽건 말건 아무 상관없는, 일름간드 호프레이즈의 목숨은 도련님에게 있어서 겨우 그 정도의 가치밖에 없었다는 뜻이잖아요? 저는 그냥 기적적으로 이루어진 재생을 없었던 일로 되돌릴 뿐이랍니다. 문제될 여지는 전혀 없어요."

『나는, 죽을 수 없다! 아무리 우연히 건진 목숨이라지만, 영문조차 모르다가 이런 데서―!!』

복부, 가슴, 그리고―.

미오의 두 손가락이 인형의 머리를 노렸다.

그 이후로도 여러 차례에 걸쳐 둔탁한 충격이 무대 위로 울려 퍼졌다.

이미 꽤나 오래 전부터 무인지대가 된 그 장소는, 그 누구의 눈에도 띄지 않았다. 따라서 낮게 울려 퍼지는 그 소음들을 듣는 이 또한 있을 리가 없었다.

미오는 그러한 사실들 또한 전부 다 파악하고 있었다.

일름간드였던 찌꺼기를 깔끔하게 처리하자마자 투기장으로부터 나와 시키의 뒤를 쫓아가려던 미오가, 불현듯 발길을 멈췄다. 방금 전까지 고깃덩어리와 나누던 대화의 내용이 떠올랐기 때문이다.

"리미아, 히비키……. 가엾어라. 겨우 그 정도의 힘으로 용사와 동명이인이라니, 그 아이한테는 너무 지나친 불행이라는 생각이 들어요. 다시 얼굴을 보는 날엔 요리사로 전직하는 길을 추천해 봐야겠군요."

히비키는, 그녀의 기억에 그나마 강하게 남아있는 이름 가운데 하나였다.

미오는 아마도 리미아로부터 왔던 것으로 기억하는 흑발 소녀의 얼굴을 떠올리고 있었다.

하지만 미오가 골똘히 생각에 잠겼던 시간은, 지극히 짧은 순간에 지나지 않았다.

자신의 주인인 마코토의 명령을 지속적으로 수행하기 위해, 또 다른 종자인 시키와 곧바로 합류했기 때문이다.

9

○월 ×일

그날로부터 벌써 사흘이라는 시간이 흘렀다.

학원 도시는 아직껏 혼란에 휩싸여 있었다.

마족들의 소행인 것으로 추정되는 변이체 소동은, 결국 첫 날부터 지금 이 순간에 이르기까지 그들의 목적을 거의 파악하지 못한 채로 한창 진행 중이다.

첫 날엔 피난처 가운데 한 곳인 아인들의 빈민가로 가서 하룻밤을 지새웠다.

그날 밤, 은근슬쩍 빈민가을 빠져 나온 나는 아공으로 이동하자마자 나머지 일행들과 합류했다. 그러나 그들과 가진 정보 교환의 자리에서 특별히 새로운 보고가 올라오는 일은 없었다. 굳이 말하자면 상회의 교통수단인 전이 술법에 관해 루토가 무슨 수를 써보겠다는 말을 토모에로부터 전해들은 정도였다.

이틀째로 접어들자, 상황은 더욱 나쁜 쪽으로 굴러갔다.

문제는 크게 두 가지였다.

첫 번째 문제는 시가지의 통신 네트워크가 정상적인 기능을 발휘할 수 없게 된 것이다.

주변 도시로부터 정보를 입수할 수 없을 뿐만 아니라, 외부로 발신하는 정보에 관해서도 회답이 오지 않아 제대로 된 도착 여부를 확인할 수 없는 상황이었다. 같은 도시 안의 상대와 염화를 나누고자 할 경우에도, 상당히 가까운 거리가 아니고서야 서로에게 연락이 닿지 않을 정도였다.

발신자나 수신자 중 한 사람이 뛰어난 능력을 지니고 있을 때는 1~2킬로미터 정도, 양쪽 다 뛰어난 능력을 지니고 있을지라도 3킬로미터 정도의 거리만으로도 통신이 불통되는 상황이었다. 게다가 현재진행형으로 악화 중인 모양이다. 이 도시의 넓이를 고려하자면, 상당한 불편을 감수할 수밖에 없는 방해공작이었다.

이웃 도시와 정보 교환조차 제대로 되지 않았다. 현재의 롯츠갈드는 그야말로 육지 한 가운데의 외딴 섬이나 마찬가지였다.

통신 장애가 일어난 원인은, 시가지의 각처에 적지 않은 숫자가 설치된 마술 장치였다. 참고로 시키가 정밀 검사를 담당했다.

장치 중 하나를 직접 육안으로 확인해 본 결과, 부피 자체는 꽤나 작은 편이었다. 500밀리리터 용량의 페트병과 비슷한 크기의 원통 모양이었다.

마족들은 바로 이 장치를 대량으로 시가지 안팎에 설치함으로써, 염화를 방해하는 효과를 창출하고 있는 듯이 보였다.

참고로 이 장치들은 이번 소동이 일어난 사흘 전보다 훨씬 오래 전부터, 건물들의 기둥 속이나 바닥 밑부터 시작해서 땅속에 이르는 다양한 장소에 은폐되어 있던 모양이다. 시키나 라임의 보고에 따르면, 기동전엔 반응이 없어 탐지가 되지 않는 타입이라 사전에 발견하기는 어려운 종류의 장치였다. 두 사람은 면목 없다는 듯한 표정으로 나에게 사죄해 왔다.

하지만 사실 개인적으론, 기동하지 않은 장치까지 찾으러 다닌다는 건 꽤나 대단한 난이도의 작업이라는 생각이 들었다.

얘기를 듣다 보니, 오랜 시간을 들여 꼼꼼하게 수많은 장치들을 남몰래 설치한 마족들에게 은근히 존경하는 마음까지 들 정도였다.

지루하기 그지없는 작업을 끈덕지게 조금씩 쌓아 올린 것이리라. 정말 성실한 사람들이야.

어딘지 모르게, 엄청난 대작 도미노가 떠올랐다. 그러다 보니 바로 그 도미노와 마찬가지로 모조리 무너뜨려 보고 싶다는 충동심이 일었지만, 일단 지금은 참자.

참고로 마족들의 염화는 사용하는데 지장이 없도록 고안된 모양이다. 그런 고로, 우리가 쓰고 있는 마족식의 염화는 방해를 받지 않았다.

휴만들 사이로 널리 사용되고 있는, 일반적인 방식의 염화만을 선택적으로 차단하고 있는 듯이 보였다.

토모에로부터, 장치를 파괴하는 건 당분간 참아달라는 말을 들었다. 참고로 그녀는 꽤나 정색한 표정이었다. 나 역시 우리끼리만 서로 연락을 나눌 수 있는 현재 상황이 크게 유리하다는 사실은 잘 아니까, 뜬금없이 그런 식의 돌발행동을 저지를 리는 없었다. 혹시 나를 무슨 파괴마(破壞魔)로 보나? 은근히 무례한 녀석이군.

또 하나의 문제는 변이체의 증가 현상이었다.

피난민들 중에서도, 변이체로 변신하는 이들이 나타나기 시작한 것이다. 말인즉슨, 피난소 역시 완전한 안전지대의 역할을 수행할 수 없다는 뜻이었다. 굉장히 좋지 않은 상황이다.

현재의 상황은, 꽤나 적지 않은 인원수가 마족들로부터 제공된 약품을 복용했다는 상황 증거나 다를 바 없었다.

혹시 마구잡이로 약품을 퍼뜨린 건가? 혹은 어느 정도의 선정 과정을 거쳤지만, 퍼뜨린 숫자 자체가 단순히 많았던 건가?

어느 쪽이 됐건, 단순히 혼란을 야기하는 것이 목적이라기보다 학원 도시에 직접적인 타격을 가하려는 의도가 명확한 숫자의 약품들이 퍼진 상태라는 데는 의심할 여지가 없었다.

피난소라는 스트레스가 쌓이는 환경의 탓 또한 없지 않아 있겠으나, 실제로 그러한 심리적 영향을 받아 정신 불안정 상태에 빠진 소지자 중 일부가 일름간드와 동일한 변이를 보였다.

염화를 통한 정보 파악이 어려운 환경 역시, 일반인들의 불안이나 스트레스를 고조시키는 원인 중 하나로 작용했는지도 모른다.

하여튼 나는 낮에 모든 종자들을 불러 모아 상담한 결과에 따라, 일름간드가 걸고 있던 목걸이와 비슷한 파장을 지닌 장신구를 소지한 이들을 골라 격리하기로 결정했다. 변이체로 변신할 가능성이 상당히 높았기 때문이다.

피해가 추가적으로 확산되지 않도록 장신구들을 압수하는 작업을 실시할 것을 종업원들에게도 전달하여, 일단 우리가 상주하고 있는 피난소만이라도 피해를 최소화하는 방법을 시험적으로 실시한 것이다.

참고로 첫째 날 밤, 렘브란트 씨를 따라간 미스티오 리자드들로부터 두 분이 무사하다는 소식과 상인 길드의 대략적인 상황에 관한 보고가 올라왔다.

렘브란트 씨는 이틀째 들어서 마물들과 전투를 치른 경험이 있는 경호원들이나 용병 등을 모아 부대를 편성함으로써 변이체들의 위협을 제거하는 작업에 착수한 모양이다.

상인 길드가 수세로부터 공세로 전환한 데는, 렘브란트 부부의 영향이 컸다는 보고를 받았다.

공격적으로만 보였던 상인 길드 대표는, 일단 편성된 부대로 상회 대표들이나 종업원들을 비롯한 길드 관계자들을 한데 모아 지키자는 방법론을 제안한 모양이다.

점포나 물품들, 그리고 인적으로도 적지 않은 피해가 발생한 영향일까? 혹은 그의 선천적으로 신중한 성격에 따른 의견이었을까? 직접 보지도 못한 나로서는 정확히 짐작할 방도가 없었다.

그리고 유감스럽게도 시가지의 그나마 무사한 점포들은 한창 약탈 피해 등을 입고 있는 중이라더군.

종자들의 야간 정기 보고를 받은 바에 따르면, 도시를 무대로 날뛰는 변이체들의 현재 숫자는 80마리 정도였다. 그리고 쿠즈노하 상회의 인원들이 머물고 있지 않은 피난소로부터 새롭게 변이체가 나타나, 결과적으로 근방의 주민들을 괴멸시켜 버리는 사례가 발생하고 있는 모양이다. 불행하게도 전투에 대응할 수 있는 인원이 없는 피난소였던 것이리라.

참고로 학원은 각 피난소에 관해선 아무런 대응 방안조차 없이, 변이체들을 소탕하는 데만 집중하고 있는 상태였다. 따라서 새롭게 변이체가 발생할 경우, 스스로 자신들을 지킬 능력이 없는 곳은 내부로부터 붕괴될 수밖에 없었다.

설마 마족들은 이 과정까지 계산해서 이번 소동을 일으킨 걸까? 혹은 정말로 진지하게 이 도시를 괴멸시킬 마음을 먹고 있는지도 몰라.

학원 측은 퍼플 코트나 일부 강사들로 구성된 부대를 편성하여 학원장과 주변 간부들의 지시에 따라 움직이고 있는 모양이다. 그리고 변이체들 중 몇 마리 정도를 퇴치하는데 성공했다더군.

결과적으론 변이체들의 총합계는 늘어나 버렸지만, 서서히 휴만들의 반격이 시작되는 조짐이 보였다.

제대로 된 공략 방법만 확립된다면, 적들을 타도하는 확률 또한 점차 올라갈 수밖에 없었다.

각국으로부터 들어올 원조 물자와 군대의 파견은, 최대한 빨리 도착할 경우 바로 내일 주변 도시로 진입할 예정이었다. 아마도 롯츠갈드엔 내일 모레가 되서야 도착하리라. 그러나 염화를 이용한 중간 확인 과정을 거칠 수 없는 관계로, 그 도착 일정은 어디까지나 각국의 군대가 첫날의 연락대로 신속하게 움직였을 경우의 계산 결과였다.

참고로 도중에 높으신 분들로부터 토모에를 소환하는 호출이 떨어졌다. 그리고 그녀에게 구원 물자와 병사들을 전이 술법으로 수

송해 달라는 제안을 해 왔다.

오호라, 하기야 그녀가 사용한 편리한 전이 수단을 직접 목격한 이상, 당연히 나올 수밖에 없는 얘기였다.

토모에는 그들의 호출에 직접 응했으며, 루토가 그녀의 논리에 이론적인 뒷받침을 제공했다.

장거리 전이 술법을 사용할 경우의 마술적 제한에 의해, 대규모의 전이는 어렵다는 소리로 그럴싸하게 둘러댄 모양이다. 최소한 나만큼 어리숙한 상대 정도는 얼마든지 속여 넘길 수 있을 것으로 보이는 그럴듯한 논리였다.

게다가 자신의 와키자시엔 사용 제한이 존재하는 관계로, 일단 한 번 능력을 해방한 날 이후론 한동안 사용 자체가 불가능할 뿐만 아니라 억지로 사용할 경우엔 파손될 가능성이 있다는 헛소리까지 주워섬겼다는군.

두 눈이 확 트이는 듯한 느낌이 들었다. 사실 사용자보다는 도구의 탓으로 돌려야 여러모로 임기응변을 발휘할 여지를 남길 수 있거든.

애드리브로 그딴 소리가 술술 나오는 걸 보니, 역시나 오래 사는 용들은 참 대단하다는 말밖에 나오지 않았다.

아무튼 바로 그 토모에의 발언에 따르면, 오늘부터 드디어 우리의 본격적인 활동을 시작할 계획인 모양이다.

사실 이번 소동을 해결한 후로도, 나에게는 상인 길드나 리미아의 요슈아 왕자로 인한 다음 문제들이 대기하고 있는 중이었다.

하지만 최근 며칠 동안의 모든 흐름이 막혀 있던, 때가 오기를 기다리기만 하는 나날들보다야 나아지리라는 생각이 들었다.

피난 중인 일반 주민들과 달리 자유자재로 염화를 사용할 수 있는데다가 직접적인 위협을 느끼지 못 하는, 더군다나 가끔씩 아공으로 가서 숨이라도 돌릴 수 있는 나에게도 출구가 보이지 않아 답답하기 그지없는 현재 상황은 적지 않은 스트레스로 다가왔기 때문이다.

"—때문이라, 이 말이지. 나 한 사람의 사흘 치 일기치고는 조금 길게 느껴지기도 하지만, 큰 문제는 없나? 애초부터 다른 사람들한테 보일 예정도 없거든."

실제 있던 일들을 상당 부분 축약한 내용이었지만, 결국은 나 자신의 메모 정도로나 써먹으려던 일기장에 지나지 않았다.

이래봬도 이 세계에 온 이후로 일기는 날마다 빠짐없이 쓰고 있는 중이었다. 의외로 계속 이어지고 있다는데 스스로 꽤나 놀랄 정도였다.

나는 펜을 내려놓자마자 크게 기지개를 편 다음, 이곳의 아인들이 빈민가 한복판에 특별히 준비해 준 개인실로부터 밖으로 나왔다.

"어, 라이도우 님? 오늘은 아직 조용합니다. 특별히 따로 신경 쓰실 만한 소란은 아직 일어나지 않은 걸로 압니다."

방으로부터 나온 나에게 말을 걸어온 것은, 사람과 비슷한 키로 사람과 비슷하게 직립보행을 구사하는 한 마리의 고양이였다.

체모는 보기보다 꽤나 적은 편이다. 기본적으로 아인 종족에 속하는 모양이지만, 얼굴은 거의 고양이였다. 정말로 예쁘장한 모습이야. 고양이는 정의다.

어미는「냥」이 아니었지만, 그 정도는 타협할 수 있는 범위였다.

사실 그가 바로 이 빈민가의 리더에 해당되는 책임자였다. 우리와 그는 예전에 상회를 통해 이곳의 아인들에게 우리 가게의 약품을 제공한 이후로 그럭저럭 얼굴을 트고 사는 사이였다.

평상시의 연락은 숲 도깨비 종족의 아쿠아와 에리스를 통하는 경우가 많은 관계로, 나와는 그냥 가끔씩 만나 대화나 나누는 정도의 사이였다.

그리고 우리 가게에도 가끔씩 드나드는, 귀중한 단골손님 중 한 사람이기도 하다.

참고로 빈민가의 일원이라도 돈이 아주 없는 것은 아닌 모양이다. 부족하게나마 최소한의 생활수준 정도는 성립될 만큼 벌고 있다더군.

“잘 잤어? 아인들과 휴만들 사이의 마찰은 한창 때보다 많이 줄어든 듯하니 다행이야.”

“저희가 걱정하던 만큼 직접적인 알력다툼은 없었다더군요. 아마도 아직은 외부가 위험한 탓이 커 보이지만요.”

빈민가의 책임자는, 꽤나 복잡해 보이는 미소를 지었다. 역시나 아인과 휴만의 관계가 우리 뜻대로 다 잘될 리는 없는 모양이다.

“우리가 너희들한테 쓸데없는 마음고생을 시키나 봐. 외부의 상황에 관해선, 사태가 호전되기를 바랄 수밖에 없을 것 같아.”

“아닙니다. 신경 쓰지 마십쇼. 그나저나 저 괴물들 중에는 기척

을 감지하기 어려운 녀석들까지 섞여 있다 보니, 경계하는 동안에도 도무지 방심할 수가 없더군요. 게다가 피난 중인 휴만들의 의식주까지 관리해야 하니, 이런 식으로 긴장을 풀 수 없는 나날들이 빨리 끝나기만 바랄 뿐입니다."

"동감이야. ……이번 사건을 계기 삼아 롯츠갈드의 휴만들이 너희들과의 관계를 재검토한다면야 전부 다 헛된 고생은 아닐지도 몰라."

"어려울 겁니다. 저들은 여신님의 사랑을 받는 종족인데다가, 저희 아인들은 당연히 저들을 받들어야 하는 봉사자에 지나지 않으니까요. 그것이 휴만들의 상식이자, 신의 가르침입니다. 한 번 몸에 밴 자신들의 유리한 입장에 관한 사고방식은, 절대로 쉽게 변하지 않아요. 한동안은 저희들에게 자비를 베푸는 휴만들이 있을지도 모르지만, 결국 대부분의 휴만들은 머지않아 원래대로 되돌아갈 겁니다."

고양이— 이름은 보울이라고 한다 —는, 입가에 쓸쓸해 보이는 미소를 지었다. 아직은 젊은 축에 속하는 걸로 아는데, 사고방식은 나이에 비해 지나치게 어른스럽다는 느낌을 받았다. 거의 달관한 걸로 보일 정도야.

"목구멍만 넘어가면 뜨거움을 잊는다는 건가[#7]?"

"예?"

"아니, 아무 것도 아니야."

**#7 목구멍만 넘어가면 뜨거움을 잊는다** 괴로운 순간도 그 때가 지나가자마자 전부 다 잊어버린다는 뜻의 일본 속담.

보울은 「뭐, 제가 크게 신경 쓸 일은 아닌가 보군요」라는 식으로 운을 떼더니, 천천히 입을 열었다.

"최근 들어 저희들 역시 선천적으로 타고난 능력들을 일하는데 써먹어 볼 수도 있겠다는 사고방식에 눈을 뜨기 시작했거든요. 이번 일로 얼굴을 트게 된 휴만들 중 최소한 1할 정도와 앞으로 서로에게 득이 되는 관계를 가질 수 있더라도, 이번 소동은 단순히 불쾌하기만 한 기억으로는 안 끝날 겁니다. 물론 어디까지나, 저희들에게 있어서 그렇다는 얘기지만요."

나는 무심코 쓴웃음을 짓고 있는 고양이의 얼굴을 뚫어지게 쳐다보고 말았다. 몸이 다 낫는 것 같아.

"그러게 말이야. 오늘은 나와 아쿠아, 에리스는 밖으로 나갈 거야. 일단 몇 명 정도는 남겨두고 갈 테니 급히 연락할 필요가 있거든 그 인원들을 통하도록 해."

"……밖으로, 말입니까? 알겠습니다. 조심하십시오."

그는 고양이 수염과 귀를 움찔거리며 놀라움을 표현했다.

음, 역시 고양이는 최고야.

"응, 그쪽이야말로 조심해."

보울과 나눈 대화로 약간이나마 힐링을 받았다. 그리고 고양이의 매력을 재확인할 수 있었던 시간이었다.

나는 묘한 만족감을 느끼면서, 절반 정도 무너진 건물로부터 밖으로 나왔다.

'아쿠아, 에리스? 지금부터 학원으로 갈 거야.'

나는 두 사람에게 염화를 날렸다. 대답을 듣기 위해 운을 띄운 것이 아니라, 단순한 지시를 전달한 것이다.

두 사람의 그림자가 거의 밀정을 방불케 하는 속도로 나의 눈앞까지 다가와 멈춰 섰다.

"안녕히 주무셨습니까, 도련님? 오늘부터 공세로 전환하신다고 들었습니다."

아쿠아가 예의 바른 태도로 인사말을 입에 담았다.

"안녕히 주무셨나요? 주변에 변이체의 기척은 없었습니다. 완전 안전."

지금껏 일을 하고 있었다는 사실을 은근히 강조하는 에리스의 말이 어딘지 모르게 수상쩍은 분위기를 풍겼다. 이럴 때까지 쓸데없이 허튼 소리를 주워섬기는 녀석은 아닌 걸로 아는데 말이야.

"일단 믿는다. 아침부터 고생이 많아 보인다. 오늘은 학원장과 만난 다음, 변이체 토벌 부대와 합류할 예정이야."

"시키 님과 미오 님까지 가세하시는 걸로 압니다."

"호화 멤버군요."

"기본적으론 나의 주위를 경계하면서 숨어 있도록 해. 무슨 일이 있거든 곧장 나한테 염화를 날려."

『예.』

다른 나라의 세력들이 본격적으로 개입을 시작하기 전에 어느 정도의 존재감을 과시하자는 것이 토벌 부대에 합류하는 일차적인 의의인 모양이다.

하지만 나는 안전제일을 기본적인 모토로 삼는다. 피할 수 있는 전투는 피하고 싶어.

우리의 기본적인 작전은 역시, 목숨을 소중히 다루자는 거였다.

사실 만에 하나의 경우조차 있기 힘들 것으로 예상하지만, 나 자신이 죽기라도 하는 날에는 아공을 삶의 터전으로 삼고 있는 모든 사람들의 목숨까지 길동무로 삼게 될지도 모르거든. 그런 고로, 나의 선택은 방어를 최우선 과제로 삼는 작전이 될 수밖에 없었다.

아공과 나의 관계를 정확하게 파악한 후에야 대응 방법이 바뀔지도 모르지만, 일단 지금은 이렇게 나갈 수밖에 없다.

나의 지시를 받은 숲 도깨비 콤비는, 다시금 자취를 감췄다.

어디 한 번, 가보실까?

"쿠즈노하 주인장!"

"윽."

누구지?

출구로 향하려던 나를 불러 세우는 목소리가 들려 왔다. 참고로 『쿠즈노하 주인장』이라는 호칭은, 이곳의 피난민들이 나를 부를 때마다 꽤나 자주 쓰는 명칭이었다.

목소리가 들려온 쪽으로 고개를 돌리자, 창관에서 만난 여성이 나를 바라보고 있었다.

[누구신가 했습니다. 안녕히 주무셨나요, 에스텔 양? 오늘도 건강해 보이시니 다행입니다.]

처음엔 꼬맹이에 지나지 않았던 신분이 **선생님**으로 올라섰다가, 지금은 주인장으로 불린다. 나를 부르는 이름을 이만큼이나 연달아 바꾸는 이는 에스텔 양이 처음일지도 모르겠군. 쿠즈노하 주인장이라는 호칭도 이 누님의 창작이었던 것으로 기억한다. 아마도 그녀는 자신과 상대방의 거리감이나 관계의 작은 변화에 따라, 상대방을 부르는 호칭을 망설임 없이 바꾸는 타입인 듯이 보였다.

"잘 잤어? 어딘지 모르게 딱딱한 느낌이 드는 인사말이군. 나 같은 녀석한텐 일부러 예의씩이나 차릴 필요는 없어. 괜히 나까지 거북하잖아?"

[죄송합니다. 타고난 성격이거든요.]

정확하게 말하자면, 사실 나는 기본적으로 휴만들을 상대할 때는 항상 이런 식이었다. 좌우지간 철저하게 사무적인 자세를 취할 수밖에 없더군.

이래봬도 휴만 사회에 녹아들고자 하는 마음이 전혀 없는 것은 아닌데, 그들과 깊숙이 엮이고 싶은 마음은 거의 없는 거나 마찬가지였다.

이런 감각을 도대체 뭐라고 불러야 할까?

"……흐음. 아니, 지금 불러 세운 까닭은 별거 아니야. 어제 회수한 장신구들 말인데, 오늘까지도 눈에 띄는 대로 모아 오는 편이 좋을까?"

[기본적으로는 그렇습니다. 그 장신구들이 이번 소동의 주된 원인 중 하나일지도 모르거든요. 자세한 사항에 관해선 학원 측의 본격적인 조사가 시작되지 않고서야 확인할 방법이 없습니다만.]

"알았어. 오늘도 모아 올게. 그나저나 오늘은 밖으로 나가볼 생각인가 봐?"

[예. 이곳 빈민가는 이제 거의 안정된 걸로 보이는지라, 학생들의 몸 상태와 전체적인 현황을 파악하기 위해 학원으로 발걸음을

옮겨볼 생각입니다.]

"지금 그런 소릴 망설임 없이 입에 담을 수 있는 당신은 정말 대단한 남자야. 당신한테 할 말은 아닐지도 모르지만, 목숨은 하나라는 사실을 잊지 마. 자만심이나 교만은 자기 자신의 수명을 단축시킬 뿐이야. 조심해서 다녀와."

[일부러 걱정해주신데 관해선 진심으로 감사드립니다. 아무튼 이곳에 관해선 에스텔 양만 믿겠습니다.]

"그리고 말인데, 이번 소동이 무사히 종식되자마자 우리 보스한테 주인장에 관한 걸 보고 올릴 생각이야. 모르긴 몰라도, 꽤나 적지 않은 사례금을 받을 공산이 커. 추가로 향후의 돈벌이에도 큰 보탬이 되지 않을까 싶어."

[자그마한 상회라서 쑥스럽습니다만, 잘 말씀드려주시기만 바랄 뿐입니다.]

창관의 보스라는 작자들은, 마피아나 야쿠자 정도밖에 없으리라는 예감이 들었다. 그딴 암흑가의 패거리들과 엮여서 좋을 일이 있을까?

뭐, 앞으로 무슨 일이 닥쳐도 토모에나 시키와 함께 가면 크게 걱정할 필요는 없나?

나는 고개를 숙이며 에스텔 양과 나누던 대화를 매듭지었다.

나는 빈민가의 출입구를 지키는, 간소하게나마 무장을 갖춘 아인들에게 밖으로 나간다는 뜻을 밝히고 큰길로 발걸음을 옮겼다.

기껏해야 며칠 만에, 시가지는 예상보다 훨씬 황폐화된 상태로 보였다.

귀를 기울이자 어디선가 전투가 일어나고 있는 소리와 비명소리, 통곡 소리가 들려왔다.

상당히 비일상적인 환경으로 느껴졌으나, 사흘째로 접어드니 적지 않게 적응된 느낌마저 들었다.

주민들 사이로 확산되고 있는 불안감은, 전체적인 상황을 파악할 수 없다는 사실과 적들로부터 공격을 받는 시점을 예측할 수 없다는 데서 유래된다. 사실상 언제 어디서든 집단 공황 사태가 일어날 수 있는 상황이었다.

나는 평소와 다를 바 없이 염화를 통해 상황을 파악하고 있는데다가, 변이체나 학원 소속 부대들의 위치에 관해선 아쿠아와 에리스로부터 입수한 정보를 토대로 얼마든지 피해갈 수 있는 입장이었다. 그런 고로, 나는 이러한 상황임에도 불구하고 특별한 불안감은 느끼지 않고 있었다.

오늘부터는 적극적으로 움직일 예정이니, 상인 길드로 가 있는 렘브란트 씨나 진을 비롯한 학생들과도 오랜만에 만날 수 있을지도 몰라.

지금의 나는 오히려, 미래에 대한 불안감보다도 꽤나 밝은 기분을 느끼고 있는 와중이었다.

시키로부터 리미아 국왕의 덕담 정도는 전해 들었을 테니, 학생들의 기뻐하는 모습을 직접 마주하고 싶다는 기분까지 들 정도였다.

나는 아쿠아와 에리스로부터 새로운 정보가 들어올 때마다, 변이체나 휴만들과 마주치지 않도록 멀리 돌아갔다. 모로 가도 학원 쪽으로만 가면 되거든.

◇◆◇◆◇

"임시 강사 라이도우! 네 녀석은 도대체 무슨 이유로 이 비상시국의 학원에 머물지 않았던 것이냐!"

[면목 없습니다. 종자들로부터 학원장께서 변이체들을 소탕하고자 움직이기 시작하셨다는 소식을 들은 관계로, 무사한 종업원들을 모아 주민들의 피난 작업을 돕고 있었습니다.]

"어리숙한 소리! 주민들을 피난시키는 작업 따위가! 당장 변이체들을 토벌하는 작전보다 우선도가 높을 리가 없지 않나! 우선도가 낮은 피난 작업에, 아무리 임시라고 한들 학원의 강사에 해당되는 네가 일일이 참가할 필요가 있을 리가 있나?! 네 녀석은 기본적으로 나의 지시에 따라야 하는 입장이란 말이다!"

학원에 도착하자마자 학원장을 비롯한 귀빈들이 피난 중인 셸터까지 발걸음을 옮긴 바로 그 순간, 세찬 불꽃을 연상케 할 만큼 엄청난 욕지거리들이 날아 들어왔다.

[예. 듣고 보니 제가 멋대로 단독 행동을 벌인 셈이군요. 게다가 염화조차 만족스럽게 사용할 수 없는 상황이 지속된 관계로, 뒤늦게나마 보고를 드리고자 직접 학원으로 발걸음을 옮겼을 뿐입니다.]

셸터는 학원 안뜰의 지하에 자리 잡고 있었다. 그리고 이곳은 다른 어떤 셸터보다도 튼튼하게 지어진 듯이 보였다.

수많은 사람들을 한꺼번에 수용할 수 있을 만큼 넓지는 않은 대신, 외부의 상황을 자세하게 파악할 수 있도록 다양한 장비들이 설치되어 있었다. 요컨대 긴급시의 사령실에 해당되는 장소였다.

몇 군데 정도의 거주용 공간을 가까이 설치하여, 지금은 다들 기본적으로 거기서 생활 중인 듯이 보였다.

주위를 둘러보자 학원 강사들이나 이곳의 운영에 필요한 것으로 보이는 여러 명의 직원들이 눈에 띄었다.

넓이보다 공간의 유용성을 중시한 구조라고 해야 하나?

게다가 역시 학원답게 뛰어난 염화 술사들을 보유하고 있는 모양이다. 온갖 지시나 연락 사항들이 끊임없이 사방을 바쁘게 오가고 있었다. 시가지 안으로 넓게 전개한 여러 부대들과 동시에 통신을 주고받는 듯이 보이는군.

지금 나는, 일부러 이곳까지 찾아와서 학원장에게 혼쭐이 나고 있는 와중이었다.

학원장의 노여움은 가히, 핏줄이 파열될지도 모른다는 느낌이 들 만큼 격렬하기 그지없었다. 바야흐로 지금 나에게 온갖 욕설을 퍼붓고 있는 그 꼴은, 며칠 전의 상인 길드 대표보다도 더욱더 신랄한데다가 좀처럼 잦아들 낌새조차 보이지 않았다.

하지만 그의 욕설들을 받아주고 있는 나는, 그때처럼 당황하기보다 그의 어마어마한 분노를 가볍게 흘려들을 수 있는 경지에 올라서 있었다.

지금의 나는 향후의 과제들을 거의 다 파악하고 있는데다가, 안달할 필요가 전혀 없다는 사실을 잘 알고 있었기 때문이다.

이왕 고함을 칠 바엔, 하다못해 이곳이 아닌 다른 방으로 이동한 후에 고함을 쳐야 그나마 다른 사람들의 중요한 업무에 방해가 안 되지 않겠냐는 식으로 현재의 상황을 분석할 여유조차 있을 정도였다.

"주변 도시 두 곳은 완전히 침묵된 상태다. 정확한 상황에 관해선 파악조차 되지 않아. 잘 들어라, 이번 사건은 학원 도시가 건설된 이후로 최악의 비상사태란 말이다! 그런데 네 녀석, 네 녀석은……!!"

아니, 저한테 그런 말씀을 하셔 봤자 별 수 있나요?

이 노인 분께선 기껏해야 임시 강사 한 사람한테 얼마나 터무니없는 기대를 하고 있었던 거야?

학원 측의 전투력 중 하나로 꼽는 것 정도야 나의 입장으로 봐선 당연할지도 모르지만, 겨우 그것만으로 이런 소릴 들어야 하나?

설마 강의를 받은 학생들의 실력이 수준급이라는 이유로, 그들을 가르친 강사한테 혼자서 변이체들을 전멸시킬 수 있을 만큼 엄청난 전투력을 기대하는 건 아닐 텐데? 실제로는 혼자서도 얼마든지 전멸시킬 수 있지만 말이야.

이만큼이나 가까이 없었던 일에 관해 분노를 숨기지 않는 걸로 봐서, 비장의 카드였던 보라색 부대(퍼플 코트)는 성과보다 피해나 소모가 극심한 상황인가?

개인적으로 지금 당장 학원장에게 자세히 물어보기보다, 나중에 기회를 봐서 다른 사람들한테 물어보는 편이 나아 보였다.

모르긴 몰라도, 학원까지 달려오다가 죽은 강사들이나 일찌감치 도망친 강사들까지 있을 것으로 예상되는 상황이었다.

물론 후자의 경우에야 모가지가 잘려 나간다 한들 이의를 제기할 자격은 없겠지만, 이 노인은 전자의 강사들한테도 발길질 정도는 날릴지도 모른다는 느낌이 들었다.

여기서 나와 함께 학원장의 호통을 듣고 있는 당사자가 토모에라는 건 불행 중 다행이었다. 만약 미오가 똑같은 경우를 당했다면, 달래는데 진땀을 뺐을지도 몰라.

오늘은 학생들하고도 만나고 싶었던 관계로, 미오와 시키에게는 나중에 데리러 갈 테니 학생 기숙사 중 한 곳에 대기하고 있으라는 명령을 전달한 상태였다. 참고로 여기서도 몇 차례에 걸쳐 변이체들이 발생한 모양이지만, 문제없이 은밀하게 처리하는데 성공했다는군. 샘플까지 무사히 회수해서 아공으로 전송한 모양이다.

샘플은 다섯 마리 정도 모인 것 같으니, 숫자 자체는 이미 충분하고도 남았다.

"학원장님, 그는 우리들의 피난을 도왔을 뿐만 아니라, 지극히 위험한 시가지를 가로질러 다시금 학원까지 돌아와 주셨습니다. 아무쪼록 그에 대한 질책은 거두어 주십시오."

"큭! ……릴리 황녀 전하? 게다가 사이리츠 님 아니십니까?"

그제야 학원장의 분노에 찬 고함 소리가 그쳤다.

목소리가 들려온 방향으로 고개를 돌리자, 낯익은 얼굴 두 사람이 나란히 서 있었다.

"학원장님. 저 또한 감히 부탁드립니다. 지금은 그의 행동을 문제 삼기보다 현 사태를 해결하는데 협력을 구해야 하는 상황인 줄로 압니다."

사이리츠 양까지 나를 싸고돌았다.

그녀들이 나선 이상, 학원장의 목소리 톤은 어느 정도 잦아들 수밖에 없었다.

"그야 저로서도 당연히 모르는 바는 아닙니다. 하오나 학원을 통솔하는 저로서는, 그의 경솔한 행동을 묵인할 수가 없다 보니……."

용케 그런 소릴 지껄이는군. 당장 본인부터도 한창 피난 올 때는 자기 자신의 몸을 지키는 것 말고는 아무 생각이 없었을 텐데 말이야. 지금은 자리를 비우고 있는 듯이 보이지만, 그 비서 아가씨한테 부축까지 받았던 걸로 기억한다.

지금 나에게 도움을 준 릴리 황녀나 사이리츠 양이 훨씬 침착해 보여.

전황이 뜻대로 굴러가지 않는 탓인가? 학원장은 좀처럼 흥분을 가라앉히지 못 하는 것으로 보였다. 만약 지금의 모습과 본바탕에 그다지 큰 차이가 없을 경우, 도저히 엘리트 학원을 통솔할 수 있을 만한 인격자로 보이지 않을 정도였다.

혹시 그건가? 능력치 자체는 평범한데, 정치 싸움에만 능한 타입?

나는 힘이나 권력만이 다른 능력에 비해 비정상적으로 강하다는 이유로, 자기 자신에게 어울리지 않는 지위를 차지하고 있는 듯이 보이는 그에게 오히려 친근감을 느낄…… 수는 없었다.

아마도 지금의 나는 눈앞의 그에게 친근감보다는 동족 혐오에 가까운 감정을 느끼고 있는 것이리라. 최소한 그의 힘이 되어주고 싶다는 느낌은 들지 않거든. 더군다나 나는 쓸데없는 권력 투쟁의 한복판으로 몸을 던지고 싶지 않아.

"바라옵건대 저희들의 얼굴을 봐서, 이번 일은 그냥 넘어가 주실 수 없을까요?"

"아무쪼록 부탁드립니다."

머리를 숙인 두 사람과 마주보던 학원장은, 머리를 긁적이다가 마지못해 그녀들의 뜻을 받아들이겠다는 듯이 고개를 끄덕였다.

"……두 분께서 그렇게까지 나오신다면야……. 알겠습니다. 하여튼, 임시 강사 라이도우!"

[예.]

"네가 담당할 임무는 롯츠갈드 북동 구획의 변이체들을 토벌하는 것이다. 그리고 너 자신의 상회 종업원들까지 개인적인 재량에 따라 자유자재로 동원할 수 있는 권한을 주겠다. 알겠나? 이 임무를 수행함으로써 너 자신의 오명을 깨끗이 씻어 보여라."

와우, 진행 중인 작전에 참가하라는 말씀이 아니라 한 구역을 전부 다 담당하라는 소리가 나오셨다. 무지막지한 소리를 아무렇지도 않게 지껄이는군.

[반드시 기대에—.]

그러나 결국은 우리가 예상한 범위를 넘어서는 정도의 난관은 아니었다.

순순히 따르겠다는 뜻을 담아 머리를 숙이려 한 바로 그 순간—.

"첫 날의 싸움 이후로 게을리 잠이나 퍼 자느라 써먹을 수가 없는 학생 녀석들 역시, 깨워서 동원하는 걸 허락하마."

[알겠습니다.]

쓸데없는 한 마디를 더하는 부류의 사람인가 보군.

약간 신경이 날카로워졌다.

진 일행은 딱히 컨디션이 나쁜 상태는 아니었다. 일름간드를 물리친 아베리아 역시 그날 입은 부상은 시키의 술법을 받아 완치된 것으로 안다. 하루 정도의 휴식만으로도 얼마든지 회복되고도 남았으리라.

학원장 할아버지가 직접 언급하실 줄은 미처 예상 못 했다만, 진 일행 자신들이나 일부 학생 · 강사들의 폭주로 그들이 직접 나서야 하는 꼴이 되지 않도록 현장의 분위기에 따라 미오와 시키의 힘으로 잠을 재우고 있을 뿐이었다.

참고로 미오와 시키가 나의 허가를 받아 한 일이었다.

아무튼 나는 어디론가 물러가는 학원장의 뒷모습을, 머리를 숙인 채로 배웅했다.

그나저나 북동쪽이란 말이지?

설마 곧바로 상인 길드가 자리 잡고 있는 구역을 맡길 줄은 몰랐다. 아마도 그럭저럭 우선순위가 높은 구역인 것으로 예상된다.

그런 구역을 우리한테 맡긴다는 사실이 뜻하는 바는…… 진짜로 어지간히 다급한가 보군.

학원 측의 부대들은, 최우선적으로 해방시키고 싶은 학원 관계 시설들을 공략하는 것만으로도 벅찬 상황이라는 뜻인가? 정말로 전황 자체가 그다지 유리한 편은 아닌 듯이 보였다.

나 때문에 토모에까지 너무 오랫동안 기다리게 한 듯하군. 그런 생각이 든 나는, 그녀에게 시선을 돌렸다.

나의 시선을 알아차린 토모에는, 잠자코 입을 다문 채로 가볍게 머리를 숙였다.

그녀가 보인 동작은 그걸로 끝이었다.

어라? 이 녀석의 성격으로 봐서 가벼운 농담 한두 마디 정도는 지껄일 줄 알았는데…… 아하, 아직 여기 남아 있는 두 사람 때문인가?

[황녀 전하, 그리고 사이리츠 님. 정말 감사드립니다.]

"저희들에게 감사하실 필요는 없습니다. 저희들에게 있어서 당신은 글자 그대로 생명의 은인이니까요. 제국의 용사님께서도 이곳으로 오시고 계시는 중인 걸로 압니다만, 아직껏 도착할 조짐이 보이지 않아 이 도시의 주민 여러분들께 면목이 없던 참입니다. 불과 얼마 전까지만 해도 염화는 무사히 연결되었습니다만, 지금은 정확한 상황조차 파악할 수 없다 보니……."

릴리 황녀가 복잡한 표정으로 답했다.

"저희들은 당신에게 목숨을 빚진 입장이니, 너무 신경 쓰지 마십시오. 첫 날의 염화가 로렐 연방까지 무사히 도달했다는 가정하에, 비룡대(飛竜隊)로 구성된 지원군과 구원 물자가 내일쯤엔 당도할 걸로 압니다."

……오호라.

토모에가 오늘부터 활동을 시작하자고 제안한 까닭은, 사이리츠 양네의 비룡들이 내일 오기 때문인가?

[모처럼 롯츠갈드까지 찾아오신 두 분께서 다치시는 일이 없도록, 저 또한 최선을 다하겠습니다. 안심해 주십시오.]

"정말로 황송한 말씀이군요, 라이도우. 저로서는 제국으로 돌아가기에 앞서 한 번 더, 당신과 진지한 대화를 나누고 싶던 참입니다. 상황이 어느 정도 안정되면 심부름꾼을 통해 전언을 드려도 될까요?"

릴리 황녀가 미소를 지은 얼굴로 제안해 왔다.

……용사가 있는 나라의 황녀님이란 말이지.

리미아 국왕은 꽤나 용사의 영향을 짙게 받은 듯이 보였다.

이 아가씨도 그와 비슷한 경운가?

결국은 일개 상인에 지나지 않는, 말인즉슨 평민에 속하는 나에게 그럭저럭 친밀한 태도를 보이는 걸로 봐서 일본인의 영향을 받은 구석이 약간이나마 있는 듯한 느낌이 들듯 말듯…….

터무니없는 권력의 소유자라는 데는 의심할 여지가 없으니, 섣불리 만나다가 치명적인 실수는 하고 싶지 않아.

[물론입니다. 지금 저의 뒤로 물러나 있는 토모에와 함께 언젠가 기회를 봐서 찾아뵙도록 하겠습니다, 황녀 전하.]

"……예, 기대하고 있겠습니다."

다행이다.

이미 그녀와 얼굴을 트고 있는 토모에와 함께하는 이상, 서먹서먹한 침묵이 찾아올 걱정은 없으리라.

"라이도우 님, 변이체라는 괴물들은 학원 측의 정예 병력들로도 고전을 면치 못할 만큼 무서운 적수들입니다. 아무쪼록 조심하십시오."

[토모에가 버티고 있는 이상에야 걱정하실 필요는 없습니다. 그녀는 대단한 실력자거든요. 저와 같은 자를 걱정해 주신데 관해선 정말 감사드립니다, 사이리츠 님.]

"그녀까지 동반하실 요량이신가요?"

사이리츠 양이 놀란 얼굴로 되물어 왔다.

[지금 막 학원장으로부터 상회의 종업원들까지 아낌없이 동원하라는 명령을 받은 참이거든요. 그리고 이럴 때는 토모에보다 믿고 의지할 만한 부하는 흔치 않은 편이랍니다.]

"하기야 납득은 충분히 가는군요. 저희들 역시 최근 며칠 동안, 그분 덕분에 평화로운 시간을 가질 수 있었거든요. 그나저나 지금은 저희가 두 분을 붙들고 있을 만한 상황은 아닌가 봅니다. 아무튼 라이도우 님, 무운을 빕니다."

[감사합니다. ……가자, 토모에.]

"예."

지상으로 나오자, 대량의 빛이 시야로 날아 들어와 순간적으로 눈앞이 보이지 않았다.

셸터 내부에도 최소한도의 조명은 갖추어져 있었으나, 역시 천연의 빛과는 완전히 다르다 보니 어쩔 수 없는 신체적 반응이었다.

나는 눈을 자연의 빛에 적응시키면서, 임시 피난소의 역할을 수행하고 있는 학생 기숙사 중 하나로 서둘러 발걸음을 옮겼다.

"우선 시작은 나쁘지 않았습니다. 일단은 미오와 시키를 맞이하러 가서, 지체 없이 해결편으로 들어가시지요."

[그렇군.]

"아까 전의 학원장을 상대로 한 침착한 대응은, 예기치 못한 도움을 받았다는 사실을 감안하더라도 더할 나위 없이 훌륭하셨습니다. 제국의 황녀와 만나시는 자리에 저를 대동하신다는 뜻을 밝히신 것 또한 나쁘지 않았습니다."

[어쩌다 보니까 부자연스러울 만큼 침착한 태도가 나오더라. 북동 구획의 청소 작업을 시작하고 나서라도 상관없으니, 네가 귀빈 여러 분들께 전이 술법에 관해 설명한 내용만 다시 한 번 가르쳐주라.]

"명을 받들겠습니다."

우리들 중에서 특히 말실수를 할 가능성이 높은 걸로 나를 능가하는 녀석은 없을 테니, 최소한도의 예습복습 정도는 필요해 보였다.

[너와 루토가 그린 큰 그림을, 즐거운 마음으로 기대하도록 할게.]

분명히 자극적인 부분이 섞여 있으리라는 예감이 들었지만, 나에게 이득이 되지 않는 짓은 하지 않으리라는 확신이 있었다.

힘을 써야 하는 상황을 제시할 경우엔 그조차 받아들이는 식으로, 조금씩 적응해 나가자.

"맡겨만 주십시오. 당장 도련님께서는 상인 길드를 상대로 한 행동 방침만 고려해 주시기 바랍니다. 방금 전과 같은 멋진 대응을 기대하고 있겠습니다."

[선처해 볼게.]

우리의 담당 구역이 북동 구획으로 결정 난 것만큼은 되돌릴 수가 없다.

말인즉슨 그 대표 아저씨와 다시 한 번 만나야 한다는 뜻, 이 아니야.

드디어 렘브란트 씨와 만날 수 있다는 식으로 긍정적인 사고방식을 가지자.

빈민가를 나서면서 계획한, 학생들의 현재 상태를 확인하는 작업과 렘브란트 부부와 다시 만나야 한다는 과제까지 일석이조 격으로 해결되는 셈이니 시작은 나쁘지 않은 편이었다.

먼 훗날의 사람들에게 각국으로부터 지원군이 도착하기 시작하는 나흘째가 아니라 우리가 움직이기 시작하는 사흘째가 마족들에 대한 반격이 개시되는 분수령이었던 것으로 인식시켜야 한다—.

쿠즈노하 상회의 활약상과 함께, 주민들의 기억 속에 확실히 각인시키자.

◇◆◇◆◇

학생 기숙사의 분위기는 다른 피난소들과 엇비슷해 보였다.

다른 곳보다 약간 넓은 로비에, 수많은 학생들이 모여 있었다.

학생들 중 일부는 밖으로 나가거나 내부의 작업에 종사하고 있는 듯이 보였으나, 전체적으로 피로감이 감돌고 있었다.

시키와 미오는 수면 중인 진 일행을 비롯해 부상자들을 치료하거나 간호하는 용도로 쓰이고 있는 장소에 서 있었다.

나는 우리의 얼굴을 확인하자마자 달려오려는 두 사람을 손으로 제지한 다음, 토모에와 함께 그들에게 다가갔다.

[수고했어. 시키, 미오. 학생들도 상당히 체력을 소모한 걸로 보이는군.]

"도련님. 특히 어제 학생들 중 일부가 변이체로 변신한 일로 인해 자신들의 방으로 돌아가지 못한 아이들은, 지금 이 순간까지 상당한 스트레스를 느끼고 있는 걸로 추정됩니다."

"지루하더군요. 너나 할 것 없이 『여기는 확실하게 괜찮나요?』라는 식으로 고장 난 장난감처럼 똑같은 소리만 중얼거리더라고요."

[미오, 말은 조금 가려 하자. 아마도 이런 사건을 겪는 건 난생 처음일 테니, 학생들이 불안감을 느끼는 건 당연한 반응이야.]

"죄, 죄송합니다."

나는 무심코 가시 돋친 말을 내뱉은 미오에게 약간 주의를 줬다.

이곳엔 그녀에게 반박씩이나 하러 올 만한 기운이 남아 있는 녀석들은 거의 없어 보였지만, 어찌됐건 쓸데없는 반감을 살 필요는 없거든.

"뭐, 그것도 전부 다 오늘까지다. 두 사람 다, 준비는 다 끝났나? 지금부터 움직이자."

두 사람이 토모에의 말에 고개를 끄덕였다.

[그건 그렇고 지금부터 진 일행을 깨울 수 있을까? 잠깐 나눌 얘기가 있거든.]

"사실은 방금 전 다 깨우고 오는 길입니다. 사흘 동안 잠만 잤으니 육체적으로 둔한 거야 어쩔 수 없지만, 도련님과 면담을 해야 하는 학생들이 잠에 취해 멍한 상태로는 처치가 곤란하니까요."

역시 시키야. 일을 처리하는 속도가 일일이 신속하기 그지없단 말이지.

새삼스럽게 생각해 보니, 나의 도착을 기다리다가 깨우기보다는 미리 깨우는 편이 효율적으로 느껴졌다.

[아무튼, 지금 걔들은 다 어디 있는 거야?]

"저쪽입니다. 지금은 건강 상태의 체크를 받는 중인 줄로 압니다. 이제 곧 돌아올 시간이로군요."

[그렇군. 일단 너희들은 여기서 기다려. 금방 나갈 수 있도록 준비나 해. 나는 잠깐 걔들과 얘기하고 올게.]

나는 그 대사를 마치고 모든 종자들이 수긍하는 반응을 확인한 다음, 보건소 선생님처럼 백의를 걸친 사람과 대화를 나누고 있는 그리운 얼굴들이 기다리고 있는 장소로 이동했다.

[오랜만이구나. 진, 얘들아.]

『선생님!』

우옷, 학생들의 목소리가 멋지게 하모니를 일으켰다.

호흡이 척척 들어맞는군.

[이틀이나 잠들어 있었다는 얘기를 들었다. 몸들은 다 어떠냐?]

"일단 지금은 아무 문제없어요. 설마 이틀 동안이나 잠들 줄은 몰랐지만, 몸 상태는 거의 완벽해요."

진은 몸의 각 부분을 확인하듯이 움직이면서, 선선히 문제없다는 대답을 입에 담았다.

"상황은, 어떻게 돌아가고 있는 중인가요? 일단 아직은 평상시로 복귀한 듯한 느낌은 아닌 것 같은데요."

이즈모는 주위의 분위기로 인해 약간 불안감을 느끼고 있는 듯이 보였다.

"가족들과 연락이 안 됩니다만, 선생님께선 뭔가 알고 계시나요?"

학생들은 제각기 나에게 파상적인 질문 세례를 퍼부어 왔다.

일단은 입으로 상황을 전달해주기보다는, 우선적으로 해야 할 일을 명확하게 제시해야겠군.

그러고 보니 다에나한테는 부인과 자녀가 있던 걸로 기억한다.

얘기를 듣고 나서야 떠올랐다. 완전히 잊고 있었다.

무사하긴 한가?

[진정해라. 지금 눈을 뜬 너희가 정상적인 컨디션일 리가 없다. 확실하게 말해두는데, 오늘부터 당장 활동을 시작하는 건 자살행위나 마찬가지다. 외부에는 아직 상당한 숫자의 변이체들이 남아있는 것으로 예상된다. 상황은 아직껏 전혀 해결되지 않은 상태야.]

『…….』

[학원 측의 부대를 동원한 변이체 토벌 작전이 한창 진행되고 있는 중이다. 말인즉슨 학생들의 외출은 아직 제한되어 있는 상황이라는 뜻이야. 너희들은 우연치 않게 이번 사태의 직접적인 피해로부터 몸을 피할 수 있었던 셈이지. 한동안은 얌전히 여기서 나가지 마라.]

으—음.

다에나와 렘브란트 자매한테는 거의 말이 통하지 않은 듯이 보였다. 지금 당장 움직일 생각이 넘쳐 난다는 표정을 짓고 있었다.

[특히 너희들 세 사람에게 외출을 허락할 수는 없다.]

『……?!』

나는 개개인의 이름에 대한 언급 없이 못을 박았지만, 세 사람은 제각각 자기 자신이 틀림없는 것으로 여긴 듯이 몹시 딱딱한 표정을 지었다.

[시프, 유노. 부모님께서는 무사하시다. 쓸데없이 고민하기보다, 여기서 당분간 휴식을 취해라. 다에나, 너의 가족에 관해선 내

가 직접 알아보마. 제발 부탁이니 혼자서 멋대로 움직이지 마라. 일단 진정부터 하자.]

세 사람은 나의 말풍선을 확인하고도 변함없이 불만스러운 표정을 짓고 있었다.

[시키로부터 전해들은 것으로 안다만, 너희들은 그 유명한 리미아 국왕 폐하로부터 치하씩이나 받은 몸들이다. 요컨대 일부러 무리할 필요는 없다는 뜻이야. 지금은 어쨌거나 냉정하게 행동해야 하는 시점이다.]

"하지만, 이 도시는 아직 괴물 녀석들에게 당하고 있는 중이잖아요?!"

진…… 난감하군. 이 녀석까지 완전히 의욕에 불이 붙은 상태야.

[나가고 싶으냐?]

나는 학생들에게 물었다.

"……예. 아마 저희들 정도의 실력으로도 약간이나마 사람들의 보탬이 될 수 있을 줄로 알아요. 최소한 괴물로 변한 일름간드에게는 지지 않았으니까요."

[너희들의 실력에 관해선 인정하마. 하지만 너희들이 나가 있는 동안, 이곳이 공격을 당하거나 새로운 변이체가 출현할 가능성은 떠오르지도 않는 모양이구나. 너희들의 성급한 행동으로 인해, 모처럼 학생 기숙사까지 피난 온 이들이 몰살당할지도 몰라. 참고로 어제 이곳의 학생들 중에서 새로운 변이체가 출현한 모양이더군.]

『……!!』

자신들이 잠들어 있는 동안 일어났던 사건에 관해 전해들은 진 일행 사이로, 심상치 않은 긴장감이 감돌았다.

[우리들은 지금부터 학원장의 명령으로 북동 구획을 향해 출격해야 한다. 말인즉슨, 이곳을 비울 수밖에 없다는 뜻이다. ……진, 아직도 나가고 싶으냐?]

"……."

[개인적으론 너희들에게 이곳의 다른 학생들을 지키는 역할을 맡기고 싶은 참이었다. 외부로는 시키와 미오까지 데려갈 예정이다 보니, 필연적으로 이곳을 방비하는데 쓸 수 있는 인적 자원은 제한될 수밖에 없는 상황이거든. 어떻게 할 테냐?]

사실은 만일의 사태에 대비하는 의미로 아쿠아와 에리스는 남기고 갈 생각이었지만, 일단 그녀들에 관한 언급은 피하기로 마음먹었다.

"……남을게요."

[응?]

다시 한 번, 물었다.

"남는다고요! 모두의 힘을 합쳐 어떻게든, 아니, 무슨 수를 써서라도 반드시 지켜보일게요."

[믿음직스럽군. 너희들만 믿는다. 성공적으로 기숙사를 사수할 경우엔 리미아의 국왕 폐하에게도 너희들의 활약상에 관해 말씀을 올리마. 아무튼, 나중에 보자.]

'아쿠아, 에리스. 미안하지만, 이 기숙사를 지켜줘. 만약 진 일행이 기숙사 바깥으로 나갈 경우엔 애들을 따라가.'

나는 은밀 행동 중인 아쿠아와 에리스에게 염화로 지시를 전달했다.

'알겠습니다.'

'알아 모셔야지요.'

변이체를 감지하는 역할은 시키에게 맡기자.

가까스로 학생들의 사기를 진작시키는데 성공한 나는, 토모에 · 미오 · 시키가 기다리고 있는 곳으로 돌아갔다.

[오래 기다렸지? 일단 가자. 시키, 미안한데 주변 지역을 감지하는 역할을 맡아줘.]

'그리고 거듭 부탁만 해서 미안한데, 나중에 기회를 봐서 다에나의 부인과 자녀에 관해 알아봐줄 수 있을까? 지금껏 완전히 까먹고 있었거든.'

내용이 내용이다 보니, 후반은 염화로 전달할 수밖에 없었다.

"알겠습니다."

'다에나의 가족에 관해선 확인과 조치가 끝난 상탭니다. 아르케들로 하여금 비밀리에 지키게 하고 있는 투기장으로 피난시킨 다음에 에바, 루리아와 함께 보호 중입니다.'

……대박이다.

나는 최근 들어, 무력한 이들에 대한 자기 자신의 사고방식이 바뀌고 있다는 사실을 깨달았다.

사람들은 지니고 있는 힘의 유무에 상관없이, 모두 평등한 입장과 인권을 가진다.

그것이 지금껏 나의 머릿속을 지배하고 있던 근본적인 사고방식이었다.

물론 폭력에 대해 무력하다는 이유로 평범한 이들을 나무랄 생각은 없다.

하지만 그러한 이들이 폭력에 유린당하는 것 또한 어쩔 수 없는 자연의 이치로 보였다.

자신의 힘을 늘리기 위한 시간을 다른데 소비한 결과라고 생각하며, 그런 식으로 목숨을 잃는 이들에게 그다지 큰 주의를 기울이지 않게 된 것이다.

스스로도 어처구니없는 사고방식이라는 느낌이 들었다.

활을 쏘는 것 말고는 아무런 장점도 없었던 어린애였던 주제에 도대체 무슨 생각을 하는 거야?

하지만 그런 생각은 도저히 멈추지 않았다.

이따금씩 자기 자신의 사고방식이 당황스러울 때가 있다.

그러다 보니 강자의 옆에 따르는 자로서, 약자인 학생들의 가족들한테도 꼼꼼하게 주의를 기울이는 시키에게 진심으로부터 우러나온 감사의 감정과 놀라움을 느꼈다.

정말 고맙다.

[아무튼 출발해 볼까? 우선은 상인 길드부터 찾아가자.]

참고로 이틀 만에 만나는 렘브란트 부부는 두 분 다 건재한 모양이다. 호위를 담당한 미스티오 리자드 두 사람이 제 역할을 충분히 다하고 있다는 증거였다.

시가지의 변이체 소탕을 그들에게 주는 기념품으로 삼아, 나는 불과 며칠 전에 씁쓸한 경험을 겪었던 장소를 향해 발걸음을 옮겼다.

◇◆◇◆◇

섬멸전—.

길드까지 가는 우리의 발길을 표현하는 말로 그보다 더 잘 어울리는 단어는 없었다.

따로 특별히 무력화시키라는 지시를 입에 담은 적도 없다 보니, 토모에의 보고를 듣고 있던 나에게 겁도 없이 들이닥치는 변이체들을 미오와 시키가 글자 그대로 짓이겨 버리듯이 깔끔하게 쓸어버렸다.

"녀석들의 턱을 물어뜯어라, 는 느낌인가?"

자기도 모르게 그런 소리를 중얼거릴 정도였다.

"복수를 관장하는 여신의 심판 아래, 말입니까?"

이유는 모르겠다만, 시키가 나의 대사에 반응을 보였다. 그가 무슨 까닭으로 이 대사를 알고 있단 말인가? 더군다나 해석하는 방법을 잘못 알고 있는 듯이 보였다.

"여신?"

미오까지 반응을 보였다.

그녀의 경우엔 여신이라는 단어에 반응한 모양이다.

"시키, 칼라시니코프는 그 여신을 뜻하는 말이 아니야. 그들이 복수할 때 쓰는 총— AK-74를 설계한 기술자의 이름이지."

"호오, 그렇군요. 지금껏 저는 어리석게도 그 여신을 뜻하는 이름인 줄로만 알았습니다."

나의 기억들로부터 재현한 책들 중에선 적지 않은 만화책들까지 섞여 있었다. 그나저나 시키가 야쿠자 만화를 읽어본 적이 있었다는 건 사실 꽤나 예상 밖이었다.

"미오? 여신이라고 해봤자 그 여신을 뜻하는 말이 아니니까, 너무 신경 쓰지 마. 뭐가 어떻게 바쁜 건진 짐작조차 안 간다만, 루토가 말하기로는 지금의 그 여신 녀석은 꽤나 바쁜 몸이라더라."

나는 토모에에게 시선을 돌렸다.

"이유까지는 짐작할 도리가 없지만 우리들에게 따로 신경 쓸 여유는 없는 모양이군요."

솔직히 이번 건수는 아무리 그 녀석이더라도 신경을 안 쓸 수가 없을 만큼 굉장히 큰 사건으로 느껴졌다.

하지만 그 녀석의 머릿속은 로나의 머릿속이상으로 미지의 세계란 말이지.

대충 변이체를 토벌하는 틈틈이 그런 대화를 나누다 보니, 눈 깜짝할 사이에 길드와 아주 가까운 곳까지 도착했다.

참고로 여기까지 오는 길에 열다섯 마리의 변이체들을 해치웠다.

시키가 감지한 결과에 따르면, 상인 길드로부터 출격한 부대가 몇 마리 정도의 변이체들을 상대로 전투를 벌이고 있는 모양이다. 그리고 길드 건물 자체가 따로 습격을 받고 있는

듯한 낌새는 없는 듯하다. 우리는 변이체들의 습격을 굳이 피하지 않았다. 오는 자들은 상대해준다는 식으로 모조리 쓸어 버렸으니, 모르긴 몰라도 이 구역에 남아있는 변이체들의 숫자는 그다지 많지 않을 것으로 예상된다.

"시키, 남아있는 변이체들의 숫자는 어느 정도야?"

"교전 중인 개체를 제외하자면, 이제 여섯 마리뿐입니다."

"예상보다 머릿수가 꽤 많았던 모양이야. 일단은 녀석들을 전멸시키는 것보다 길드 도착이 더 빠를 것 같군."

"도련님! 도련님께서 바라신다면, 저 혼자 가서 깔끔하게 청소하고 올까요?"

"고마워, 미오. 하지만 괜찮아. 일단 마음만 받아둘게."

나는 좀이 쑤시는 듯한 분위기의 미오를 진정시킨 다음, 원래의 목적지인 상인 길드로 향했다.

그런데 문득, 의문점 하나가 떠올랐다.

그 여신 녀석, 이름이 뭐였더라?

츠쿠요미 님[#8]하고도 아는 사이로 보였으니, 나 정도의 지식수준으로도 다 알만한 이름의 여신일 수도 있을까?

좋은 이미지로 알려진 여신의 실체가 저 모양일 수도 있다고 생각하니, 정말 꺼림칙하군.

"도련님, 리자드맨들이 마중을 나왔습니다. 렘브란트까지 함께 나온 모양이군요."

"토모에. 우리끼리만 있을 때야 상관없지만, 본인이 있는 데선 그런 식으로 막 부르지 마. 그리고 미오? 만약 상인 길드 대표와 만나게 되더라도 아무 짓도 하지 마, 알겠지?"

"안심하십시오."

"……물론이죠. 만약 그자가 괴물의 습격을 받고 있을 경우에도

---

**#8 츠쿠요미노미코토(月讀命)** 일본 신화에 등장하는 달과 밤의 신. 미하시라노우즈노미코 3남매 중 둘째. 나머지 둘에 비해 존재감이 흐린 편이다.

아무 짓도 안 하겠습니다."

"미오, 만약 괴물의 습격을 받고 있을 경우엔 그의 목숨만은 살려주도록 해."

"……예."

이왕 순순히 대답할 바엔 눈을 딴 데로 돌리지 말라니까?

언제 봐도 참 무서운 녀석이야.

우리에게 손을 흔드는 렘브란트 씨의 옆으로 이곳 상인 길드의 대표인 자라 씨의 얼굴이 눈에 띄었다.

으, 가벼운 현기증과 구역질이 난다. 심박동수가 오르고 있는 감각까지 느껴져.

솔직히 말해서 여신에게 버금갈 정도로 만나기 거북한 아저씨였다. 하지만 일단 지금으로서는, 가지 않을 수가 없었다.

오늘은 우리들 쿠즈노하 상회에게도 특히나 중요한 날이 될 테니까…….

결심을 굳힌 나는 그들과 합류했다.

[오랜만에 뵙습니다. 대표님, 렘브란트 씨. 여러분들께서 무사하신 모습을 보니 정말로 안심이 되는군요. 마족들의 염화 차단으로 인해 도착이 지연되고 말았습니다만, 학원장의 명을 받아 이곳 북동 구획의 변이체들을 토벌하고자 달려왔습니다.]

"자네가 무사해서 정말 다행일세, 라이도우 님."

렘브란트 씨가 앞장서 나와 나의 인사말에 응했다.

그는 나의 이름을 부르자마자 단숨에 거리를 좁혀 들어오더니, 곧바로 나의 몸을 끌어안았다.

"……딸들은 무사한가? 설마 괴물들과 전투하는데 동원되고 있는 건 아니겠지?!"

비장한 뉘앙스가 강한 속삭임 소리가 나의 귓속으로 날아 들어왔다.

숨결이 간지럽다고요!

[안심하십시오. 따님들께선 싸움터로 나오지 않았습니다. 그리고 두 분께 리자드들을 동반시켰듯이, 따님들의 곁에도 믿을 만한 자들을 잠복시키고 오는 길이니 걱정하실 필요는 전혀 없습니다.]

포옹이 풀리자, 그제야 나와 그의 사이에 약간의 거리가 생겼다.

다른 사람들한테는 비밀로 나한테만 물어보고 싶은 질문일 테니, 나 역시 그에게만 보이도록 가슴팍 근처에 소형의 말풍선을 남겼다.

하기야 이런 비상시국에 이틀 동안이나 딸들과 제대로 된 연락을 취하지 못한 이상, 렘브란트 씨는 마음속으론 단순히 안절부절못 하는 정도가 아니라 평정심을 유지하기가 어려웠으리라.

시프나 유노나, 친아버지로부터 크게 사랑을 받고 있다는 데는 의심의 여지가 없었다.

솔직히 나로서는 아무리 렘브란트 씨가 됐건 누가 됐건 남자한테 안기는 건 그다지 달갑진 않았다.

"……오래간만이군, 라이도우. 이런 상황임에도 불구하고 길드에 얼굴 도장을 찍으러 온 걸로 봐서, 가게는 무사했던 모양이야. 아마도, 대로변의 복판쯤에 자리 잡은 가게였나?"

자라 대표는 짙은 피로에 찌든 얼굴로 나에게 화제를 돌려 왔다.

으, 설마 목소리만 들어도 거부 반응이 나올 줄은 몰랐다. 참 한심할 따름이다.

[아니요, 제가 갔을 때는 이미 철저하게 파괴되어 있더군요. 종업원들이나 취급하는 상품들에 피해는 없었습니다만, 한동안 피난소까지 가서 안전을 확보하고 있던 관계로 점포의 현재 상황에 관해선 짐작조차 안 갑니다.]

"……그나마 다행일지도 몰라. 변이체들이 피난소로 섞여 들어가 주변 지역을 괴멸시키는 등의 추가적인 피해에 관한 보고까지 들어오더군. 네가 있던 곳은 무사했던 걸로 보이니 정말 다행이야."

무, 무사해서 다행이라고? 전혀 예상조차 못한 말이 튀어 나왔다.

학원장과 마찬가지로, 마구 고함이나 칠 줄로만 알았는데…….

아무리 피곤하다는 사실을 감안하더라도, 사람이 지나치게 닳아 떨어진 거 아니야?

대표는, 그야말로 이보다 더할 수 없을 만큼 대담무쌍한 근성의 소유자였던 걸로 기억한다.

그런데 「기껏해야」 사는 동네가 습격을 받은 것 정도로 이렇게나 변한단 말이야? 혹은, 나를 방심시키기 위해 그렇게 보이도록 연기를 하는 중인가?

혹시, 렘브란트 씨가 그에게 무슨 짓을 한 건가? ……아니, 이러한 상황 하에 그럴 필요는 아마도 거의 없어 보였다.

함께 현장을 감독해야 하는 인물의 정신력을 일부러 소모시킨다니, 스스로 자기 자신의 목을 조르는 거나 다름없는 행동이다. 나는 길드 대표처럼 교활한 남자는 난생 처음 봤다. 나중에 어디선가 배상금 등을 최대한 많이 타먹기 위한 포석을 두고 있는 건지도 몰라.

상회가 가입하는 손해 보험 같은 업무는 길드의 소관인데, 혹시 상인 길드의 지부보다 높은 상부 단체나 롯츠갈드라는 도시 그 자체로부터 뭔가 타먹을 만한 여지가 있나?

"하하하, 일전에 만났을 때와 너무 인상이 달라 보이나? 이 녀석은 마물들의 도시 습격 같은 경험을 한 적이 없다 보니 정신적으로 몹시 지친 것뿐이라네. 더군다나 여기 있는 쿠우가 님과 간무 님의 비호를 받고 있는 지금, 그들의 주인에 해당되는 라이도우 님을 상대로 강경한 태도를 보일 수 있을 리가 없지. 그렇지 않나?"

대표의 너무나도 극단적인 태도 변화를 의아하게 여기고 있었다는 사실이 들통 난 모양이다. 렘브란트 씨가 그에 관해 설명하셨다.

자기 자신에게 화제가 돌아오자, 길드 대표는 앞뒤를 종잡을 수 없다는 태도로 반론을 제기했다.

"시, 시끄럽다! ……그나저나 저들처럼 강력한 마물을 거느리고 있는 너희들의 능력으로, 지금껏 날뛰고 있는 괴물 녀석들을 전멸시킬 수 없었단 말인가? 도대체 무슨 이유로 지금 이 시점까지 활동을 시작하지 않은 건가?"

어, 예상했던 질문이 날아 들어왔다.

일전에 만났을 때하고야 비교조차 되지 않았지만, 그의 눈동자에 나의 속마음을 꿰뚫어 보려는 듯한 예리한 빛이 깃들었다.

"아차, 너무 반갑다 보니 말하는 걸 잊고 있었는데, 길드의 책임자인 이 녀석을 상대로는 저 둘이 자네로부터 빌린 부하들이라는 사실을 밝혔다네. 그 정도의 정보는 공유하는 편이 순조롭게 이야기를 진행시키는데 도움이 될 것으로 여겼거든. 독단으로 그런 짓을 한데 관해선 사과함세."

렘브란트 씨가 곧바로 뒤처질 세라 부연설명을 덧붙였다.

대표를 제외한 이들에게 괜한 정보를 제시하지 않았다는 전제하에, 사실 딱히 큰 상관은 없었다.

[학원 측의 부대는 완전히 토벌 일변도였습니다. 사건 발생 당시의 투기장에 머물고 있던 저는, 어쩌다 보니 결과적으로는 피난소 중 한 곳에 몸을 의탁하고 있었습니다. 하지만 그 피난소조차 위험한 상황이었던 데다가, 학원 측에 의한 조기 대응은 기대할 수 없었습니다. 솔직히 독단적인 판단이었다는 사실까진 부정할 수가 없군요. 가까스로 상회의 종업원들과 연락을 취하는데 성공한 저는, 주민들을 피난소로 유도하는 작업과 피난소의 안전 확보를 우선시할 수밖에 없었습니다. 그럭저럭 상황이 안정되어 오늘에 와서야 학원으로 향한 결과, 학원장으로부터 이 구역의 변이체들을 토벌하는 작업에 참가하라는 명을 받게 된 겁니다.]

"……그렇, 군."

렘브란트 씨의 표정이 어두워졌다. 지금 한 설명을 주관적으로 해석한 그는, 시프나 유노가 아직 안전하지 않다는 뜻으로 받아들였는지도 모른다.

렘브란트 씨의 반응이 신경 쓰였지만, 어쨌든 나는 말을 계속 이어 나갔다.

[이곳까지 오다가 약탈이 일어난 흔적까지 목격했습니다. 상인

길드는 현재의 피해 상황을 어느 정도까지 파악하고 계신지요?]

"이 녀석의 제안에 따라 피해 상황을 파악하는 작업과 괴물들을 토벌하는 작전, 그리고 무사한 주민들을 확보하는 작업을 동시 진행 중이다. 상세한 피해 상황에 관해선 아직 정확한 정보가 없는 상황이지만, 거의 대부분의 상회들이 가게나 취급 상품에 관해선 포기할 수밖에 없다는 인식을 공유하고 있는 참이군. 기본적으로, 적들과 맞설 병력 자체가 압도적으로 부족한 상황이야. 돈이 없는 건 아니다. 하지만 우리가 고용해야 할 모험가나 용병들의 숫자가 한계점에 도달한 상태야. 그리고 전사자가 발생할 때마다 아군의 병력은 깎여만 간다. 외부로 연락할 수단조차 제대로 갖추어져 있지 않은 이상, 한 마디로 말해서 지금 당장 손쓸 방법은 전혀 없는 거나 마찬가지야."

길드 대표는 렘브란트 씨에게 턱을 향한 채로 대답했다.

정말 어지간히 막다른 데까지 몰린 모양이다.

수염조차 깎지 않은 그의 얼굴은, 일전에 만났을 때보다 훨씬 늙어 보였다.

지금과 같은 비상사태에 익숙하지 못한 자라 대표가, 당장 냉정한 상황 판단을 이어 나가기는 쉽지 않으리라.

결과적으로 렘브란트 씨가 여기서 버텨주고 있다는 사실은, 서로의 역할을 분담하는데 더할 나위 없이 좋은 상황이었던 것이다.

"나 원 참, 정말 성가신 남자야. 라이도우 님이 버티고 있는 이상에야 아무 문제없을 뿐만 아니라 이 정도는 궁지조차 아니라는 데도 끝까지 귀를 기울이지 않더군. 예를 들어 어젯밤엔—."

"패트! 넌 제발 입 좀 닥쳐라!"

……?

패트?

아하.

렘브란트 씨를 부른 건가? 언젠가 사인을 하시던 모습을 본 적이 있거든.

패트릭 렘브란트.

패트릭이니까, 별명은 패트가 되는 건가.

퍼스트 네임으로 부르지 않으니, 순간적으로 알아들을 수가 없었잖아?

자라 대표가 연이어 자신의 추태를 까발리려던 렘브란트 씨의 입을 틀어막았다.

"아무튼 지금 이 녀석만 봐도 알 수 있듯이 상인 길드의 인원들 사이로 꽤나 적지 않은 양의 피로가 쌓인 참이라네, 라이도우 님. 사실 이 녀석은 그나마 양호한 편에 속할 정도로, 안에 있는 상인들 중에선 정신 착란 증세를 보이고 있는 자들 또한 적지 않아. 그다지 볼만한 광경은 아닐 걸세. 자네가 직접 만나볼 필요조차 없어 보여."

상인 길드의 현재 상황을 담박한 태도로 설명하는 렘브란트 씨의 말로부터, 그들을 동정하는 듯한 낌새는 전해져 오지 않았다. 오로지 엄격하기만 한 평가였다.

이런 표정의 렘브란트 씨는…… 거의 처음 보는 듯한 느낌이 들었다.

[어쨌거나 너무 늦지 않아 정말 다행입니다.]

"자네가 우리의 동행으로 붙여준 두 사람 말인데, 한때는 적들을 토벌하는데 도움을 받고자 개인적으로 부탁한 적이 있었다네. 하지만 아무리 부탁하건 말건 완강하게 호위 이외의 임무는 받아들이지 않더군. 한 번은 과감하게 나 자신이 바깥으로 발걸음을 옮겨 봤다만, 깔끔하게 이곳으로 연행 당했다네. 그 짓을 아무리 되풀이해봤자 거의 성과가 없으리라는 예감이 들어, 일찌감치 포기해 버렸지."

아, 맞다.

쿠우가와 간무에게는, 렘브란트 부부를 지키라는 말밖에 하지 않았다. 가능한 한 쓸데없는 행동을 피하기 위해 심혈을 기울인 모양이다.

융통성은 없을지도 모르지만, 정말로 믿음직스러운 전사들이었다.

[저는 모처럼 해주신 충고에 따라, 안으로 들어가 시간을 낭비하기보다 이곳까지 오던 여세를 몰아 북동 구획의 토벌 작업을 이어가고자 합니다. 상대방과 연락이 닿을 경우에 한해, 출격하신 용병 여러분들을 복귀시키셔도 상관없습니다.]

"……역시, 이 정도는 위험한 축에도 들지 못 한다는 건가?"

렘브란트 씨의 표정이 처음으로 경악에 가까운 감정의 변화가 느껴지는 움직임을 보였다.

[이미 이곳까지 오다가 열다섯 마리 정도 처치하고 오는 길입니다. 아마도 이제 이 구획에 남아있는 개체들의 숫자는—.]

『……?!』

나는 렘브란트 씨와 자라 대표의 경악한 표정을 일부러 무시했다.

말풍선을 만드는 작업을 중단한 나는, 시키에게 시선을 돌렸다.

"……일단은 아홉 마리 정도 남아있는 줄로 압니다. 새로운 변이체의 발생은 아직 확인된 바 없습니다."

나는 눈치 빠르게 적절한 대답을 입에 담은 시키에게 감사하면서, 다시금 렘브란트 씨를 향해 시선을 돌렸다.

지금 대화를 해본 감각으로 판단하자면, 역시나 지금은 자라 대표보다 렘브란트 씨가 더 믿음직스러워 보였다.

[대충 그런 상황입니다. 참고로 학원 측에선 이미 변이체를 발생시키는 계기가 될 공산이 큰 물품에 관한 파악이 어느 정도 완료된 걸로 보이더군요. 종자를 한 사람 남기고 갈 테니 해당 물품들을 회수하는 데 협력을 부탁드립니다. 어디 보자…… 토모에.]

"……예?! 저, 저말입니까?!"

[자세한 사항에 관해선 그녀가 가장 완벽하게 파악하고 있습니다. 피난소 내부로부터 새로운 피해가 발생하지 않도록, 렘브란트 씨께서도 그녀를 거들어주실 수 있을까요? 그리고 물론, 자라 대표님께도 도움을 청하고자 합니다.]

"물론이네, 당연히 협력하고말고. 잘 알아들었나, 자라?"

"……그렇군. 내부로부터 새로운 변이체 녀석들이 발생하지 않도록 예방한다는 데야, 기꺼이 협력해야지."

솔직하군.

오늘은 이만큼 체력을 소모한 상태의 자라 대표라면, 나 정도의 허접한 말솜씨로도 대충 상대가 된다는 사실을 깨달은 날이었다.

빈민가의 아인 보울의 말마따나, 위기를 극복한 이후로는 당장 이 순간의 감정을 잊어버릴지도 모르니 오직 지금만 구경할 수 있는 흔치 않은 모습일 공산이 커 보였다.

[저희는 이만 가보겠습니다. 토벌을 마치면 곧장 돌아오도록 하지요.]

"라이도우, 상인 길드와 용병 부대의 연락망은 거의 단절된 거나 다름없는 상황이다. 미안하지만, 너희들의 눈에 띈 부대가 귀환 지시를 받지 못한 것으로 보일 경우엔 직접 우리의 명령을 전달해 다오."

[알겠습니다.]

그가 보인 태도의 변화는 정말로 무지막지할 정도였다.

설마 나한테 미안하다는 소리를 할 줄이야.

나는 나가던 길에 딱 한 차례만 고개를 돌려, 불만스러운 듯이 혼잣말을 중얼거리면서도 렘브란트 씨의 안내를 받아 따라가는 토모에를 쳐다봤다.

……미안.

일단 시키와 너 가운데 한 사람을 골라야 하는 상황이라 잠시 망설이다가, 전이에 관한 설명을 해야 할 가능성을 때문에 너를 남기기로 결정한 거야. ……미오한테 맡기기는 조금 불안한 임무거든.

나는 마음속으로 남몰래 토모에에게 사과했다.

일단 저 녀석은 잽싸게 괴물들을 소탕하자마자 데리러 오는 걸로 치자면…… 맞다, 정오가 지날 무렵쯤에 한 번 정도 학원의 멤버들에게도 연락을 해둬야겠다.

잠깐…… 지금 좋은 생각이 났다.

"미오, 시키."

나는 두 사람에게 손짓을 했다.

나보다 약간 앞서 가던 두 사람이, 곧바로 나에게 되돌아왔다.

"남은 변이체들의 숫자는, 교전 중인 녀석들까지 포함해서 아홉 마리였나?"

"예, 틀림없습니다."

시키가 나의 질문을 듣자마자 고개를 끄덕였다.

"이왕 여기까지 온 이상, 교전 중인 장소의 녀석들은 세 사람의 협공으로 잽싸게 처리해 버리자. 그리고 나머지 여섯 마리를 소탕하는 작업은 너희 둘의 경쟁으로 하는 거지."

『……?!』

"동점일 경우엔…… 오늘 저녁 식사는 미오가, 내일 저녁 식사는 시키가 좋아하는 라인업으로 먹도록 하자. 그리고 만약 어느 한 쪽이 이길 경우, 나의 힘으로 이룰 수 있는 일에 한해 승자의 소원 하나를 들어준다는 건 어때?"

"……큭, 정말로 어떤 소원이든 상관없겠습니까?"

"나, 나중에 가서서 취소하신다는 말씀은 안 통한다는 거 아시죠?! 도련님?!"

어라? 두 사람의 반응이 나의 예상 범위를 훨씬 뛰어넘었다.

하지만 어디까지나 나의 힘으로 이룰 수 있는 범위로 한정된 소원뿐이야.

제한 조건을 좀 더 정확하게 언급해야 하나?

"물론이지. 아, 소원에 관해선 어디까지나 나의 힘으로 가능할 뿐만 아니라 즉각적으로 해결 가능한 일로 해주라. 예를 들어…… 나의 원래 세계에 관해 알고 싶은 사항이 있다는 식의 소원일 경우, 하루 정도 따로 시간을 비워둘 테니 그 동안 그에 관한 얘기를 나누는 걸로 하자. 함께 요리를 하고 싶다는 식의 소원일 경우에도 마찬가지야."

시키와 미오가 제각각 바랄 듯한 소원들을 예로 들어, 기본적인 조건에 관한 못을 박았다.

"비열한 종류의 소원을 이루고자 하는 마음은 없습니다. 안심하십시오."

"시키의 말이 맞아요. 도련님, 각오하세요."

도대체 뭘 어쩌려는 거지?

짧은 대사였는데도 불구하고, 미오의 말은 이미 앞뒤가 모순된 상태였다.

토모에랑 달리 두 사람은 학생들을 지키느라 고생이 많았을 테니, 한숨 돌리자는 의미로 꺼낸 제안이었는데…… 너무 경솔했나?

교전 중인 장소로 안내하는 역할을 맡은 시키의 뒤를 따라가면서, 나는 어딘지 모르게 불안한 마음에 사로잡혔다.

◇◆◇◆◇

"오늘은 너치고는 꽤나 온순하게 보이더군, 자라."

"……나는 네 성격이 꽤나 죽은 줄로만 알았는데, 취소해야겠다. 너희 도시를 통틀어 최강의 실력자들이라고? 헛소리 마. 아무리 봐도 저 녀석들이 겨우 그 정도 수준일 리가 없잖아!!"

"틀린 말은 한 적 없다. 실제로, 저들은 우리 도시를 통틀어 가장 강한 자들이거든. 이곳은 물론이거니와, 츠이게에서도 말이야."

마코토와 함께 있을 때는 나름대로 위엄 있는 태도를 취하던 렘브란트가, 자라 대표와 단 둘만 있을 때는 비교적 진솔하고도 스스럼없는 말투로 그에게 말을 걸었다. 두 사람의 관계가 개인적으로도 상당히 깊은 편이라는 사실이 엿보였다.

토모에가 렘브란트 부인의 안내를 받아 길드 건물 안으로 향하는 뒷모습을 곁눈질로 바라보면서, 롯츠갈드 상인 길드의 대표인 자라는 오랜 친구인 렘브란트를 노려봤다.

하지만 렘브란트는 그의 시선을 아무렇지도 않은 듯이 받아넘겼다.

자라의 표정은 마음이 약한 자는 모골이 송연할 정도의 공포를 느낄 듯한 형상이었으나, 렘브란트는 어디까지나 산뜻하기 그지없는 표정으로 그를 마주봤다.

렘브란트는 오랜 친구를 상대로 한 장난에 지나지 않는 헛소리로 들리는 동시에 유별난 담력을 과시하는 듯한 대사로, 롯츠갈드와 츠이게라는 완전히 다른 성질을 지닌 두 도시를 동일선상으로 언급하는 역설적인 농담을 섞어 자라에게 되받아쳤다.

"……쿠즈노하 상회에 관한 정보는 어떤 식으로 파고들어가건 지극히 불투명한 내용들 말고는 손에 넣을 수가 없었다. 최소한도의 기본적인 정보는 들어오는 반면, 핵심이 전혀 보이지 않았지. 각국의 주목을 받는 이유부터 짐작하기 어려운데다가, 전투가 가능한 것으로 알려진 구성원들의 평균 레벨조차 거의 알아볼 방법이 없더군. 종합적으로 모든 가능성을 고려한 결과, 대단한 정보를 손에 넣을 수 없다는 것은 그다지 과시할 만한 정보가 없기 때문인 것으로 여겨 방심하고 있다 보니 이 모양 이 꼴이야!"

"이 모양 이 꼴이라는 건 도대체 무슨 꼴인가? 이봐 잠깐, 아까부터 땀을 너무 많이 흘리는 것 같은데? 괜찮나, 자라?"

"겨우 네 명 정도의 머릿수로 학원을 출발한 저 녀석들이, 도대체 무슨 조화로 이 비상시국의 롯츠갈드 시가지를 무대로 이야기꽃이나 피우면서 단 한 치의 흠집조차 없이 이곳까지 도착할 수 있다는 거지? 우리가 부대를 구성한 용병들로부터는 출격할 때마다 만만치 않은 숫자의 사망자들이나 중상을 당한 부상자들이 속출하고 있는데?! 그런데 저 녀석들은 전혀 긴장조차 하지 않은 듯이 보였단 말이다! 마치 정오를 조금 지났을 무렵의 느긋한 쇼핑이나 즐기러 나온 것 같은 꼴이잖아?!"

"크크큭……."

렘브란트는 자라의 입으로부터 봇물 터진 것처럼 쏟아져 나오는 말들이 진심으로 유쾌하다는 듯이 웃었다.

자라는 렘브란트의 반응 따위엔 아랑곳할 필요조차 없다는 태도로 말을 이어 나갔다.

"도시를 통틀어 최강 정도의 실력으로 저런 터무니없는 짓을 할 수 있을 리가 없지 않나! 평범한 사람은 밖으로 나가자마자 목숨을 보장할 수 없을 정도의 강력한 괴물들이 사방에 우글거리고 있는 상황이거든?! 우리가 사흘 동안 물리칠 수 있었던 괴물들의 숫자는 겨우 세 마리 정도였다. 심지어 50명을 넘는 용병들을 동원 한 총력전의 결과였거든?! 그런데 그 녀석들을…… 열다섯 마리나 물리쳤다고? 포장마차나 잠깐 들렀다 왔다는 듯이 아무렇지도 않게 지껄이다니!! 가까스로 종업원들과 연락을 취했다고? 가까스건 뭐건 연락망만 살아있었다면, 지금쯤 우리도 외부로부터 온갖 지원 물자들을 들여오고도 남았단 말이다!"

"그렇군, 그에 관해선 동감이다."

"나한테 혼쭐이 나다가 쪼그라들기나 하던 애송이가, 무슨 조화로 저 끔찍한 아수라장을 웃는 얼굴로 걸어올 수가 있다는 거지……? 저 녀석들은, 도대체 뭐하는 놈들이야……?"

"그런 이유로 이렇게 엄청난 땀을 흘리고 있었다는 거냐? 나 원 참, 너야말로 옛날에 비해 너무 시들지 않았나? 도적 길드로부터 도박장의 권리를 빼앗아 완전무결하게 짓이겨 버리던 당시의 너는 도대체 어디로 갔나?"

렘브란트가 자라의 당황과 분노를 즐기는 듯한 표정으로 되물어 왔다.

"장사와 똑같이 취급하지 마라. 결국은…… 대화조차 통하지 않는 녀석들을 상대로 우리들 상인이 할 수 있는 일은 거의 없는 거나 마찬가지야. 쿠즈노하 상회가 지금 하고 있는 짓은, 상회의 활동으로서는 완전히 상식 밖이다. 그렇지 않나? 솔직히 나에게 저 라이도우라는 녀석은 지금 바깥을 나돌아 다니는 괴물들과 그다지 크게 다를 것도 없어 보여. 저렇게 정체를 알 수 없는 패거리가 도대체 무슨 이유로 학원 도시 같은 곳에 자리를 잡고 있냐는 말이다. 정말로 저 녀석들은 뭐하는 놈들이냐, 패트?"

"너 역시 잘 알고 있는 대로, 약이나 파는 일개 상인에 지나지 않는 신분이다. 츠이게의 길드에서 상인 등록을 마친 다음, 굳이 이곳까지 와서 가게를 연 몸이야. 아직은 햇병아리 신출내기에 지나지 않는 상인, 라이도우 님이지."

렘브란트의 설명을 들은 자라의 눈초리에 격렬한 분노가 깃들었다.

"……다만, 지금 안으로 따라 들어간 라이도우 님의 측근인 토모에 님은 레벨 1500을 넘길 정도의 여걸이야. 방금 만난 흑발의 여성인 미오 님 역시 거의 비슷한 레벨인 걸로 안다. 그리고 그녀들과 함께 라이도우 님을 섬기는 시키 님 또한, 나의 정보망으로는 파악할 수 없었으나 상당한 고레벨의 소유자인 것으로 예상되더군. 라이도우 님 본인 역시, 자신의 종자들에 비해 결코 뒤떨어지지 않는 실력의 소유자라는 사실만 알아둬라. 말하자면 쿠즈노하 상회는 그러한 이들이 모여 벌이고 있는 약장사라는 뜻이지."

"처, 1500? 넌, 갑자기 무슨 소리를……?"

"아차, 아뿔싸. 어쩌다 보니까 입을 잘못 놀렸군. 일단은 모험가 길드에서도 극비라던데 말이야? 츠이게에서야 공공연한 비밀이지만, 다른 도시에선 별반 화젯거리가 되지 않은데다가 정확한 레벨 또한 알려져 있지 않은 모양이야. 펄스 님이라고 하셨나? 모험가 길드의 마스터하고도 친분이 있다더군. 물론 너쯤 되는 녀석이니, 가벼운 마음으로 제3자에게 누설하고 다닐 만한 정보가 아니라는 사실 정도는 짐작이 가겠지? 만약 네가 함부로 정보를 누설할 경우에 관해선…… 나는 책임 못 진다."

"무, 물어보지도 않은 얘기를 멋대로 지껄인 주제에 이 자식이……!"

자라는 온몸을 크게 떨었다.

마코토와 얼굴을 마주한 순간, 그는 피곤한 몸으로나마 평소의 다부진 자기 자신을 연기하기 위해 최선을 다했다.

왜냐하면 그에게는, 이 도시의 길드를 통솔하는 자로서의 긍지가 있었기 때문이다.

하지만 마음속으로는 마코토에 대한 경악과 경외심, 공포로 인해 혼란을 금할 수가 없었다.

어찌됐건 그는, 상인 길드의 한 지부를 총괄할 정도의 지위까지 오른 인물이었다. 어떤 상황이건 어느 정도는 냉정하게 받아들일 수 있을 뿐만 아니라, 정리까지 할 수 있을 정도의 유능한 남자였다.

지금, 이 도시는 엄청난 전투력을 지닌 괴물들의 습격을 받고 있는 와중이었다. 그리고 그 괴물들은, 실력에 자신이 있는 용병들이나 모험가 출신 경호원들이 집단으로 나서야 겨우 상대가 될 만한 위협적인 존재들이었다.

생존이 확인되는 이들의 숫자는 나날이 감소하고 있을 뿐만 아니라, 적들과 싸울 수 있을 만한 전투력을 지닌 전사들의 숫자 또한 전투를 거칠 때마다 줄어만 갔다.

오랜 친구인 렘브란트 부부가 데리고 온 강력한 마물 두 마리 중 한 마리는 지금 길드의 출입구를 지키고 있으며, 또 다른 한 마리는 렘브란트 부인을 단 한 치의 빈틈조차 없이 호위하고 있는 중이었다. 강력한 전투력을 지닌 두 마물들은 피난소 안의 피난민들로부터 상당한 신뢰를 받고 있었다.

마물임에도 불구하고, 부지런히 호위 임무를 수행하는 그들에 대한 감사의 마음으로 기도를 바치는 자들까지 나올 정도였다.

그러나 그들은 결단코 토벌 작전엔 참가하지 않을 뿐만 아니라, 렘브란트 부부가 밖으로 나가는 것조차 용납하지 않았다.

말하자면 방어하는 데만 쓸모가 있는 인원이었다.

그들이 버티고 있는 만큼 용병들을 전투나 수색 임무로 돌릴 수 있으니 다른 방면에 전혀 쓸모가 없는 것은 아니었다. 그러나 강력한 마물의 보호를 받고 있는 상황임에도 불구하고, 피난민들 사이로 상당한 양의 스트레스가 축적되는 사태는 피할 수가 없었다.

염화가 제한됨으로써 전체적인 상황을 파악할 수 있는 방법이 전혀 없다 보니, 피난민들의 답답한 심리 상태가 악화되는 사태를 막을 수 없다는 것도 큰 문제 중 하나였다.

의심할 여지없이, 롯츠갈드라는 도시가 탄생한 이후로 최악의 사태였다.

그런 상황이다 보니, 뻔히 들여다보일 수밖에 없었던 것이다.

마치 정의의 사자를「연상케 할 만큼」온몸을 던져 이 도시 주민들의 생명과 사태의 해결을 위해 움직이고 있는 듯이 보이는 마코토와 쿠즈노하 상회의 행동은, 아주 약간만 객관적인 관점으로 판단하더라도 너무나 부자연스럽기 짝이 없는 행동으로 비칠 수밖에 없었다.

자라는 학원 최강의 부대가 적들과 싸우다가 손쉽게 죽임을 당한데다가, 제대로 맞서지도 못 하고 있다는 정보까지 입수한 상태였다.

실제로 길드가 고용한 용병들로부터도 괴물들이 너무나 강력한 나머지, 지금 지급받고 있는 보상금으로는 턱도 없는 임무라는 불평불만이 제기될 정도였다. 사망자들의 숫자와 시가지의 상황으로 판단하자면, 그들의 주장은 지극히 타당하게 들렸다. 자라 또한 차후의 품삯 교섭에 얼마든지 응할 마음을 먹고 있었다. 그들의 노력에 대한 대가를 충분히 치를 생각이었다.

그런데 저 라이도우라는 남자는, 그 괴물들을 열다섯 마리나 해치웠다는 소리를 아무렇지도 않게 주워섬겼다.

어이가 없다 못해 그냥 웃어넘기고 싶은 숫자였다.

그러나 자라는 웃어넘길 수가 없었다.

아직 완벽한 확신이 드는 것은 아니었으나, 자라는 이미 그들의 말을 사실로 믿어 의심치 않고 있는 자기 자신을 인정할 수밖에 없었다.

학원을 출발한 저들이 상인 길드까지 두 발로 걸어 왔다.

마코토에게는 당연히 별 일 아니었으나, 자라로 하여금 쿠즈노하 상회의 실체를 짐작하지 못 하게 하는 데는 충분하고도 남을 정도의 위업이었다.

지금껏 별 볼일 없는 존재였던 자그마한 상회가, 그에게 있어서 도저히 받아들이기 힘든 기분 나쁜 존재로 보이기 시작한 것이다.

"훗, 정확한 정보조차 없는 상태로 라이도우 님의 겉모습만으로 판단하다 보니 그렇게 된 거다. 약간만 다른 관점으로 보자면, 저만큼 상대하기 쉬운데다가 부담 없는 친구도 흔치 않은 편이야.

너 정도 되는 녀석이니 그쯤이야 얼마든지 꿰뚫어보고도 남을 것으로 기대했는데, 유감스럽군."

"저, 저렇게 장사의 기초조차 모르는 녀석이 물러터진 소리나 지껄이는 꼴을 보고는 누구나 울화가 치밀어오를 수밖에 없단 말이다!! 애초부터 츠이게의 네 녀석이 기본을 제대로 가르치지 않았으니 이 꼴이 난 거잖아! 도대체가, 저렇게 터무니없는 힘을 지닌 녀석들이 어째서—."

"자신들의 능력을 적극적으로 사용하지 않느냐는 건가?"

불현듯 정색을 한 렘브란트의 한 마디를 듣자, 자라는 입을 다물었다. 정곡을 찔렸기 때문이다.

"……맞아, 바로 그거다."

렘브란트는 잠시 동안 침묵을 지키고 나서, 힘없이 대답했다.

"일단 나는 확실하게 아는 바가 없다. 궁금한 건 그에게 직접 물어 봐. 솔직히 지금의 그는 예전과 조금 분위기가 달라 보이더군. 그 변화 자체는 너의 영향을 받은 결과인지도 몰라."

"저 녀석은 도대체 무슨 이유로 장사 같은 짓이나 하고 있는 거지?"

"아무튼, 궁금한 사항에 관해선 네가 직접 그에게 물어볼 일이다. 그리고 지금 너는 장사의 기본에 관해 지껄였는데, 혹시 제정신으로 그딴 소릴 주워섬기는 거냐?"

렘브란트는 약간 들뜬 듯한 눈빛으로 자라의 얼굴을 쳐다봤다.

자라는 지금껏 그다지 본 적이 없는 표정을 짓고 있는 오랜 친구의 얼굴을 마주봤다.

"당연하지 않나? 아주 잠깐 관찰한 것만으로도 동업자들에게 세워야 하는 의리나 뭔가 시작하기 전의 사전 교섭, 도시의 시세에 따라 가격을 설정하는 능력, 원료를 조달하는 과정에 특수성이 있을 때는 길드와 상담하여 협의하는 등 해야 할 일이 너무 많다 못해 썩어날 정도야. 그런데 저 녀석은, 모르긴 몰라도 그 절반조차 이해하지 못한 걸로 보이더군. 라이도우는 정말로, 좋은 물건을 더 싸게 파는 것밖에 모르던 놈이야. 저 녀석은 기본적으로 눈앞의 손님들 말고는 안중에도 없더군. 저렇게 어리석은 상인이 이 썩어빠진 세상의 풍파를 정상적으로 이겨나갈 수 있을 리가 없잖아?"

"좋은 물건을 더 싸게 판다는 건 장사의 기본이잖아? 그는 그 대전제를 충실히 실천하고 있었을 뿐이야. 그야말로 이보다 더할 수 없이 바람직한 자세로군."

"내 말은! 그딴 헛소리가 실무 차원으로는 통할 리가 없다는 뜻이지 않나!"

"통할 건데?"

렘브란트는 담박한 태도로 마코토의 자세를 긍정했다.

"……너 말인데, 혹시 지금의 너희(츠이게) 동네를 근거지로 삼고 나서 이런 식의 아수라장만 겪다가 머리가 좀 돈 거 아니냐?"

"우리들 역시 젊었을 때는 그런 상인이 되고자 하지 않았나?"

"그렇긴 하지. 하지만 실제로 장사를 하는 이들에게 그런 식의 물러터진 사고방식은 통하지 않아! 금방 지독한 현실을 깨닫게 될 수밖에 없단 말이다!"

"어째서?"

렘브란트가 어린아이처럼 자라에게 되물었다.

"……먼저 기득권을 가진 녀석들의 한복판으로 끼어들고자 할 때는 유치하기 짝이 없는 목적을 추구하기보다 「잘」 할 필요가 있기 때문이야. 돈으로 사람을 살리거나, 돈으로 사람을 죽일 수도 있어야 한다는 거지…… 그걸 못 하는 녀석들은 대성할 수 있을 리가 없어. 장사는 이상적인 목표를 좇는 것과 거리가 먼, 어디까지 가 봤자 현실 그 자체일 수밖에 없는 분야야."

"맞는 말이야. 다만, 우리의 경우에 그렇다는 부연설명이 필요하겠군."

"……무슨 말을 하고 싶은 거냐?"

자라의 눈이 의아하다는 듯이 어둡게 물들었다.

"토모에 님이나 미오 님을 상대할 경우, 그녀들의 전투력을 파악한 상태로 제대로 된 교섭을 펼칠 수 있는 상인들이 얼마나 있을까? 예컨대 지금의 네가 저들 네 사람을 상대로 할 경우, 그들의 요구를 어느 정도까지 자신에게 유리하도록 비틀 수 있을 것 같나? 네가 가장 자신 있어 하는 방식으로 말이야."

"그럴 때는…… 어떻게든, 무슨 수를 써 봐야지."

방금 전까지 렘브란트를 마주보던 자라는 눈을 딴 데로 돌렸다.

"성질을 잘못 건드리자마자 너의 소중한 것들이 도시채로 날아가 버릴지도 모르는데 말인가? 배반으로 간주되는 행동이 밝혀질 경우, 저들에게 당할 보복의 내용조차 짐작이 가지 않는데 말인가?"

렘브란트는 조용히 타이르는 듯한 말투로 자라에게 질문을 던졌다.

"……!!"

"물론, 나는 그가 스스로 바란다는 전제하에 사업의 기초 정도는 가르쳐줄 수 있는데다가 얼마든지 힘이 되어줄 생각이야. 하지만 아직은 그럴 필요성이 느껴지지 않더군. 그는 모험가가 황야로 나갔다가 비명횡사 당하는 경우에 관해선 전혀 마음에 두지 않지만, 예기치 못한 질병이나 저주병으로 고통스러워하는 이들을 구하기 위해 좋은 약을 싼 값에 팔겠다는 이념의 소유자야. 오히려 세상에 충분히 유익한 인물로 보여. 거의 의심할 여지없이, 자유를 속박하는 방식으로는 다루기 힘든 인재야. 그리고 추가로, 쓸데없이 고압적인 태도 또한 그다지 적합하지 않아 보이는군."

말의 후반이 다름 아닌 자기 자신을 가리키고 있다는데 자각증상이 있던 걸까? 자라가 씁쓸한 표정을 지었다.

"장사의 기본을 폭력으로 비틀어 버릴 수 있다는 소리냐? 그런 식의 터무니없는 편법을 언제까지 써먹을 수 있을까? 신전이나 국가가, 그런 짓을 용납할 리가 없어."

"과연 그럴까? 저들의 자유를 보장하는 것이 저들을 속박하는 것보다 유익한 행동으로 인식될 경우, 신전이나 국가가 저들과 꼭 맞서리라는 보장은 없지 않을까 싶군. 상위 용이 가끔씩 둥지로부터 기어 나와 반 장난삼아 마을들을 짓밟거나, 정령의 폭주로 바다나 도로의 일부가 막히는 것 정도는 무척이나 흔한 일이야. 이따금씩 일어나는 사고나 다를 바 없는 일들이지. 하지만 신전이나 국가가 그런 일들이 일어날 때마다 그들을 제압하러 가나? 결국은 기껏해야 기도나 하는 정도가 고작인데다가, 자신들에게 들이닥친 위험이 지나가기만을 기다릴 뿐이야. 왜냐? 다들 그러는 편이 결과적으로 희생이 적어진다는 사실을 잘 알고 있기 때문이지."

"그런 천재지변 같은 존재들과 쿠즈노하 상회의 방식을 똑같은 선상으로 취급한다는 건 정말 터무니없는 논리 비약이야."

"기껏해야 레벨 920 정도의 모험가가 앞장선 토벌대가, 천재지변이나 다를 바 없는 권능을 지닌 상위 용 중 하나를 물리친 일로 드래곤 슬레이어로서 칭송을 받고 있는 중이야. 반면, 저들은 레벨 1500을 넘는 두 사람의 실력자와 그와 동등할 것으로 예상되는 능력의 소유자가 추가로 두 명이나 더 있어. 그다지 큰 차이는 없지 않나? 그리고…… 알고 있나? 단순히 강하다는 것만으로도, 너무나도 차원이 다를 때는 스스로 머물고 있는 도시조차 발전시키는 경우가 있더군? 솔직히 정말로 유쾌하기 짝이 없었다는 것이 나의 본심이야. 우리 도시가 모험가들의 영향을 받기 쉬운 특수한 환경이라는 사실을 고려하더라도 말이야. 쿠즈노하 상회가 탄생한 이후로, 츠이게는 극적일 만큼 크게 발전하기 시작했거든. 몇 년 후엔 전 세계를 통틀어 손가락에 꼽힐 정도의 대도시로 성장할 거야. 틀림없이 말이지."

자라는 렘브란트의 말에 숨을 죽였다.

금전적 수단은 물론이거니와, 온갖 교묘한 수법들로 지금의 자리까지 올라온 것으로 유명한 눈앞의 남자가 입에 담은 내용들이 오로지 무섭게만 느껴졌기 때문이다.

드래곤 슬레이어라는 호칭으로 불리는 소피아의 레벨이 920이다. 렘브란트의 말이 사실일 경우, 그는 쿠즈노하 상회가 최고봉의 모험가들을 보유하고 있다는 사실을 깨달았다.

하지만 그럼에도 불구하고, 자라는 아직껏 한창 허물어지는 중인 자신의 상식에 매달렸다.

"……있을 수 없는 일이야. 상식적으로 말이 되지 않아, 패트. 결국은 단 하나의 상회에 불과한 저 녀석들이 그 정도까지 무지막지한 독선을 관철하다 보면, 언젠가 반드시 여신님의 심판이 떨어지고야 말 거야. 그렇지 않나?"

"과연, 그 분의 심판조차 도달할 수나 있을까? 나는 이미…… 도달하지 않는 쪽에 건 몸이거든. 그런 고로 렘브란트 상회는, 누가 뭐라고 하건 쿠즈노하 상회에 대한 전폭적인 지원을 중단하지 않아. 고작 한낱 장사치들의 거래 때문에 신께서 움직이실 리야 없겠다만, 만약 그렇다손 치더라도 나는 자기 자신의 판돈을 딴 데다 걸 생각은 없어."

"그딴 식의 오만이……."

"자기 자신의 이상을 있는 그대로의 모습으로 실현하고자 할 때는, 오만한 정도가 딱 좋아. 최근 들어 그런 마음이 들기 시작하더군. 각종 이권의 부스러기나 얻어먹으려 하는 작자들 따위는 모조리 짓밟아 가면서 앞으로 나아가는 정도가 알맞을지도 몰라. 나의 힘으로는 결국 애초부터 가능할 수가 없는 일이었지만, 라이도우님의 힘으로는 가능하고도 남아. 사실 관계를 따지고 들어가자면, 그의 사고방식은 지혜의 부족으로 인한 오만에 가까워 보이더군. 결국 나는 그러다 보니 섣부른 조언을 하기보다, 그가 하고 싶은 대로 하는 모습을 지켜보던 거지만 말이야."

"……거기까지 갈 경우, 라이도우의 사업은 장사라는 개념조차 초월할지도 몰라. 아니, 지금으로선 현실성조차 거의 없어."

"어찌되건 우리에게 큰 상관은 없지 않나? 우리가 알고 있는 사업의 테두리를 초월한 조직을 쌓아올려 온 세상으로부터 질병이나 저주병을 소멸시킨다는, 이제껏 아무도 이루지 못한 위업을 달성하려는 이에게 가담하는 것 또한 나쁜 선택은 아닌 듯이 보여. 나로서는 그가 바랄 때까지 그를 따를 뿐이야. 이봐, 자라. 미리 말해두겠다만, 그는 자신의 곁에 있는 자들로 하여금 손해를 보게 하는 남자가 아니야. 네가 알고 있는 나다운 말투로 표현하자면, 다른 무엇을 저버리는 한이 있더라도 반드시 붙잡아야 하는 돈줄 중의 돈줄이다."

"……휴만, 아니, 여신조차 저버리는 한이 있더라도 말인가?"

"그렇고말고. 당연한 소릴 왜 하나? 돈보다 더한 가치는 없는데다가 자신들에게 최고의 정의인 돈벌이를 위해선 뭐든지 저버릴 수 있는 분야야말로, 우리가 엮여 있는 「장사」라는 이름의 아수라장이잖나?"

"패트, 하지만 그 말은—."

"……풉, 크큭. 네가 하고자 하는 말은 다 알아. 모를 리가 있나? 정말로 「그런 식」의 사고방식을 가지고 있다는 전제하에 최근 20년 동안 전쟁으로 돈벌이를 하고 있지 않다는 건 부자연스럽다는 거로군. 사실 전쟁에 관련된 사업만큼 우리 정도의 자본과 인맥을 보유한 이들에 한해 터무니없는 액수의 돈을 벌어들일 수 있는 분야는 흔치 않아. 그런데 너는 전쟁과 직접적인 관련은 없는 학원 도시를 근거지로 삼았지. 사실 사람들의 목숨이 거의 전쟁터에 지지 않을 만큼 가볍게 느껴진 적도 없지 않아 있었다만, 나는 황야와 마주보는 변경 도시에 정착한 몸이야. 어찌됐건 우리는 최고의 기회가 기다리던 리미아나 그리토니아로는 가지 않았어. 뭐, 지금의 츠이게는 전쟁에 필적할 만큼 엄청난 수익을 거두고 있는 장소지만 말이야. 결국은 거기까지가, 우리와 같은 자들이 타락할 수 있는 한계점이야. 아무리 잘난척 해봤자, 전쟁의 여파를 이용한 돈벌이는 하고 싶지 않다는 거지."

렘브란트는 자라에게 자기 자신을 비웃는 듯한 미소를 보였다.

그의 얼굴은 희미한 광기조차 엿보일 만큼 열기를 띠고 있던 자기 자신의 말을, 스스로 웃어넘기려는 듯이 보였다.

"그 전쟁은, 자기 자신의 무른 부분은 아무 짝에도 쓸모가 없다는 사실을 나에게 가르쳐준 전쟁이야. 일단 그에 관해선, 감사하는 마음밖에 안 드는군."

자라는 짧은 한숨을 내뱉는가 싶더니, 씁쓸하기 그지없는 표정으로 중얼거렸다.

"그, 전쟁이라? 네 녀석도 늙었나 보군. 「이」 전쟁은 아직 끝나지도 않았잖아? 그리고 그 얼굴로 감사라는 단어를 입에 담아봤자, 네 목소리로부터는 증오밖에 느껴지지 않아. 뭐, 나도 전쟁에 관해선 너와 완전히 동감이야. 형님 부부를 전쟁으로 잃은 나로서는, 다른 생각을 가질 수가 없지."

"나는, 전쟁으로 가족들을 모두 다 잃어버린 몸이다."

짧은 침묵이 찾아왔다. 두 사람은 오래 전의 전쟁을 방불케 하는 거리의 모습을 창문으로 바라보면서, 과거를 회상하듯이 머나먼 저편으로 시선을 돌렸다.

"……맞아. 그 이후로 돈과 자기 자신 말고는 아무 것도 믿을 수가 없었던 우리는, 오늘 이 순간까지 필사적으로 장사에 몸을 던져 왔지. 그리고 지금에 와서야 겨우…… 나는 츠이게에, 너는 롯츠갈드에 깊숙이 자리를 잡을 수 있었던 거야."

자라에게 다시 고개를 돌린 렘브란트가, 천천히 입을 열었다.

"그러게 말이야. 그러다 보니 나는, 저런 라이도우 같은 녀석을 볼 때마다 치밀어 오르는 울화를 주체할 수가 없더군. 게다가 나는, 저 녀석으로부터 뭔가…… 말로 표현하기 힘든 위화감을 느낄 때가 있어. 강하다거나 약하다는 것과는 별개로, 우리들과 완전히 다른 인종 같은 위화감을 말이지."

"위화감이라? 대충 납득은 가는군. 너에게도 너 나름대로 독자적인 사고방식이 있겠지. 이해는 간다. 하지만 그에게 판돈을 걸고자 할 때는 서둘러 움직이는 편이 좋아. 이건 같은 아픔을 공유할 뿐만 아니라 지금껏 같은 길을 걸어온 친구에 대한, 순수한 호의로부터 우러나온 진심 어린 조언이다."

"넌 또……. 난 아직 저 녀석을, 너만큼 높게 평가할 수가 없어……."

"속는 셈 치고 한 번만 츠이게로 와 봐. 크게 발전된 츠이게의 실상을 목격하면, 네 생각 또한 크게 바뀔 수밖에 없을 거야. 어디 보자, 안내하는 역할로 우리 딸을 붙여줄 수도 있어. 나로서는 이보다 더할 수 없을 만큼 엄청난 서비스야."

극적인 변화를 보이고 있는 변경의 도시이자 자신의 본거지를 떠올린 렘브란트는, 다시금 참다못해 입가에 미소를 머금었다.

"시프 말이냐? 정말로 예쁘게 컸더군."

딸을 붙여주겠다는 소리가 나오자마자 자연스럽게 미소를 띤 채로 중얼거리는 자라에게, 렘브란트는 그야말로 이보다 더할 수 없이 희희낙락한 표정을 지어 보였다.

"호오? 나는 시프를 붙여주겠다는 말은 단 한 마디조차 한 적 없는데? 그렇군. 알 것 같아. 엄청난 서비스라는 소리가 나오자마자, 자연스럽게 옛날에 반했던 리사를 빼다 박은 시프를 떠올린 건가? 충분히 납득은 가고도 남아. 설마 너에게 아직껏 미련이 남아있을 줄은 몰랐군."

"뭣?! 나, 나는 딱히—."

"아니, 걱정 마. 절친인 너를 이상하게 의심할 리가 없지…… 라고 할 줄 알았나? 이 호색한 녀석! 애초부터 너는, 리사를 쳐다보는 눈빛부터 징그럽단 말이다!"

"으윽? 패트, 도대체 이런 비상시국에 뭘 하자는 거냐?!"

렘브란트는 농담인지 진담인지 분간이 안 가는 태도로 자라에게 관절기를 걸었다.

그들을 멀리서 바라보던 제3자들은, 두 사람의 분위기가 아까보다 약간이나마 밝아진 낌새를 느끼자마자 단순히 서로 장난이나 하고 있는 것으로 여겼으리라.

과연 렘브란트는 자신의 행동에 대한 제3자들의 반응까지 예상했던 걸까? 아마도 본인이 아닌 이상에야, 그의 속마음은 짐작하기 어려울 것이다.

30분 정도의 시간이 흘렀다.

잇따라 귀환해 온 용병들의 뒤를 따라, 마코토가 길드까지 찾아왔을 때와 전혀 다를 바 없이 태연한 얼굴로 되돌아왔다. 자라는 그의 얼굴을 확인하자마자 작은 목소리로 「쿠즈노하 상회라……」는 혼잣말을 중얼거렸다.

작게 기어들어가던 그의 목소리를 귀신 같이 포착한 렘브란트가 호쾌하게 웃음을 터뜨리자, 마코토는 영문을 알 수 없다는 듯이 멍하니 넋이 나간 표정으로 두 사람의 얼굴을 쳐다봤다.

## 10

'예. 대략적인 순찰 과정은 무사히 끝났습니다. 아직 어딘가에 숨어 있는 개체가 존재할지도 모릅니다만, 현 시점부터 주된 시설들의 상황을 조사하는 작업은 상인 길드 분들께서 책임지실 모양입니다. 저희들은 추가적으로 활동을 이어 나갈 수 있는 상황입니다만, 새롭게 전달하실 지시 사항은 없으십니까?'

'자, 잠시만 기다려 주십시오……. 오래 기다리셨습니다. 이왕 이렇게 된 바엔 연이어 북서 구획으로 향하셔서, 변이체들을 토벌하는 작업과 염화를 차단하는 원인에 관한 조사를 개시해 주십시오. 해질녘 무렵엔 한 번 정도 학원으로 복귀하셔서 전체적인 상황과 조사 결과를 보고해 주시기 바랍니다.'

'확실하게 전달 드리도록 하겠습니다. 일단 염화를 마치겠습니다.'

'예. 그리고 앞으로 추가적인 정기 연락은 필요 없습니다. 건투를 빕니다.'

염화가 끝났다.

북동 구획의 변이체 소탕 작업을 마친 우리들은 상인 길드로 복귀하여 토모에와 다시 합류한 직후, 학원 셸터의 사령실로 정기 보고를 올렸다.

공통어를 구사하지 못 하는 내가 직접 보고를 올릴 수도 없는 관계로, 상황을 보고하거나 다음 행동에 대한 지시를 받는 역할은 시키에게 맡겼다.

염화의 내용 자체는 나 역시 완벽하게 수신하고 있었기 때문에, 시키에게 따로 설명을 들을 필요조차 없이 향후의 전개에 관해선 충분히 예측이 가고도 남았다.

"다음은 북서쪽인가? 장소 자체는 여기서 똑바로 서쪽으로 이동할 뿐인데다가, 수입이나 신분이 낮은 사람들이 모여 사는 주택가였던 걸로 알아. 그리고 이 도시에선 상당히 적은 편인 장인들의 작업장이 밀집되어 있는 구역이었나?"

"예. 우리에게 할당한 장소로 판단하건대, 아마도 학원 측은 자신들의 직영 시설이나 부유층이 모여 있는 장소는 스스로 해방하고 싶은 듯이 보이는군요. 어떻게든 약간이나마 상류 계급에 속하는 자들의 지지를 얻고 싶은 모양입니다. 일단 지금으로선 현 학원장의 실각은 확실한 상황이니까요. 섣불리 움직이기보다 도련님을 회유하는 편이 사태가 호전되리라는 데는 생각이 미치지 못 하는 걸로 보입니다. 학원장의 의자를 노리는 자들 따위는, 도련님의 힘을 빌리는 것만으로도 얼마든지 견제할 수 있을 텐데요. 마력 수치만을 평가 기준으로 삼아 조직한 듯이 보이던 비장의 전투부대가 깔끔하게 절반이나 날아가 버린 데 관해서도 상당히 당황한 모양입니다. 주특기로 예상되는 파벌 다툼조차 병행하지 못 하는 걸로 봐서, 밑바닥이 뻔히 들여다보이는군요."

시키가 냉정하기 그지없는 분석 능력을 선보였다. 오호라, 학원장이 어이가 없을 만큼 조바심을 숨기지 못 하는 데는 다 이유가 있다는 건가?

"우리한테 극적으로 큰 공을 세울 만한 기회는 주고 싶지 않다는 건가?"

"아마도 높은 확률로, 북서 구획의 소탕 작업을 마친 직후엔 퍼플 코트 부대와 공동 작전을 펼치라는 지시가 떨어질 것으로 예상됩니다."

"나 역시 임시가 됐건 뭐가 됐건 학원 강사라는 건 틀림없으니, 좀 더 자기 손발처럼 써도 되지 않을까 싶은데 말이야. 일단 지금의 우리가 이따금씩 쿠즈노하 상회의 이름은 언급하고 다니는 건 사실이지만, 현재 직장인 학원에 관해 부정적인 소문을 퍼뜨릴 생각은 전혀 없거든. 실제로, 아마 이대로는 변이의 원인을 파악한 공로는 학원장한테 돌아가지 않을까?"

"그렇게 될 겁니다. 지금으로선 우리가 변이의 원인을 파악한 사실이 알려질 경우의 불이익이 더 클 테니까요. 그렇지 않아도 정체를 알 수 없는 상회라는 식의 부정적인 주목을 받고 있는 우리가 그러한 공까지 차지할 경우, 사건의 흑막이라는 의심을 받을 가능성 또한 없지 않아 있습니다. 그건 그렇고 학원장의 행동거지 말씀입니다만, 자기 자신의 능력만으로는 도저히 해결할 수 없는 상황임에도 불구하고 명확하게 잘못된 선택지만 고르고 있는 듯이 보이는군요. 지금 필요한 건 단 한 마디뿐입니다. 외국의 귀빈이 됐건 누가 됐건, 어느 정도 영향력을 지닌 인물과 함께하는 자리에서 도련님께 자신의 힘이 되어 달라는 요청을 하는 것만으로도 상당 부분 자신에게 유리한 방향으로 흘러갈 겁니다. ……토모에 님으로부터 전해 들었습니다만, 그 자는 쓸데없이 도련님을 상대로 고함이나 쳤다더군요."

나는 시키의 발언에 쓴웃음으로 응했다.

지금 우리가 사람들을 구할 때마다 상회의 이름을 선전하고 다니는 것은 틀림없는 사실이었지만, 가는 곳 어디서나 우선적으로 학원의 강사라는 사실부터 밝히고 있는데다가 학원장의 지시로 왔다는 언급 또한 잊지 않았다.

우리의 활약에 의해, 반대급부로 학원의 이름에 누를 끼치지 않도록 최대한 주의를 기울이고 있는 중이었다.

나는 어디까지나 쿠즈노하 상회에 대한 좋은 인상을 전파시키고 싶을 뿐이다. 그 부산물로 다른 어디가 어떤 평판을 획득하건 말건 괜한 토를 달 생각은 없었다. 학원의 존재감을 어느 정도 강조할 수밖에 없다는 데는, 우리 일행들은 다들 어느 정도 납득하고 있는 상황이었다.

"도련님. 열쇠로 추정되는 장신구들의 회수 작업을 마치고 왔습니다."

"토모에, 오늘은 네가 정말 수고가 많아. 여기선 또 다른 문제는 없었어?"

토모에가 나로부터 질문을 받는 순간을 기다렸다는 듯이 무척이나 기분 좋은 표정으로 입을 열었다.

"……예. 특별한 문제는 없었습지요. 지금부터 다시 되살아날지도 모르는 온갖 상회들이 앞으로 쓸데없는 수작을 부리지 못 하도록 간단한 대책을 마련하고 오는 길입니다만, 만사가 전부 다 잘 굴러가도록 처리가 된 줄로 압니다."

"대책?"

"상인 길드의 대표인 자라라는 자에게 식량과 물, 그리고 모포를 하사했습니다. 피난민들을 위한 구호물자로 쓰라고요."

"그걸로 무슨 견제가 된다는 거지? 아니, 그보다 그 식량들은 혹시 아공으로부터 가져온 거야?"

"특정한 상회의 이름을 쓰기보다는 상인 길드의 이름으로 구호활동을 펼치는 쪽이 문제가 될 여지가 적으니까요. 그들에게도 유익한 제안이라는 사실을 명분 삼아, 대표에게는 우리 상회의 이름을 약간이나마 선전해 달라는「부탁」을 하고 왔습니다. 식량과 물, 모포는 전부 다 최근 며칠 동안에 걸쳐 어느 정도 거리가 떨어진 도시들로부터 조금씩 구입해 놓은 물자들입니다. 아무리 수량 자체가 남아돈다 한들, 저들에게 아공의 식량을 나눠줄 의리는 없으니까요. 다만 과일에 한해, 아공의 과일을 아주 약간만 섞어 놓았습니다. 우리 가게로부터도 구호물자가 나왔다는 사실을 이보다 더할 수 없이 증명해주는 물품으로서 말이죠."

"너한테 쇼핑까지 시켜 버린 셈인가?"

"별일 아닙니다. 여기 저기 흩어져 있던 숲 도깨비들을 동원한 것뿐이거든요. 이번 일로 선불리 우리들 이외의 상회가 이름을 팔게 할 수도 없는 노릇이니까요. 우리가 정도껏, 그리고 상회로서는 가장 눈에 띄는 자리를 차지하기 위해선 이 정도야—."

수고랄 것도 없다는 식으로 대답하는 토모에가 미소를 지었다. 정말로 믿음직스러운 녀석이야.

"나중에 물자들을 사는데 들어간 돈 액수는 꼭 알려줘. ……그나저나 그 대표 아저씨가 용케 그런 조건을 받아들였군."

"정확한 조건은 쓸데없이 물자들의 출처를 캐묻지 말라는 것과 피난민들에게 배급할 때마다 반드시 쿠즈노하 상회의 이름을 언급하라는 것이었습니다. 겨우 그것만으로도 대량의 식량과 물, 부족한 상태였던 침구 등을 곧장 공짜로 충당할 수 있는 상황이었으니까요. 상인이 아니더라도 골라야 하는 선택지는 아주 뚜렷할 수밖에 없었습니다. 길드의 대표가 됐건 뭐가 됐건, 저 자 또한 결국은 휴만 종족 중 한 사람이라는 건 틀림없으니까요."

후후—, 토모에가 자신만만한 미소를 지어 보였다.

정말로 그렇게 간단할 리가 있나?

자라 대표는 우리가 하나씩 새로운 제안을 할 때마다 계속 그에 따른 교환 조건을 제시해 오고도 남을 만한 위인이었다.

아무리 마음이 약해진 상태라는 사실을 감안하더라도…… 아니, 혹시 렘브란트 씨가 일촉즉발까지 갔던 두 사람의 사이로 끼어든 건가?

어느 정도는 납득이 가는 얘기였다. 오랜 친구인 렘브란트 씨의 조언이 있었다는 전제하에, 토모에의 조건을 받아들일 가능성이 존재할지도 모른다는 생각이 들었다.

"……도련님, 그다지 까다로운 교섭은 아니었던 줄로 압니다."

"……넌 혹시 초능력자냐?"

"표정으로 속마음이 거의 다 들여다보일 지경이었거든요. 후후, 지금의 저 녀석에게는 반드시 보호해야 하는 피난민들이 있을 뿐만 아니라 충분한 양의 식량조차 조달이 안 되는 상황입니다. 게다가 저들로서는 현재의 사태가 도대체 언제까지 계속될지조차 명확하게 알 수 없습니다. 아무리 상황 자체가 호전되는 중이라 한들, 우리가 물러날 경우엔 과연 무슨 수를 쓸 수나 있을까요? 염화를 사용할 수 없는 상황 하에선 간단한 판단 하나조차 만족스럽게 할 수 없습니다. 그런데 그러던 와중에, 굶주리기 시작한 이들에게 배급할 대량의 식량과 간신히 맨몸만 간수한 채로 도망쳐 나와 침구조차 가지고 나올 수 없었던 주민들에게 건네줄 모포가 나타난 겁니다. 직접 선보인 그 물자들의 제공 여부가 우리의 마음에 달려있을 경우에야, 이러한 「교섭」만큼 손쉬운 작업은 무척이나 드물지 않을까 싶군요."

"그런가? 그렇게 될 수밖에 없는 건가? 아니, 잠깐? 너 지금 식량들을 직접 선보였다고 했냐? 혹시 자라 대표가 보는 데서 전이술법을 사용한 거야?"

그건 좀 바람직하지 못한 행동이었는지도 몰라.

귀빈들한테는 사용하는데 제한이 있다느니 부담이 될 여지가 있다는 식으로 별 소리를 다 하다가 왔는데, 그에게 아무런 제한 없이 전이 술법을 사용하는 모습을 보였다는 건…….

자라 대표의 지위를 고려하자면, 그들과 직접적으로 이어져 있을 가능성은 무척이나 높은 편에 속했다.

"원래부터 그 자에게 전이 술법으로 원재료를 조달한다는 말씀은 하시지 않았습니까?"

"하지만 네가 와키자시에 관련된 잡다한 설정을 만들기 전의 얘기거든?!"

"문제없을 겁니다. 왜냐하면, 저 구호물자들은 어디까지나 쿠즈노하 상회를 상대로 물품의 조달을 요청한 상인 길드의 이름으로 배급되는 것들이기 때문입니다. 우리는 저들의 부탁을 받아들여 어쩔 수 없이 주민들을 위해 협력한 것뿐이니까요. 어디선가 전이 술법을 사용한 책임에 관해 왈가왈부해봤자, 기본적으로 상인 길드가 책임질 일입니다. 그리고 저 자가 보는 데서 담담하게 식량들을 운반한 인원은 호위로 쓴 녀석들을 제외한 리자드맨들이었습니다. 일단은 최소한 우리가 호위하는데 쓰던 이들 말고도 미스티오 리자드들을 부리고 있다는 정보를 저 자에게 제공한 셈입니다만, 대표는 이 몸의 부탁을 흔쾌히 받아들이더군요. 어차피 세 치 혀로 한 약속에 지나지 않습니다만, 어지간히 대단한 담력의 소유자가 아니고서야…… 우리와 한 약속을 저버리기는 쉽지 않을 겁니다."

"하, 하지만 말이야."

그런 식으로 무모한 짓이 통하긴 하겠냐는 불안감은 없어지지 않았다.

“그리고 말입니다, 도련님? 비밀이라는 것은 가지고 있는 자가 숨기려 한다는 전제하에 문제가 되는 법입니다.”

“어, 뭐라고?”

비밀을 가진 사람이 그 사실을 숨기려 하는 건 당연하잖아?

“오히려 상대로 하여금 숨기게 하는 편이 훨씬 편하답니다.”

“……?”

영문을 모르겠거든?

“루토라는 녀석 또한 아마도 비슷한 이유로 휴만들 간의 외교 관계에 끼어들어 온갖 수작을 부리고 있는 건지도 모릅니다. 가장 중요한 요소는, 상대로 하여금 모르는 척을 해야 한다는 강박 관념을 가지게 하는 겁니다.”

“……? 무슨 뜻이지?”

“극단적으로 말씀드리자면, 아무도 모르게 한다는 것과 어느 정도 수준 이상의 고위급 인사들만이 알고 있는 정보를 제3자에게 넘어가지 않도록 행동해야 한다는 것은 거의 똑같다는 뜻입니다.”

아는 거나 모르는 거나 마찬가지라는 소리를 들어 봤자, 느낌이 잘 와 닿지 않았다.

“우리가 직접 숨기기보다, 공공연한 비밀 같이 만들어 버리는 편이 좋다는 뜻이야?”

“약간은 다릅니다만, 큰 틀로 볼 때는 거의 그런 뜻입니다. 나머지 얘기는 루토가 우리의 전이 술법에 적절한 이론적 기반을 부여하고 나서 다시 말씀드리도록 하지요.”

정답은 아니었다는 건가?

최소한 후속편을 들을 때까진, 최선을 다해서 몇 할이나마 이해할 수 있도록 준비해 두자.

"……알았어. 일단 지금은 눈앞의 토벌 작전을 우선하자. 아마도 지금부터 우리가 향하는 북서 구획은 라임과 몬드가 맡고 있는 걸로 기억하는데?"

"예. 우리의 몫은 남아있지 않을지도 모릅니다. 개인적으론 오랜만에 일본도를 뽑아보고 싶었습니다만, 다음 기회가 올 때까지 기다리는 편이 좋아 보이는군요. 미오와 시키가 부러울 뿐입니다……. 그런데 도련님? 아까부터 미오 녀석이 묘하게 들뜬 듯이 보입니다만, 따로 무슨 일이라도 있었나요?"

그녀가 그러한 대사와 함께 바라본 곳으로 시선을 돌리자, 우리들로부터 약간 떨어져 가뿐한 발걸음으로 걷고 있는 미오의 모습이 눈에 띄었다. 토모에는 미오가 들떠 있다는 사실을 깨닫자마자, 약간 짐작이 안 간다는 식으로 자신의 의문을 입에 올린 것이다.

"아하, 별거 아니야. 사실은 아까 미오와 시키한테 간단한 경쟁을 시켰거든. 변이체들을 처리하는 숫자를 겨뤄보라는 거였지."

"호오? 저 표정을 보아 하니 미오가 이긴 모양이군요."

"응. 4 대 2로 미오가 이겼어. 기본적으로 적과 접근하고 나선 상대방을 방해하지 말라는 규칙을 덧붙였는데, 꽤나 나쁘지 않은 승부를 펼치더라."

"오호라…… 하지만 겨우 그 정도로는 지금 당장이라도 하늘 위로 뛰어 오를 듯이 좋아 한다는 건 납득이 안 가는군요."

"으음—, 아마 이긴 쪽의 소원을 들어 주겠다는 포상을 준비한 탓이 아닐까?"

"—?!"

바로 그 순간, 토모에가 소름이 끼칠 만큼 진지하기 짝이 없는 표정을 지었다.

어, 그냥 넘어가 버리는 편이 좋을 뻔 했나?

"가, 갑자기 왜 그러는데, 토모에?"

"도련님, 뜬금없이 그 초호화 상품은 도대체 뭡니까!! 이 몸한테는 완전히 금시초문이거든요?!"

초호화라니, 너무 야단스럽지 않아?

"아니, 그야 너한테는 길드 쪽을 맡겼으니까 별 수 없잖아? 그건 그렇고—."

당장 눈앞의 일들부터 끝내 보실까?

이제 슬슬 출발해야 할 시간이 다가왔다.

"잠깐만요, 도련님! 아직 드릴 말씀은 끝나지 않았습니다! 아니, 오히려 이제 막 시작된 참입니다! 도대체 어디로 가신다는 겁니까?!"

"북서 구획으로 가야지. 네가 할 말은 이동 중에나 듣자. 너무 시끄럽게 하지 마!"

"납득이 가는 설명을 부탁드립니다. 납득이 가는 설명에도 납득을 못 할지도 모릅니다만! 말인즉슨 이 몸의 소원을 들어주실 기회는 어디로 갔냐는 뜻이거든요?! 도련님?!"

제발 별 쓸데없는 일로 시간을 낭비하지 말자.

딱딱하게 긴장하는 것보다야 그나마 나은가?

라임과 몬드가 버티고 있는 이상, 북서 구획의 상황은 그나마 다른 곳보다 양호하리라는 예감이 들었다.

해질녘쯤엔 학원에 도착할 수 있을 정도의 속도로 움직여야겠다.

◇◆◇◆◇

"이 자식! 그쪽이야, 몬드!"

"알겠다!"

길바닥에 깔려 있던 돌들이 파괴되어, 바깥으로 드러난 흙바닥이 얼굴을 엿보이고 있는 거리의 양쪽—.

날렵한 체구의 남자가 기합소리와 함께 날려 버린 잿빛 괴물이, 반대편으로 가서 대기하고 있던 거무스름한 피부의 남자에게 가까이 접근해 왔다.

커다란 공 모양의 몸에 거대한 외눈이 달린 그 괴물은 두 남자들보다 훨씬 육중한 덩치를 자랑했지만, 몬드라고 불린 그 남자는 한 손으로 자신에게 날아오던 고깃덩어리의 기세를 죽이는 완력을 선보였다.

그의 손에 막혀 움직임을 멈춘 변이체는, 곧바로 땅바닥과 정면충돌을 일으키자마자 어슴푸레한 빛과 함께 모습을 바꾸기 시작했다.

—한 그루의 나무로.

몬드는 숲 도깨비라고 불리는, 엘프의 오래된 조상 중 하나로 꼽히는 종족의 일원이었다.

그는 지금, 종족 전체의 비법인 수형(樹刑)을 발동시킨 것이다.

대상을 나무로 바꿔 버리는, 일격필살의 특수 능력이었다.

일찍이 아공의 주인인 마코토조차 공포의 도가니로 몰아넣은 바 있는 가공할 만한 스킬이었다.

푸르른 활엽수로 변한 변이체의 능력으로는 그 어떠한 저항조차 할 수 없었던, 단 한 순간 동안의 승부였다.

"녹화 작업은 순조롭게 진행 중이군."

"이걸로 여덟 마리짼가? 아직 꽤나 많이 남아있는 편이야. 좀처럼 섬멸 속도를 올릴 수가 없군."

"가능한 한 일반인들의 눈에 안 띄게 처리하고 있으니 별 도리 없어. 그건 그렇고 방금 누님으로부터 연락이 당도하셨다. 어르신과 함께 이쪽으로 오시고 계시는 모양이야."

"그런가……. 못난 제자가 걱정을 끼쳐 드리고 있는 듯하니, 직접 만나 뵙기도 송구스럽다만……."

"아쿠아와 에리스 콤비를 말하는 거야? 아니, 콤비라는 이름으로 한데 묶을 때는 책임까지 똑같이 나눠야 한다는 느낌이 드니 아쿠아한테 불리한가? 너무 신경 쓰지 마. 어르신께선 입으로야 가끔씩 그 녀석의 행동에 관해 말씀하실 때가 있긴 하지만, 정말로 진지하게 신경 쓰시는 건 아닌 듯이 보이더라. 그 증거로, 숲 도깨비 종족은 최근 들어 다 함께 아공으로 이주했다면서? 아무튼 지나치게 걱정하지 마. 오히려 그 녀석의 엉뚱한 행동을 즐기실 때가 있을 정도거든."

"너한테 그런 소릴 들으니 마음이 약간이나마 홀가분하다, 라임. 하다못해 기대에 응할 만한 성과를 보여드리고 싶은 참이야.

조금만 더 나를 도와 다오."

"물론이지. 너와 겨룰 때는 서로의 수준에 맞게 좋은 승부를 펼칠 수 있거든. 너와 나는 서로 아공 랭킹을 함께 올라가는 최고의 라이벌이야. 뭐든지 협력 못 할 이유는 없고말고."

라임이라고 불린 남자는, 그러한 대사와 함께 상쾌한 미소를 지어 보였다.

"맞아. 한때는 상위 랭킹까지 노릴 수 있는 자리까지 올라갔지만, 고르곤과 익인(翼人) 종족의 참가로 단숨에 곤두박질치고 말았지. 우리는 결국 처음부터 단련을 다시 시작해야 하는 입장이야."

"상식적으로 석화와 비행 능력엔 일정한 제한이 필요해 보이더라. 정말 거의 반칙에 가까운 능력들이야. 너희들의 수형 같이 사용 금지까지 시킬 필요는 없더라도, 최소한의 규칙 정도는 적용해야 할 걸로 보여. 규칙이 변경될 경우엔 아마도 예전에 가까운 위치까진 돌아갈 수 있을 걸로 예상되는데……."

"동감이다."

라임과 몬드는 근방 주민들의 피난 유도 작업을 아주 오래 전에 마쳤을 뿐만 아니라, 장인들을 유도하는 작업까지 완수한 상태였다.

이틀째 이후로도 피난소로부터 발생하는 변이체의 숫자는 한 마리로 억제했으며, 목걸이들을 회수하는 작업까지 신속하게 종료시켜 버렸다.

오랜만에 아공 밖으로 나온 몬드의 의욕과, 라임의 빈틈없는 수완이 이보다 더할 수 없을 만큼 완벽하게 맞물린 결과였다.

그리고 사흘째 날이 밝았다.

오늘부터 공세로 전환한다는 연락을 받아, 능력의 성질상 크게 눈에 띄는 편은 아닌 그들 역시 피난소의 인원들을 안정시키는 작업과 변이체들을 소탕하는 임무를 수행하기 위해 동분서주하는 중이었다.

이 구획에, 그들을 제외한 전투원들은 존재하지 않았다.

세 군데나 있는 피난소들을, 라임의 인맥과 몬드의 필살기인 수형을 최대한 활용하는 방법으로 완벽에 가깝게 사수하는 중이었다.

긴밀한 연락망을 구축한데다가 물자를 조달하는데 전이 술법을 사용하고 있었던 그들은, 자신들의 역할을 이보다 더할 수 없을 만큼 완벽하게 수행하고 있는 듯이 보였다.

두 사람이 설치한 피난소 세 군데의 위치는 서로 어느 정도 가까운 거리에 있다 보니, 적은 인원수로 지키는 데는 유리한 편에 속했다.

게다가 다른 구획의 피난소들에 비해 넓을 뿐만 아니라, 주민들의 인구 밀도 또한 낮은 편이었다. 신속하게 지키기 쉬운 피난소를 선정 · 확보한 두 사람의 전략적 승리였다.

직접 그들의 구조를 받은 이들이나 피난소로 도망쳐 온 이들로서는 북서 구획의 피난소만큼 머물기 편한 곳은 드물었다. 그런 고로, 그들이 느끼는 스트레스는 다른 지역의 주민들보다 비교적 낮은 편이었다. 반대로 북동 구획 등의 경우엔 상인 길드로 피난민들이 집중되어 있다 보니, 기본적인 인구 밀도가 높을 뿐만 아니라 주민들이 느끼는 스트레스 또한 만만치 않았다. 그러한 기본적인 피난민들의 상황 또한, 상인 길드의 대표인 자라를 궁지로 몰아넣고 있는 주된 원인 중 하나였다.

빈틈없는 수완에 따른 피난 지시와 강력한 호위 능력을 지닌 두 사람은, 장인들과 저소득층 주민들을 중심으로 한 피난민들로부터 상당한 신뢰를 받고 있었다.

개개인에 따라선 그들에게 의존하고 있는 이들까지 있을 정도였다.

쿠즈노하 상회의 이름은, 마코토의 예상보다 훨씬 깊숙이 일반 시민들의 마음속으로 스며들고 있는 중이었다.

"그나저나, 이 괴물들을 풀어 놓은 녀석의 목적은 도대체 뭐지? 도련님께서 이 도시를 근거지로 삼고 계시다는 사실을 뻔히 알고도 이런 짓을 벌여 봤자 순식간에 진압당할 수밖에 없다는 건 당연히 예상이 가고도 남을 텐데 말이야. 염화를 차단하거나 단계적으로 변이체들을 발생시킬 정도로 용의주도한 놈들이야…… 이 정도까지 터무니없는 짓을 저지를 수 있는 녀석들의 두뇌로, 그 정도를 예측할 수 없다는 거야말로 말이 되지 않아."

"글쎄 말이야. 마족들의 머릿속까진 짐작이 안 가는군. 뭐, 우리는 어디까지나 어르신들의 손과 발이 되어 움직일 뿐이야. 우리들에게 필요한 정보는 반드시 가르쳐주실 거야. 그리고 그 분들께선 무슨 일이 있어도 아공이나 우리들을 위험한 데로 끌고 가실 리가 없어. 오히려 우리가 그 분들의 힘이 되고자 과잉충성하려는 것조차 말리려 하실 정도야. 이번에 불려간 리자드맨 추가 멤버들 같은 경우엔, 통지를 받자마자 떨쳐 일어나더군."

"……그렇군. 이해가 안 가는 건 아니야. 나 역시 그 미스티오 리자드 일행과 같은 기분이었거든. 라임, 예전에 들었던 너의 소원 역시 머지않아 도련님께 전달되기만을 바랄 뿐이다."

"그건 기본적으로 토모에 누님한테 달린 일이야. 처음부터 그러기로 약속한 거였거든. 지금으로선 그냥, 느긋한 마음으로 기다릴 뿐이야. 적어도 기다릴 수 있는 시간 정도는, 이미 선물 받은 몸이거든. 나는 쓸데없이 서두르지 않아."

라임이 문득, 멍한 눈으로 엉뚱한 방향을 바라봤다.

"이왕 시작했으니 한두 마리 정도만 더 처리해 버릴까, 파트너? 아공의 동포들이 우리를 선망의 눈길로 우러러보게 하자."

"좋아!"

두 사람은 각자의 탐지 범위를 확장시키는 방식으로 변이체의 현재 장소를 파악한 다음, 피난소로부터의 거리로 봐서 안전하게 처리할 수 있는 상대를 골라잡았다.

그리고 마코토 일행이 도착할 때까지, 그들은 추가로 여러 그루의 변이체로 만든 나무들을 땅에 심어 자신들의 주인을 마중 나갈 준비를 마쳤다.

◇◆◇◆◇

학생 기숙사—.

평소의 그곳은 글자 그대로 학생들이 모여 사는 생활의 터전이자, 공부로부터 해방되어 편하게 쉴 수 있는 장소였다.

하지만 변이체 소동으로 인해, 지금은 학생들의 기숙사 또한 피난소로 쓸 수밖에 없는 상황이었다.

미오와 시키라는 든든한 호위를 잃은 지금, 기숙사 안은 당연하게도 온갖 불안한 감정들로 가득 차 있었다.

눈을 뜬 진 로안 일행이 두 사람의 대역을 맡고 있었으나, 어디까지나 학생에 지나지 않는 그들로서는 사람들의 불안을 무마하는 데는 역부족이었다. 변이체로 변신한 일름간드와 그들의 전투를 목격한 이들일지라도, 투기 대회로밖에 보지 못한 진 일행의 실력을 전면적으로 신용하기는 쉽지 않았다.

한편, 마코토로부터 학생 기숙사를 지키라는 명령을 받은 숲 도깨비 종족의 아쿠아와 에리스는 지붕 위를 침대 삼아 뒹굴고 있는 중이었다.

"갑자기 무슨 일이야, 에리스?"

"아쿠아. 문제가 좀 생겼나 봐. 우리의 학원장 나리께서 맛이 갔어."

두 사람은 말없이 몸을 일으켰다.

"무슨 뜻이지? 기숙사 부근으로부터 특별히 유별난 기척은 느껴지지 않아."

"아마도 걔들을 당장 써먹을 마음을 먹고 있는 것 같아. 눈을 떴다는 사실이 누군가를 통해 전달된 걸로 보여…… 아마도."

"너 말인데…… 그 정체를 알 수 없는 직감은 도대체 어디서부터 오는 거야?"

"설명하기는 쉽지 않아. 정신적인…… **뭔가**? 어쨌든 학원장 일행이 여기로 접근하는 기척이 마구 느껴져."

"정말?"

"그건 그렇고, 어쩌지? 학생들이 밖으로 출격해야 한다는 건 우리까지 쟤들을 따라가야 한다는 뜻이야. 그리고 이곳을 지키는 인원은 없어지는 셈이지."

"하지만 우리가 도련님으로부터 받은 명령은 저 일곱 명의 학생들을 보호하라는 거였잖아? 다른 학생들은 쟤들한테 딸린 덤 정도로 알고 있었는데……."

"후후후, 사실은 나한테 좋은 생각이 하나 있어."

자신감 넘치는 표정의 에리스가, 쪼그려 앉아 있는 아쿠아에게 말을 걸었다.

"……일단, 들어나 보자."

마음이 크게 내키는 것은 아니었으나, 바로 옆에 앉아 있던 아쿠아는 에리스의 제안에 귀를 기울여 보기로 마음먹었다.

"나와 아쿠아의 필살기를 써서, 기숙사를 통째로 「보호」하는 거야."

"피, 필살기?! 설마 지금 그걸, 그걸 하자는 소리야?! 시, 싫어! 난 반대야!!"

키가 큰 아쿠아는 에리스의 제안을 듣자마자 벌떡 일어나 반대 의사를 표명했다. 그녀의 표정으로부터 공포조차 느껴질 정도였다.

정말로 어지간히 좋지 않은 추억이 있는 듯이 보였다.

"하지만 그 방법만큼 전부 다 통째로 해결할 수 있는 수단은 흔치 않아. 방금 알아본 바에 따르면, 기숙사엔 최소한의 식량 정도는 비축되어 있는 것 같더라. 잠깐 서로 간에 쟁탈전이 일어날지도 모르지만, 아마도 굶어죽지는 않을 거야. 당분간 밖으로 못 나가는 정도야, 지극히 사소한 불편에 지나지 않아."

"단호히 거부할게!"

아쿠아는 고함을 치며 에리스에게 등을 돌려 주저앉았다.

"……도련님께서 틀림없이, 엄청 열 받으실 듯한 예감이 들어."

"그럴 리가 있니?! 요전번 같은 치욕은 두 번 다시 당하고 싶지 않아."

"끙—. 우리한테 시간은 별로 남아 있지 않아. 어쩔 수 없지. 혼자서 해야겠다."

"뭐?! 잠깐, 설마 그걸 혼자서 할 수 있단 소리야?"

아쿠아는 에리스의 입을 박차고 나온 예상 밖의 발언을 듣자마자, 무심코 되묻고 말았다.

"당연히 솔로 버전도 있고말고. 하지만 마력이 모자라니까, 조금만 빌려주라."

"오, 오오오! 으아니이이이?!"

아쿠아는 어쩌다 보니까 승낙한 듯이 보일 수도 있는 반응을 하고야 말았다. 그녀의 대답을 알아들었다는 뜻으로 받아들인 에리스는, 그 여세를 몰아 이야기를 진행시켰다.

"응, 왜냐하면 이 정도까지 말하지 않고선 아쿠아의 도움을 받기는 힘들어 보였거든. 얼른 마력이나 줘 봐."

오랫동안 서로에게 단 한 사람뿐인 파트너로서 살아온 보람은 있었던 모양이다.

"나중에, 두고 봐……."

아쿠아는 원한 서린 눈빛으로 에리스를 응시했지만, 일단 에리스의 계획에 협력할 마음은 있는 듯이 보였다. 아쿠아는 에리스의 호흡을 일치시켜 마력을 건네기 위한 행동을 시작했다.

마력의 양도는 서로 간의 상성이 어지간히 좋지 않고서야 거의 불가능에 가까운 행위였다.

키로는 이보다 더할 수 없을 만큼 고르지 못한 콤비인 아쿠아와 에리스가, 함께 편성되는 경우가 많은 까닭 중 하나는 서로 간에 마력의 양도가 가능한 덕분이었다.

“걸렸구나, 아쿠아.”

“읏?! 몸이?!”

“후후후. 일단…… 시작해 보자.”

“시, 싫어! 에리스, 넌 도대체 어느 틈에 이런 어이없는 기술을!”

서로 뒤섞인 마력이, 아쿠아로부터 에리스에게로 흘러간 바로 그 순간—.

아쿠아의 몸이 움찔거리는가 싶더니, 곧바로 벌떡 일어섰다.

명확하게 그녀 자신의 의지와 상관없어 보이는 기계적인 동작이었다. 에리스가 마술로 아쿠아의 몸을 조종하고 있는 것이다.

“자, 손에 손 잡고~.”

“제발 그만 좀 웃겨! 에리스, 에리—스!”

두 사람은 아쿠아가 절규를 하건 말건 아무 상관없이 경쾌한 발놀림으로 빙글빙글 돌아 즉석 댄스 같은 움직임을 보였다.

“반짝여라, 마음의 다이아몬드~!”

“움직여라, 나의 몸아! 지금 움직이지 않으면, 도대체 언제 움직인다는 거야! 움직여, 움직여, 움직여——!”

아쿠아가 목청껏 부르짖었다. 바로 그 순간, 눈부신 빛이 그녀의 몸을 감쌌다.

"필살, 코큐토…… 어라?! 포, 폭주?!"

아쿠아가 에리스와 맞잡고 있던 손을 뿌리치듯이 크게 움직이자, 조개껍데기처럼 깍지를 끼고 있던 두 사람의 손은 서로 떨어졌다.

파트너의 술법으로부터 벗어나는데 성공한 아쿠아는, 분노를 주체할 수 없다는 표정으로 에리스를 예리하게 노려봤다.

"……에—리—스, 각오는 되어 있겠지?"

"아니, 막상 해보니까 기분은 좋더라. 잠깐, 그게 아니야. 당장 시간이 없는 건 정말이거든. 지금은 당장 술법을 걸어 버려는 편이 틀림없이 좋은 상황이야. 너무 열 받지 마. 마음을 가라앉혀."

"누가 나를 열 받게 한줄 알긴 알아?!"

"아무튼! 좋아, 이번에야말로 나 혼자 할게. 전부 도련님을 위한 일이야~ 아쿠아~."

"으으으으으~."

아주 약간이나마 평정심을 되찾은 그녀의 판단력이, 아쿠아에게 에리스의 직감이 올바르다는 사실을 전달해 왔다.

학원장 스스로가 학생 기숙사로 발걸음을 옮기고 있는 기척이 느껴졌기 때문이다.

입으로부터는 낮은 신음소리가 끊임없이 흘러 나왔으나, 정상적인 판단력은 에리스를 후려갈기려는 자기 자신을 말리고 있었다.

"에휴……. 이제 와서 솔로 버전을 쓰기는 너무 외로워."

"조 · 용 · 히!"

"하여튼 마음을 다잡고 나서, 가자!"

"제발 좀 진지하게 하자."

에리스는 말이 떨어지자마자 양손을 하늘 높이 뻗은 다음, 조개껍데기처럼 깍지를 껴 보였다.

"지금이야말로 백조자리 최강의 비법, 나의 스승 카— 우게!"

대사를 읊고 있는 도중임에도 불구하고, 날카롭고도 재빠른 주먹이 에리스의 복부로 꽂혀 들어갔다.

"이제 그냥 잠이나 자, 이 바보야! 영창은 이미 완료된 상태잖아?! 쓸데없는 대사를 끼워 넣지 마! 이왕 이렇게 된 바엔 나의 힘으로 술법을 완성시켜 버릴 거야!"

"……으그그극."

에리스가 무척이나 답답한 듯이 억울한 표정을 지어 보였다. 아쿠아는 에리스에게 일일이 상관할 시간은 없다는 듯이, 곧장 술법의 마무리 단계로 들어갔다.

"이제 완성이야! 코큐, 에이잇, 『헌화빙뇌(獻花氷牢)』!!"

"우그—!!"

학생 기숙사의 지붕 위에서 부자연스러울 만큼 커다란 마력이 단숨에 부풀어 오르더니, 물 속성으로 전환됐다.

아쿠아와 에리스의 머리 위로, 제각각 다른 모양의 둥근 문양 세 개가 세로로 나란히 나타났다.

아쿠아의 오른손으로부터 발사된 에메랄드그린 색깔의 빛이, 그 문양들을 연달아 꿰뚫었다.

한동안 상승하다가 순간적으로 움직임을 멈추는가 싶더니, 그로부터 십 수 줄기에 달하는 빛다발들이 땅을 향해 쏟아졌다.

빛의 다발들은 학생 기숙사를 포위하듯이 땅바닥으로 꽂혀 들어갔다. 흡사 동물들을 가두는 우리와 같은 형상이었다. 그리고 서로의 간격을 얼음으로 가득 메워, 학생 기숙사 전체를 얼음의 벽들로 가둬 버렸다. 거대한 얼음 감옥이 완성될 때까진, 지극히 짧은 시간밖에 걸리지 않았다.

꽤나 규모가 클 뿐만 아니라, 강력하기 그지없는 술법이었다.

아쿠아와 에리스가 사용할 수 있는 술법들 중에서도, 상당히 상위의 기술에 해당되는 술법이었다. 기본적으로 단순히 적의 공격을 방어하는 데만 쓰는 술법이 아니었다.

실제로 반드시 필요하다기보다는 에리스의 장난기로 인한 기술 선택이었기 때문에, 메인 술사로서 술법을 주도한 아쿠아는 완전히 기진맥진한 상태였다.

아쿠아가 힘없이 주저앉았다. 그녀는 겉으로만 그렇게 보이도록 속임수를 쓴 것이 아니라, 정말로 체력을 크게 소모한 상태였다.

"한창 자기소개를 하는데 공격을 걸어오다니, 너한테는 자비심과 낭만을 즐기는 마음이 없는 거야? 아쿠아!!"

"도련님께서도 네가 묘한 짓을 할 때마다 방금 전 같이 처리하라는 식으로 말씀하셨거든?!"

아쿠아는 이보다 더할 수 없이 피곤한 얼굴로, 에리스의 어처구니없는 트집에 맞섰다.

"그리고 원래부터 그 기술은 방금 전 같이 재미없는 이름이 아니야! 알겠어? 오로라—."

"조용히 해. 이제 정말 잠자코 있자, 에리스. 그리고 그 이름말인데, 어딘지 모르게 좀 아닌 것 같아."

"신경 쓰지 마. 솔로 버전일 때는 오로라……로 시작되거든! 상황에 따라 이름이 바뀌는 기술은 얼마든지 많아. 아무튼! 코큐토스, 까지 가서 일단 멈췄다가 단번에 기분을 끌어올려서 즐거운 듯이 프로랄 트리뷰트! 그게 바로 정석이야!!"

"……도련님, 이제 슬슬 저 혼자선 얘의 폭주를 막는 브레이크 역할이 버겁게 느껴지는데요……."

"도대체가 말이야, 직역으로 갈 때는 차라리 공화냉옥(供花冷獄)이나 빙옥(氷獄)이라는 말을 쓰는 편이 더 나아. 아쿠아는 너무 어중간한데다가 앞뒤를 생각 안 한다니까?"

"알았다니까."

한자에 관한 아쿠아의 지식은, 아주 기본적인 부분만 거의 취미에 가깝게 익히고 있는 정도였다. 에리스가 부자연스러울 만큼 능숙할 뿐이었다. 현인문자(賢人文字)에 정통한 로렐 출신 학자들의 평균적인 수준으로 가늠해 보더라도, 상당히 흔치 않은 레벨에 다다른 것으로 보이는 상태였다.

그 이외에도 어디서 주워들었는지 짐작조차 안 가는 정체불명의 단어들을 입에 담거나, 마코토와 일종의 만담에 가까운 대화를 나누는 광경이 가끔씩 목격될 정도였다.

사실 아쿠아의 친구인 에리스는 마코토나 토모에, 아공과 엮이기 이전의 시점부터 짙은 정체불명의 요소들을 지니고 있던 소녀였다.

아무튼, 한자와 외래어—.

과연 어느 쪽을 써야 덜 쑥스러운지는 가늠하기 어려우나, 아쿠아로서는 최선을 다한 축에 속했다.

"그런데 말이야."

"알았다니까."

"……우리는 여기서 무슨 수로 빠져나가지?"

"……앗."

에리스의 입으로부터 그녀치고는 지극히 정상적인 지적이 튀어나왔다.

숲 도깨비 종족의 아쿠아와 에리스—.

두 사람은 진 로안을 비롯한 학생들과 마찬가지로, 학생 기숙사에 연금당하고 말았다.

두 사람의 스승인 몬드가 하늘을 우러러 한탄하게 되는 결과가 확정된 순간이었다.

◇◆◇◆◇

몬드가 머나먼 저편으로 번쩍이는 **그것**을 보자마자 나를 향해 달려 왔다.

방향으로 판단하자면, 아마도 학생 기숙사 부근인 듯이 보이는군.

그리고 점핑 큰절—.

아하, 저건 역시…… 그 녀석들 소행인가…….

몬드가 머리를 조아리는 이유는 이해가 갔다. 하지만 그의 책임이 아니라는 사실 정도는 확실하게 전해져 왔다.

북서 구획의 청소를 거의 다 마친 우리들은, 염화를 써서 지금부터 학원으로 돌아가겠다는 뜻을 셸터의 직원에게 전달했다.

그리고 때마침 연락을 나누다가, 학생 기숙사의 사건에 관해 전해 들었다. 일단 복귀하자마자 보고를 마치는 대로 학생 기숙사까지 조사해 달라는 요구가 들어왔다.

기숙사가 뜬금없이 얼음으로 뒤덮여, 전혀 손을 쓸 수 없게 됐다는 얘기였다. 기본적으로 안의 상황을 알 수 없다 보니, 당장 사태를 해결하는데 쓸 수 있는 적절한 인원을 모으기가 힘들다는 것이 학원 측의 입장이었다. 우리의 염화 상대는 예상 밖의 사태로 적잖이 당황한 모양이다.

원래는 동행할 예정 자체가 없었던 몬드가 그 정보를 전해 듣자마자 따라가고 싶다는 입장을 밝혀 왔다.

이제 이곳을 활동 구역으로 삼고 있는 변이체는 존재하지 않는 관계로, 다른 구획으로부터 유입되는 녀석들만 막을 수 있다는 전제하에 라임 혼자서도 큰 문제는 없었다.

본인 또한 같은 의견이었던 관계로, 나 역시 문제가 없다는 판단하에 몬드의 동행을 허가했다.

오호라, 예감이 들었다는 건가?

저 얼음 피라미드는 나 역시 처음 보는 물건이 아니었다.

시험 삼아 진에게 염화를 전송해 봤지만, 역시나 차단당했다.

아쿠아와 에리스 또한 마찬가지였다.

—완전한 격리 결계였다. 예전에 에리스가 우쭐한 표정으로 자랑하던 술법이다.

실제로 무지막지하게 튼튼한 결계로서, 물리 공격을 날리건 술법적 수단을 사용하건 파괴하는 데는 상당한 수고를 필요로 한다.

토모에나 미오를 상대로도 한동안 버틸 정도였으니 술법의 성능 자체는 어지간한 수준을 아득히 뛰어넘었다.

뭐, 기술을 선보인 이튿날에는 완전하지 않은 점까지 백일하에 드러나 버렸지만 말이야. 완전하다는 기술은 사실, 치명적인 결함을 안고 있었다.

그러나 에리스에게 속아 넘어가 창피하게 나풀거리는 복장까지 입은 채로 무의미한 댄스와 필살 대사까지 함께 읊어야 했던 아쿠아의 얼굴을 봐서, 나로서는 도저히 그 사실을 지적할 수가 없었던 것이다.

뭐였더라? 대충 코큐토스 뭐시기라는 이름이었던 걸로 기억한다.

얼굴을 새빨갛게 물들인 채로 주문을 따라하던 한쪽과 신나게 대사를 읊어대던 나머지 한쪽으로 구성된, 숲 도깨비 종족의 언밸런스 콤비가 시범을 보였던 결계 술법이다.

사실 그런 걸 할 때는 키가 작은 쪽보다 그쪽을 따라 움직여야 하는 키가 큰 쪽이 훨씬 창피할 수밖에 없단 말이지…… 아니, 일단 키에 관해선 그냥 넘어가자.

"몬드, 어쨌든 이번 일에 관해선 몬드의 책임은 없어. 그리고 아마도 아쿠아와 에리스에게도 뭔가 사정이 있었던 걸로 보여. 어찌됐건 학원 측으로서는 가만히 있을 수 없는 모양이니 조사하는 척은 할 생각이지만, 보는 관점에 따라선 힘이 약한데다가 통솔하기 어려운 학생들이 저 안에 갇혀 있다는 건 나쁘지 않게 볼 여지도 많아. 시키, 식량 같은 건 충분히 비축되어 있는 편이지?"

"예. 며칠 정도 버티는 데는 큰 문제가 없을 겁니다. 음식물을 아무 생각 없이 무절제하게 소비할 경우에야 버틸 수 있는 날짜를 가늠하기 어렵겠습니다만, 아마도 하루 이틀 정도 굶어봤자 곧장 죽을 리는 없을 테니까요."

"사흘 정도 굶은 채 계속 걸으시다가, 검소한 식사를 한 차례만 가지신 정도만으로도 용과 싸울 수 있을 정도의 체력을 유지하신 분까지 계시는 세상이니까요."

……음, 나를 말하는 건가? 그러고 보니 황야의 본거지까지 들어가서 토모에와 처음 만나기 직전이 거의 그런 상태였다.

"토모에, 괜한 옛날 일까지 떠올리게 하지 마. 아무튼 그런 셈이니까, 몬드? 너무 신경 쓰지 마. 일단 고개부터 들자."

"도련님…… 정말로 죄송합니다! 저 멍청이 녀석들에게는 나중에 반드시 따끔한 벌을 주고야 말겠습니다."

"그런 일들에 관해선 다 맡길게. 어쨌든, 우선은 학원으로 돌아가자. 그런데 저기로 가봤자 어차피 당장 저 두 사람과 얘기를 나눌 수 있는 상황도 아니니, 몬드는 역시 라임이 있는 데로 돌아가는 건 어때? 저 피라미드는 우리가 알아서 처리할게."

"하지만, 도저히 그냥 넘어갈 수는 없습니다!"

몬드는 쉽게 물러서지 않았다. 의외로 성실한 성격이군.

"결계의 파괴 여부에 관해선 아직 검토 중이니까, 일단은 나한테 맡겨. 저건 언뜻 보기엔 정말 엄청난 술법이니, 의외로 루토 같은 녀석도 골머리를 썩고 있을지도 몰라."

"크큭, 옳으신 말씀입니다. 의외로 그 녀석 역시 놀라고 있을지도 모릅니다. 몬드, 만약 루토를 놀라게 하는데 성공했을 시엔 숲 도깨비들에게 포상을 하사하마. 저 두 사람에 대한 처벌에 관해선 도련님께서 말씀하신 대로 너에게 일임하겠다만, 포상은 다 함께 나눠 가지도록 해라. 뭐, 아직 확정된 건 아니지만 말이야."

토모에가 이보다 더할 수 없이 죄송스럽다는 표정을 짓고 있던 몬드에게 무척이나 기대된다는 듯이 말을 걸었다.

몬드는 캠프를 거쳐 몇 차례 정도 모의 전투를 치르다 보니, 어느 틈엔가 나나 토모에뿐만 아니라 미오나 시키에게도 예전에 비해 상당히 다른 태도를 취하기 시작했다.

숲 도깨비들 중에선 아쿠아가 옛날에 비해 꽤나 변한 축에 속했지만, 몬드 또한 그녀 못지않게 크게 변한 편이었다.

굉장히 개성적인 성격의 소유자였던 그는, 떠돌이 건달이 닌자로 전직한 듯한 극적인 변화를 거쳤다.

수형이나 자신의 능력에 상당한 자신감을 지니고 있었던 만큼, 그 모든 것들이 철두철미하게 꺾여 나간 일에 대해 여러모로 느끼는 바가 있었던 건지도 모른다.

정확한 사실은 본인밖에 모르겠지만 말이야.

"관대하신 말씀에 감사드릴 뿐입니다, 토모에 님."

"음. 아무튼, 라임이 기다리고 있는 곳으로 돌아가거라. 저쪽 일에 관해선 우리에게 맡겨 다오. 너희들은 다가올 내일에 대비해 몸을 쉬어라."

"저는 일단, 실례하겠습니다."

"응, 잘 들어가."

몬드가 머리를 가볍게 숙이자마자 발길을 돌렸다.

라임과 몬드는 보고를 하러 아공으로 돌아가는 멤버가 아닌 관계로, 오늘은 더 이상 만날 일이 없었다.

조금씩 땅거미가 지기 시작한 가운데, 우리는 눈부시게 반짝거리는 얼음 오브제를 바라보면서 다시금을 걸음을 옮기기 시작했다.

"실제로 저건 도대체 어떻게 처리해야 하나? 부술까? 남길까?"

"그냥 방치하셔도 큰 하자는 없지 않을까요? 쓸데없이 튼튼하다 보니 부수기가 성가셔요. 게다가 저건 그다지 맛있지도 않답니다."

"동감입니다. 학원의 상황에 따라선 학생들을 전투 인원으로 차출당할 수도 있습니다."

"저 또한 동감입니다. 하루 이틀 정도론 부수기 어렵다는 식으로 얼버무리시지요."

미오와 시키, 그리고 마지막으로 토모에까지 저 오브제를 파괴하는 데는 반대인 모양이다.

아쿠아와 에리스가 기숙사 안에 머문 채로 결계를 전개한 데도 뭔가 이유가 있었는지도 모른다. 학생 기숙사를 보호만 하는 용도로 결계를 펼쳐야 할 때는 자신들은 밖으로 나오고 나서 쓰리라는 예감이 들거든.

나중에 거기에 관해서만 물어 보자.

내부의 상황은 그 두 사람의 능력으로도 어떻게든 감당이 되고도 남으리라.

"두 사람한테 정확한 사정만 물어본 다음, 그냥 방치하기로 하자."

"가히 훌륭한 판단이십니다. 내일까진 나머지 구획들을 해방시키는 작업과 일반 주민들에 대한 구호물자의 배포 작업을 속행하시지요. 도대체 어느 나라로부터 출발한 물자와 부대가 최초로 도착할지는 정확하게 예상하기 어렵습니다만, 그들에게 우리가 진행시켜 온 기존의 작업을 인수인계하면 우리가 수행해야 할 최소한의 의무는 다하는 셈입니다."

"도시 복구에 대한 협력은?"

"원래부터 이곳 점포의 종업원으로 근무하던 엘드워나 숲 도깨비, 라임 등의 인원들을 가능한 한 복구 작업에 참가시키셔야 우리에게 유리할 겁니다. 그것 말고는 현재 상황을 수습하는 역할을 맡긴 루토의 동향 정도에만 신경 쓰십시오. 이 몸의 예상으로는, 일부러 각국들로 하여금 가벼운 긴장 상태를 조성하도록 유도하는 데까지 갔다가 이번 사건을 해결하는데 큰 역할을 수행하신 도련님의 공적을 앞세워…… 전체적인 상황을 정리하자는 방향으로 전개되지 않을까 싶습니다."

"요컨대 상인 길드로부터 받았던 호출이 시기적으로 가장 가까운 문제라는 뜻인가?"

"……글쎄요. 일단 두고 봐야 알 겁니다. 렘브란트는 당장 그 문제에 관해 과도하게 개입할 마음은 없어 보였습니다만, 그 자라라는 남자의 태도에 따라 의외로 쉽게 끝날 가능성 또한 없지 않아 있을 것으로 보이던데요?"

"자라 대표 말이지? 그 아저씨가 지금은 마음이 약해져 있다지만, 원래는 정말로 빡센 양반이거든? 절대로 네 말처럼 쉽게 끝날 상대가 아니야."

토모에는 굉장히 손쉬운 교섭 상대였다는 식으로 자신만만한 모습을 보였지만, 아직은 도저히 믿겨지지가 않았다. 트라우마가 완전히 각인되어 버린 듯한 느낌이 드는군.

"역사상 이번 사태만큼 심각한 경우 자체가 드물 정도의 대형사건이었으니까요, 마족들의 소행이었다는 사실이 「특정한 경로」를 통해 확실하게 사람들 사이로 전파된다는 전제하에……, 쿠즈노하 상회의 전이 술법을 이용한 수송 방법을 앞으로 이번 사건에 가까운 비상사태가 벌어질 경우의 긴급 유통 경로로서 어떻게든 확보하고자 하는 마음을 먹지 않겠습니까? 정보를 누설한 장본인에 관해선 짐작이 안 갑니다만, 그 자는 이 몸이나 미오의 레벨까지 파악하고 있는 듯이 보이더군요. 좌우지간 그 남자의 향후 동향에 관해선, 참으로 기대될 뿐입니다."

토모에는 기억속의 그가 보이던 반응이 진심으로 흥미롭다는 듯이 미소를 지어 보였다.

우리를 비상시의 물자 보급 담당으로 써먹으려 할 수도 있다는 뜻인가?

그러고 보니 자라 대표가, 뭐든지 구입할 돈은 있는데 정작 당장 써먹을 물자가 없다는 소리를 하던 기억이 난다.

기본적으로 쫄리는 상대다 보니, 나에게는 그가 손쉬운 상대라는 생각은 감히 떠오르지도 않았다. 하지만 토모에한테는 그렇지 않은 모양이다.

"……만약 앞으로도 도련님께 압력을 행사하려 할 경우엔 차라리 목 자체를 바꿔 다는 수도 있답니다, 도련님."

"미오, 그건 좀—."

"자신들을 도우러 온 구원의 손길을 덥석 잡은 주제에, 반대쪽 손에 움켜쥔 비수로 찌르려 하는 자들을 일일이 진지하게 상대하실 필요는 없어요. 은혜를 베푸는 자에게는 은혜로, 도련님께 맞서려는 자에게는 보복으로 갚으셔야 하지 않나요?"

네 사고방식에도 일리가 없다는 건 아니야.

"이번 일로 이 도시의 휴만들 또한 자신들이 마족들과 전쟁을 하고 있다는 현실을 깨닫게 될 겁니다. 학원이나 상인 길드 역시, 기존의 자세를 유지하는 데는 한계가 있을 겁니다. 하지만 그 덕분에 우리들에게는 바람직한 변화가 찾아올 것으로 예상됩니다, 도련님."

시키—.

그야 이런 일을 겪고도 스스로 전쟁을 수행 중이라는 사실을 깨닫지 못할 사람들은 없을 것이다.

응?

말하자면 이런 뜻인가?

"기회를 엿보다가 마족들의 소행이라는 사실을 폭로하자는 거야?"

"아닙니다. 학원 측이 멋대로 진상에 도달할 겁니다. 회수한 장신구들 중 일부에 손을 써 놓았으니, 그것들이 확실한 증거로 활약하게 될 겁니다."

"그야말로 이보다 더할 수 없을 만큼 알아보기 쉽게 만들고 오는 길이랍니다. 아무리 무능한 얼간이가 조사를 담당하더라도, 모레쯤엔 확실하게 그에 관한 보고가 학원 측의 지도부로 전달될 수밖에 없어요."

미오와 시키가 부드러운 미소와 함께 나의 물음에 답했다.

수를 쓰는데 빈틈은 없었다는 건가?

하지만 그 말인즉슨—.

"하지만 마족들의 소행이라는 사실이 밝혀질 경우, 우리에게도 불리할 수 있지 않아? 자라 대표가 말하기로는 쿠즈노하 상회는 마족들과 관계가 있을지도 모른다는 식으로 한창 의심을 받던 중이었거든."

게다가 로나 양이라는 지인이 존재한다는 건 어쨌거나 틀림없는 사실이었다.

"며칠 후의 도시 주민들 가운데 그런 헛소리를 믿을 작자들이 과연 얼마나 되겠습니까, 도련님? 원래부터 무슨 근거가 있어 제기된 정식 소송조차 아니었습니다. 애초부터 마족들과 우리의 관계는 거의 없는 거나 마찬가지였고요. 그런 식의 무의미한 험담들은 이미 산산이 흩어진 거나 다를 바 없습니다. 섣불리 근거 없는 소리나 지껄이는 자들은 주위의 주민들로부터 무시나 당할 뿐입니다. 여하튼 우리들은 몸을 던져가며 주민들의 피난을 도왔을 뿐만 아니라, 학원의 힘이 되어 수많은 변이체들을 토벌한 영웅이니까요."

"그렇, 군."

아니, 지금이야 물론 무작정 손을 잡고자 하는 마음은 없는 상황이야. 하지만 전부 없었던 일로 만들어 버리는 건 조금 억지에 가깝게 느껴졌다.

"그럼에도 불구하고 우리에게 시비를 걸어오는 상회가 존재할 경우, 그 소문을 의도적으로 온 도시에 퍼뜨려 보는 것도 하나의 수가 될 겁니다. 꽤나 흥미로운 꼴을 구경하게 될지도 모릅니다, 크크큭."

토모에가 사악한 미소를 지어 보였다.

탐관오리 토모에 님, 혹은 악덕 운송업자 토모에야(巴屋)가 나타났다.

아무튼 세 사람이 나를 위해 여러모로 머리를 굴려 주고 있다는 느낌은 확실하게 전해져 왔다. 게다가 어딘지 모르게, 활력이 넘쳐 보인다.

세 사람 다 이만큼이나 믿음직스러운 녀석들일 줄은 몰랐다.

그나저나, 드디어 학원이 우리의 시야로 들어왔다.

일단 오늘 이 순간까지, 변이체들의 숫자를 거의 절반 정도까지 줄이는데 성공했다.

내일, 그리고 모레 이후—.

나와 쿠즈노하 상회는, 이 도시의 일원으로서 어떤 존재가 될 수 있을까?

결과가 나올 때까지 그다지 긴 시간은 필요하지 않으리라.

## 11

학원은 뜬금없는 소란에 휩싸여 있었다.

소란이 일어난 이유는 물론, 갑작스럽게 나타난 얼음 오브제였다.

토모에가 루토의 상황을 보러 학원으로 가 보겠다고 하는 관계로, 미오와 시키까지 동행시켜 시간을 버는 역할을 맡겼다.

소란의 와중에 유유히 합류만 하는 걸로도 충분한 상황이었거든.

나는 에리스와 아쿠아가 이 술법을 사용한 이유를 물어보기 위해, 오브제의 내부로 침입해 들어갔다.

주범은 의심할 여지없이 에리스라는 확신이 들었다.

기숙사 안의 학생들은 꽤나 당황한 듯이 보였다.

하지만 기본적으로, 결계 안의 사람들에게 특별히 해로운 술법은 아니었다.

다만 학생 녀석들과 마주치기라도 하는 날엔 그건 그것대로 성가실 듯한 예감이 든 관계로, 나는 에리스에게 염화를 날려 현재 위치를 확인하자마자 곧바로 그녀들과 합류했다. 지붕 위라니, 또 영문을 알 수 없는 장소에 자리를 잡고 있었군.

“그건 그렇고, 도대체 무슨 이유로 이런 술법까지 써서 학생 기숙사를 격리한 거야?”

“도련님, 그건 반칙이에요…….”

수고했다는 위로의 말을 건네자마자 곧장 본론으로 들어갔는데, 약 한 명 정도 글러 먹은 녀석이 있었다.

에리스는 자신의 무릎을 껴안은 채로 주저앉아, 집게손가락으로 기숙사 지붕을 마구 문지르고 있었다. 거의 전형적일 만큼 orz한 분위기였다.

질문에 대답할 낌새조차 없이, 나를 원망스러운 눈길로 올려다보고 있었다.

“도, 도련님? 예전에 똑같은 일이 있었을 때도 궁금했습니다만,

도대체 무슨 방법을 써서 이 안으로 들어오신 거죠?"

아쿠아는 짙은 피로가 깃든 표정 위에다가, 추가로 신경 쇠약 증상과 경악의 감정을 떠올리고 있었다.

그녀는 에리스와 대조적으로 등에 자라도 가져다 댄 듯이 깔끔한 자세로 꼿꼿이 서 있었다.

캠프를 거쳐 예전에 비해 상당히 착실한 성격의 소유자가 된 그녀에게, 에리스와 동행하는 역할은 상당히 버거울지도 모르겠군.

한 사람 더, 인원을 추가함으로써 3인조를 구성해야 할지도 몰라.

……이 둘에게 적합한 인원을 추가하고자 한다면, 적절한 인원을 뽑기가 상당히 어려워 보였다.

콤비를 짠 스탠드 플레이가 강렬하다 보니, 숲 도깨비 종족 중에서도 꽤나 이질적인 면이 없지 않아 있는 두 사람이었기 때문이다.

골치 아프다.

"들어온 방법? 거기 관해선 아마, 에리스는 감을 잡았을 거야. 부활할 때까진 조금 시간이 걸릴 테니, 우선 아쿠아한테 물어봐도 될까?"

"아, 예. 뭔가요?"

"학생 기숙사를 대상으로 이 술법을 사용했는데, 왜 너희 둘까지 이 안에 있는 거야? 안에 있는 사람들은 절대로 못 나가지 않나?"

"으."

아쿠아가 겸연쩍은 표정으로 낮은 신음소리를 흘리다가 입을 다물어 버렸다. 따로 무슨 의도가 있었던 것이 아니라, 예기치 못한 사고였다는 건가?

아마도 에리스와 함께하는 이상, 사건이 일어나지 않아 심심할 일은 없으리라.

"……에리스인가."

"아, 아닙니다! 제가 무심코 앞뒤 생각 없이—."

"폭주하는 에리스에게 편승해 버렸다는 뜻이군."

"아으…… 예, 대충 그런 느낌이었습니다."

"불행 중 다행인 점은, 기숙사 밖으로 나가지 못 한다는 것 말고는 아무 문제없다는 건데……. 뭐, 수고가 많아. 그것 이외에 따로 보고가 필요한 사항은 있나?"

딱 하나 다행인 점은, 이 술법이 결계 내부의 사람들에게 끼치는 피해는 거의 없다는 것이었다.

그러나 결계의 외부에 관해선 얘기가 달랐다.

—이 술법은 방어용 결계를 전개하는 기술임에도 불구하고 코큐토스라는 뒤숭숭한 네이밍 센스로 이름이 붙었다.

코큐토스란 명칭은 얼음 지옥의 이름이었던 걸로 기억한다.

에리스가 뜻을 알고 지은 이름인진 모르겠다만, 단순히 상대방의 공격을 방어하는 결계에는 어울리지 않는 이름이었다.

외부로부터 선불리 다가오는 자들은, 이 술법에 그러한 이름이 붙은 이유를 뼈에 사무칠 만큼 아주 잘 이해하게 되리라.

어찌됐건 마술 연구의 최첨단을 달리는 학원에 아무 생각 없이 이 결계로 돌격해 들어오는 멍청이가 있을 리야 없겠지만, 한 마디로 말해서 접근을 시도하는 자들을 모조리 얼음 조각으로 만들어 버리는 술법이었다.

아니, 그 모양을 얼음 조각이라고 할 수가 있나?

일종의 얼음과자라고 해야 하나…….

나는 이 결계가 전개된 영역으로 섣불리 다가간 하이랜드 오크의 팔을 눈 깜짝할 사이에 절반 정도까지 새하얀 얼음으로 만들어 버리는 모습을 목격한 적이 있다.

순간적인 기지를 발휘한 그는 팔꿈치 조금 윗부분까지 얼어 버린 자신의 팔을 절단한 덕분에 구사일생으로 목숨을 건졌다. 그러나 잘려 나간 팔은 다이아몬드 더스트처럼 반짝거리는 가루가 되어 산산이 흩어져 버렸다. 언뜻 보기보다 훨씬 무지막지한 술법이었다.

"아니요, 특별히 보고드릴 사항은 전혀……."

"아니, 있어."

"……?!"

에리스가 당돌하게 우리의 대화에 끼어들었다.

완전히 회복됐나?

"우선은 일어나서 얘기부터 해 봐."

"후유, 실패는 성공의 어머니. 다음번에야말로 좀 더 노력할게요."

"그렇군. 그건 그렇고, 에리스? 보고할 사항이 있다면서?"

일일이 태클을 걸다가는 정작 중요한 얘기가 시작조차 안 되므로, 급할 때는 에리스의 불가사의한 발언들은 그냥 넘겨버리는 수밖에 없다.

에리스는 약간 불만스러운 표정을 짓는가 싶더니, 이윽고 고개를 끄덕이자마자 보고를 시작했다.

"아마도, 주모자 비슷한 녀석이 호화로운 저택들이 모여 있는 언저리에 자리를 잡고 있는 걸로 보여요."

"……뭐?"

"변이체들의 움직임이 가끔씩 조직적인 양상을 보이는 낌새가 조금 신경 쓰여 그물을 쳐본 성과."

"……에리스, 지금 한 말은 나한테도 금시초문이거든?"

아쿠아가 약간 당황한 표정으로 끼어들었다.

"아쿠아가 나 혼자 몰래 움직이는 동안에도 두 사람 몫의 지루한 일상 업무를 수행하고 있었거든. 감사."

"으극."

"계속해 봐."

두 사람의 대화가 오래갈 것으로 예상한 나는, 다음 말을 재촉했다.

"옛설. 아마도 특수한 도구나 그에 가까운 수단을 동원해서 불완전하게나마 변이체들을 통솔하고 있던 걸로 예상됨. 대충 그런 느낌."

"통솔……."

"게다가 저기서 변이체들을 집합시키는 **프로세스**를 시작한 듯한 기척이 느껴짐. 주로 돈 많은 부자들의 애로사항이 꽃피는 중."

에리스가 「저기」라는 대명사와 함께 손가락으로 가리킨 방향은, 이 도시의 부유층들이 많이 모여 사는 지역이었다. 학원 측이 교내의 관련 시설들을 제외하고는 지금 가장 자신들의 역량을 집중시키고 있는 구획이었다.

반대로 토모에, 말인즉슨 우리들은 어쩌다 보니 그곳엔 그다지 힘을 쏟지 않고 있었다.

손쉽게 도시 전체의 지지를 모으려면 그들과 가까이 하는 것이야말로 가장 빠른 지름길이겠지만, 과연 실제로는 어떨까?

뭐, 자세한 계획에 관해선 기회를 봐서 토모에 본인한테나 물어보자.

……변이체를 통솔할 수 있는 녀석이 있다는 건 새로운 정보였다. 그쪽까지 함께 확인해 보자.

그건 그렇고 에리스 녀석, 은근히 정보 수집 능력이 높다. 심지어 예전보다 더욱 향상되고 있는 듯한 느낌까지 들어.

그나저나 **프로세스**라는 단어는 참 뜬금없군.

"고마워, 에리스. 다 네 덕분이야."

하지만 지금은 일부러 짚고 넘어갈 생각이 없었다.

"황송하신 말씀. 이 결계 역시 도련님의 소중한 학생들을 학원장의 손아귀로 넘어가게 하지 않기 위한 긴급 조치였으니, 전혀 수고랄 것도 없어요. 그런 고로, 아쿠아의 결계 폭발에 관해선 너그럽게 용서해주세요."

……고맙다는 소리를 하자마자 이렇게 나온단 말이지.

에리스는 정말로 속마음을 짐작조차 할 수 없는 녀석이다.

"나는 딱히 화난 적 없어. 이왕 이렇게 된 바엔 두 사람 다 여기서 나갈까? 같이 가자."

"지, 지금은 괜찮아요. 학생들이 걱정되니까 결계가 녹을 때까진 여기 있고 싶은데요……."

……오호라, 몬드가 기다리고 있는 바깥으론 나가고 싶지 않다는

거로군. 나는 화난 적 없다는 한 마디로 뭔가 감을 잡은 모양이야.

하지만 바깥으로 나가는 날엔, 아마도 토모에로부터 숲 도깨비들에게 포상이 주어질 테니 애들로서도 기대가 안 되는 건 아닐 텐데?

토모에가 이 녀석들에게 주려는 포상은, 아마도 그 노오란 **그것** 말고는 없을 것으로 예상된다.

……뭐, 그다지 큰 상관은 없나?

나 역시 약간 지친 참이니, 에리스가 여기 있고 싶다는 식으로 나오는 이상, 포상에 관해선 언급하지 말자. 개인적으로는 여기서 나가지 않는 건 오히려 꽤나 나쁜 축에 속하는 수로 보이지만 말이야.

"정말? 물론 나한테야 너희들을 억지로 데리고 나갈 이유는 없지. 나는 일단 밖으로 돌아갈게."

"수고하셨습니다, 도련님. 저희 사부에게도 가능한 한 말씀을 잘 드려주시기를 바랍니다."

"그건 거절한다."

"너, 너무하세요……."

나는 아쿠아와 에리스를 방치한 채로 결계로부터 나왔다.

토모에 일행과 합류하자마자 학원장을 면회한 다음, 뭘 어떻게 해야 하나……?

"라이도우 님, 지금 돌아오시는 길이신가요?"

결계로부터 약간 거리가 떨어진 안뜰의 셸터 부근까지 다다른 나에게 말을 걸어오는 이가 있었다.

어라, 꽤나 뜻밖의 인물이군.

[사이리츠 님? 저의 기분 탓일지도 모릅니다만, 조금 지치지 않으셨나요? 괜찮으십니까?]

"……부끄럽군요. 당신이야말로 저희들 따위보다 훨씬 더 체력을 소모하신 줄로 압니다."

[학원장은 물론이거니와 저희들 또한 사태를 해결하는데 최선을 다하고 있는 중입니다. 아주 조금만 더 견뎌 주십시오.]

"물론입니다. 참으로 면목이 없습니다. 저와 같은 자는 외부와 연락이 끊어진 것만으로도 갈피를 못 잡으니……."

[지극히 당연한 반응인 줄로 압니다.]

그다지 문제가 될 만한 발언은, 하지 않은 걸로 안다.

그런데, 갑작스럽게 사이리츠 양의 눈동자가 날카롭게 나를 응시하기 시작했다.

"라이도우 님? 아니, 라이도우 공. 저희들은 이번 사건이 학원의 수완이 아닌 별개의 힘에 의해 해결되는 방향으로 흐르기 시작했다는 사실을 이미 파악하고 있습니다. 비공식적으로 손을 쓰고 있는 분의 정체와 그 수완의 수준에 관해선, 아마도 저뿐만 아니라 릴리 황녀까지 감을 잡고 계실 것으로 예측됩니다. 그리고 리미아 국왕의 두 눈 또한 그냥 무의미하게 뚫려 있는 구멍은 아닐 겁니다……. 예외는 오직 아이온의 감시망뿐입니다. 그 땅의 렘브란트 상회는, 이미 당신에게 지배당한 거나 다름없는 상황인가 보더군요."

역시나 높으신 분들한테는 우리가 암약하는 것 정도는 뻔히 들여다보인다는 건가?

아무쪼록 방해하지 말아 달라는 부탁을 드려야 하는 상황인가?

섣불리 혼자서 상대하다가 또 문제를 늘려 버릴 듯한 예감이 들어 함부로 입을 놀릴 수가 없다.

"쿠즈노하 상회의 힘에 관해선, 극히 일부분이나마 충분히 이해했습니다. 만약 라이도우 공께서 현인님이시라 할지라도, 이만큼이나 엄청난 실력자들을 한데 모아 조직화하신 방법에 관해선 저와 같은 평범한 이의 안목으로는 감히 상상조차 되지 않습니다. 라이도우 공께서 때때로 현인 여러분들께 깃드는 것으로 알려진 초월적인 권능에 각성하셨을 수도 있겠지요. 혹은 순수하게 흔치 않은 장사 수완이나 카리스마를 지니고 계신 건지도 모릅니다."

[일전에 만났을 때부터 저를 너무 과대평가하십니다. 저는 현인님씩이나 되는 대단한 위인은 절대로 아닐 뿐더러, 지금 남들보다 비교적 유리한 입장에 서 있는 까닭은 어디까지나 우연치 않게 여러 가지 행운이 겹친 결과였다는 말씀밖에 못 드립니다.]

"……지금 저는 당신의 출신 성분에 관해 왈가왈부하려는 것이 아닙니다. 이제 곧 모험가 길드의 마스터이신 펄스 님의 제안으로 쿠즈노하 상회에 관한 제반 사항을 논의하는 자리가 있을 예정입니다. 저희 로렐 연방은 그 자리에서 라이도우 공과 쿠즈노하 상회를 긍정적으로 받아들이자는데 찬성할 예정입니다."

[감사합니다.]

아니, 우리들로서는 상당히 고마운 얘기였다.

이걸로 볼일이 다 끝날 경우, 이보다 더할 수 없을 만큼 최고로 좋은 소식이었다. 하지만 눈초리는 변함없이 무섭기만 하니, 그렇지 않다는 사실에 관해선 굳이 확인해볼 필요조차 없었다.

"그러한 조건하에 라이도우 공, 지금부터 제가 드리는 말씀은 리미아와 그리토니아, 그리고 로렐의 공통된 견해로 받아들여 주십시오."

나에게 한 걸음 다가선 사이리츠 양이, 무서운 표정으로 어마어마한 강대국들의 이름들을 입에 올렸다.

그야말로 흉악한 라인업이군.

혀, 협박으로 들릴 정도야. 아니, 솔직히 말해서 으름장으로밖에 들리지 않았다.

"이번 사건을 해결하는데 쿠즈노하 상회가 담당하고 있는 역할은 현재로서도 대단히 크다 보니, 추가적으로 이러한 부탁을 드린다는 것 자체가 무척이나 염치없는 짓이라는 사실은 더할 나위 없이 잘 알고 있습니다."

[계속 말씀해 보십시오.]

"저희들로서는 라이도우 공께 가능한 한 신속하게 염화를 회복시키는 일을 부탁드리고 싶습니다. 만약 염화를 회복시키는데 성공하실 경우, 반드시 최대급의 답례를 치르고자 합니다. 물론 해당 건수로 인해 쿠즈노하 상회의 이름이 누설되는 사태는 무슨 수를 써서라도 막을 것을 약속드립니다. 자세한 사항에 대한 제3자들의 추궁은 모조리 묵살하겠습니다."

염화를 복구시켜 달라는 건가?

대충 알아들었다.

사실은 하고자 하는 마음만 먹는다면 언제든지 할 수 있는 일이었지만, 토모에와 상담해 보지 않고선 당장 결정하기는 어려운 문제였다.

일단은 우리들의 힘으로 해결 가능할 경우에 한해 최선을 다해 보겠다는 대답이 무난하리라.

[약속은 드리기 어렵습니다만, 가능한 한 빠른 시기에 복구될 수 있도록 최선을 다해보겠습니다.]

"그렇, 습니까? 아니. 정말 감사드립니다, 라이도우 공. 나머지 여러분들께도 지금 하신 말씀을 전달 드리겠습니다. 가시던 길을 오랫동안 가로막은데 관해 진심으로 사과드립니다."

사이리츠 양은 깊숙이 머리를 숙였다.

그녀는 품위 있는 발걸음으로 멀리서 기다리고 있던 수행원들에게 되돌아갔다.

나와 만나기 위해 사람들을 물리고 있던 건가?

흠. 아마도 염화를 복구시키는데 성공할 경우, 휴만들은 각국을 출발한 원조 물자 등의 현재 위치를 곧장 파악할 수 있을 것이다. 단순하게 편리한데다가, 통신 수단의 회복은 피난소의 스트레스를 완화시키는데도 큰 도움이 되리라.

이제 원조 물자가 도착할 시간이 코앞으로 닥쳐온 이상, 염화가 통하지 않는 상황을 유지할 필요성 자체가 줄기 시작한 듯이 느껴졌다.

개인적으로도 회복시키는 편이 낫지 않겠냐는 한 마디를 덧붙여 토모에와 상의해 보자.

에리스를 상대할 때와 다른 의미로 정신력을 소모시키는 대화였다.

밥을 먹고 나서 활을 쏘다가 진이 빠져서 그대로 뻗은 채로 잠이나 자는 기본 사이클의 반복이나 다름없는 생활을 이상적으로 여기는 나에게 있어선, 근본적으로 어울리지 않는 세계야.

타인의 힘이나 돈을 빌리거나 빚을 지는 등의 성가신 흥정이 여기저기서 이루어지고 있다는 생각만 해도 두통이 다 올 지경이야.

나 원 참.

토모에나 시키가 있어 줘서 정말 다행이다.

◇◆◇◆◇

"터무니없는 결계로군. 저 아인 소녀가 이 정도일 줄이야. 솔직히 말해서, 너희들하고는 절대로 싸우고 싶지 않아."

"이거야 원, 술법의 부류로 천하의 만색(萬色)님을 놀라게 할 수 있을 줄은 몰랐군. 참으로 유쾌하도다, 후후후."

"이만큼이나 튼튼한데다가 공격적인 결계는 처음 봐. 우격다짐에 가까운 수단으로는 하루 정도…… 천천히 해석하고자 할 경우엔 사흘 정도는 필요할 것 같아. 참나, 정말 그와 가까운 이들과 만날 때는 지루한 법이 없군."

"뭐라고? 파괴할 생각이었나?"

"그럴 리가 있나? 호기심이 동하지 않는 건 아니지만, 며칠 정도밖에 유지되지 않는 결계를 제한된 시간 동안 완벽하게 해석하기는 어려워. 게다가 우격다짐으로 부수고자 할 때는 원래의 모습으로 돌아가야만 해. 만약 나 스스로 용의 모습으로 돌아가 날뛰기라도 하는 날엔 변이체 소동 자체의 중요성이 큰 폭으로 떨어질 뿐만 아니라, 뭣보다 너희들의 존재감이 흐려질 수도 있잖아? 난 그냥 관둘게. 나는 마코토 군의 앞길을 가로막고 싶지 않아."

"……흣, 우리에게는 드래곤 슬레이어의 칭호가 주어지는 걸로도 충분하다. 주위의 휴만들로 하여금 감히 시비를 걸 수 없게 하는 수단으로 치자면, 학원 도시를 구원한 구세주보다 드래곤 슬레이어라는 칭호를 손에 넣는 쪽이 더 나으리라는 느낌이 드는군."

"제발 좀 봐주라. 그런데 잠깐만? 정말로 내일까지 다 끝내버릴 생각이야?"

토모에와 루토가 대화를 나누고 있었다.

제3자가 엿듣고 있을 가능성 따위는 전혀 없다는 듯이, 두 사람은 가명을 쓰거나 자신들의 계략을 전혀 숨길 뜻이 없어 보였다.

"그럴 예정이다. 원조 물자가 도착한 시점 이후로 잠시만 기다렸다가, 성가신 뒤처리만 마치는 걸로 전부 다 끝난다."

"참 복잡하다. 참고로 마코토 군한테는 얘기했어?"

"지금의 도련님께 이 사실을 알릴 경우, 저 분의 성격이 좋지 않은 쪽으로 일그러질지도 몰라. 구체적인 방안에 관해선 꽤나 골치를 썩었다만, 일단 이번엔 군이 도련님께 알리기보다 독자적으로 매듭을 지을 작정이다."

"그렇구나."

토모에가 탄식의 한숨을 내쉬었다.

"……참으로 성가시기 짝이 없는 얘기야. 뒷구멍으로 호박씨를 까던 녀석들은 마족들뿐만이 아니었다는 뜻이거든. 마장, 로나라는 녀석이 문제였다. 사태가 어떻게 굴러가건 최소한의 결과 정도는 필요한 상황이었을지도 모르겠으나, 도련님께서 지금보다 조금 더 경험을 쌓으시기 전엔 저런 류의 모사꾼과 상대하는 건 좋지 않은 영향밖에 줄 일이 없어 보이는군."

"요컨대, 마코토 군은 틀림없이 그녀에게 부하들을 물려달라는 요구 사항을 전달했다는 거였지?"

"음. 마족 자체를 가리키셨는지, 혹은 그 녀석의 부하들을 가리키셨는지는 모른다. 세세한 단어에 관해 소상히 여쭤본 것은 아니나, 틀림없다. 도련님에게 있어선 그 대목은 애매모호하게 모든 뜻을 함축시키신 쪽에 가까우니 큰 의미는 거의 없는 부분이었을 거야. 그에 비해 로나라는 녀석은 상대방의 말꼬리를 잡아 기정사실을 만드는 식의 화법을 구사하는 종류로 보이는군."

"그런 관점으로 볼 때는 마코토 군의 기본적인 성격은 미오와 많이 닮은 것 같아. 순진하다고 해야 하나? 아니, 경계심이 허술한 쪽에 가까운가?"

루토는 무척이나 흥미롭다는 표정으로 마코토의 얼굴을 떠올렸다.

그는 어렵거나 복잡하게, 각각의 단어가 가진 뜻들을 일일이 따지는 성격이 아니었다.

상대가 자신의 부탁을 받아들일 경우, 순진하게 자신의 아군으로 착각해 버리는 타입이다.

대단히 다루기 쉬운 인종인 반면, 아슬아슬한 측면까지 지닌다.

극단적인 방향으로 치우치기 쉬운 탓이다.

그러나 루토는 그의 기본적인 사고방식까지 완벽하게 이해하고도, 마코토를 흥미로운 대상으로 인식했다.

그야말로 이보다 더할 수 없을 만큼 「온 사방을 휘저어줄 만한」 존재로 보였기 때문이다.

"지금껏 오로지 몸을 단련하거나 활을 쏘는 것만을 생활의 중심으로 삼아 오신 분이시다. 넓은 사회가 가질 수밖에 없는 악한 마음에 관해선 둔하시다."

"그런 이유로, 마코토 군에게 나쁜 영향을 끼칠 수도 있는 부유층을 구출하는 시점을 나중으로 미룬 거야?"

"아니, 그건 어디까지나 이 몸의 의도에 따른 결정이다. 그곳에 살던 자들의 감소로 도시를 복구하는 과정 또한 약간이나마 순조롭게 이루어질 수도 있지 않겠나? 그리고 이 혼란을 틈타 마구잡이로 날뛰는 정도의 불만은, 어느 정도는 발산시켜 줘야 뒤끝을 남기지 않을 것이야."

"그런 까닭으로 **그 아인**의 활동을 못 본 척 했다는 말이로군."

"마족들에게 파란 피부를 가지고 있는 녀석들 말고도 또 다른 협력자가 존재한다는 사실을 도련님께 보여드리는 건 조금 이르지 않을까 싶었던 것뿐이야. 미오가 오늘 밤, 비밀리에 제거하러 갈 예정이다."

"너희들도 참, 은근히 무섭다. **그녀**에게 변명의 기회를 주거나, 따로 보호할 생각은 없는 거야?"

"쓸데없이 휴만을 증오하는 자 따위는, 데리고 있어 봤자 쓸데가 별로 없거든. 이 몸은 딱히, 아인들의 보호자를 자처한 적은 없다. 물론, 도련님께서도 마찬가지야."

토모에는 담담한 태도로 마코토가 모르는 사항들에 관해 언급했다.

숲 도깨비 에리스가 입수한 정보, 변이체들의 부자연스러운 움직임—.

사실 토모에의 눈에도 에리스가 입수한 정도의 정보는 빠짐없이 들어와 있던 것이다.

그녀 역시, 변이체들에게 간섭하는 존재에 관한 정보를 파악하고 있었다. 그리고 그 존재의 정체가 아마도 마족 본체가 아닌, 그들에게 협력하는 다른 종족의 일원이라는 사실까지 짐작하고 있었다.

일단「그녀」라는 대명사로 그 자를 가리키던 데서 알 수 있듯이, 루토는 상대방의 성별까지 정확하게 파악하고 있던 모양이다.

정확한 정체에 관한 정보는 간단한 수사 과정을 거치는 것만으로도 들어올 테니, 두 사람 다 알고 있는 사항이었는지도 모른다.

하지만 토모에나 루토나, 마찬가지로 그자에 관해 정확히 언급할 뜻은 없어 보였다.

현재의 마코토가 가지고 있는 사고방식이나 그의 입장을 고려한 토모에는, 주인에게 알리기보다 조용하게 일을 정리할 마음을 먹고 있었다.

토모에는 마코토가 이번 소동을 진압하는 재량권을 맡겨준데 관해서, 남몰래 감사하고 있었다.

"게다가……. 음, 잠시만 기다려 다오."

루토를 상대로 무슨 말을 몇 마디만 더 덧붙이려던 토모에가, 갑작스럽게 스스로 그 입을 다물었다.

염화가 온 것이다.

곧바로 감을 잡은 루토는, 그녀에게 걸리적거리지 않도록 조용히 토모에의 표정을 들여다봤다.

순간적으로 그녀가 얼굴을 찡그렸다.

좋지 않은 내용인 것으로 판단한 루토의 호기심이 마구 술렁였다.

그러나 곧바로 태연한 표정으로 돌아온 토모에는 염화를 계속하다가, 몇 분 정도 지나고 나서야 조용히 한숨을 쉬었다.

염화가 끝난 모양이다.

"누구로부터?"

"도련님이셨다."

"마코토 군! 호오, 그나저나 방금 전엔 무슨 얘기였어? 결계 안으로 들어갔다가 또 무슨 일이라도 있었던 거야?"

"참으로 거리낌 없는 녀석이로고. 아니, 별거 아니다. 그저 도련님께서, 지금 우리가 거론하던 아인의 꼬리를 잡으실 뻔한 것뿐이야."

"흐음, 마코토 군 역시 알아차리고 있었구나."

"아니, 에리스가 도련님께 고한 모양이다. 이거야 원, 정말 쓸데없는 짓을 다 하는군."

"개인적으로도 그걸 제작한 아인에 관해선 조금 관심이 가더라."

"그리고 추가로, 염화를 복구해도 되겠냐고 하문하셨다."

루토가 무척이나 놀란 표정을 지어 보였다.

"너의 뜻을 일부러 확인한단 말이야? 주인된 자로서, 지금부터 염화를 복구할 테니까 대충 그런 줄 알라는 말로도 충분하지 않나? 기본적인 방침을 맡기기로 한 이상, 네 눈치를 보고 있다는 건가?"

"그럴지도 모르겠군. 아마도 앞으로 딱히 큰 문제가 될 일은 없을 테니, 뜻대로 하시라는 말씀을 드린 참이다."

"뭐?"

토모에의 입으로부터 나온 천연덕스러운 대답을 듣자마자, 루토는 어딘지 모르게 껄끄러운 표정으로 의문을 입에 담았다.

"뭐냐? 지금부터 염화를 복구하는데, 무슨 문제라도 있나? 아마도 이제 곧 도련님께서 손수 만드신 아름다운 불꽃놀이를 구경할 수 있을 게야."

"아, 아니……. 그렇군, 지금이란 말이지…… 하하……."

"그러고 보니 지금껏 이 몸에게만 입을 열게 하던 와중이었군, 루토. 아닌 게 아니라, 네 녀석은 이 판국에 와서도 뭔가 숨기고 있던 모양이군?"

"일부러 숨기던 건 아니야. 네가 나한테 물어보지 않았을 뿐이지. 흠……."

"그다지 곤혹스러울 정도는 아니라는 건가? 하지만 방금 전의 네가 어딘지 모르게 껄끄러운 표정을 지었던 건 틀림없는 사실이다. 그리고 지금은 무척이나 유쾌한 듯이 보이는군. 루토, 도대체 뭘 숨기고 있던 거냐?"

"모르긴 몰라도, 염화가 복구되면 금방 알게 될 거야. 그나저나, 토모에?"

"음?"

"운명이라는 건…… 실제로 존재하는지도 몰라. 아무튼 이 세상엔 정말 별일이 다 있다는 실감이 드는군."

루토가 어딘지 모르게 의미심장한 표정으로 중얼거렸다.

고개를 여러 차례에 걸쳐 끄덕이면서 침묵을 지킨 채로 혼자서 납득하고 있는 듯이 보였다.

토모에는 자신의 세계로 들어가 버린 눈앞의 루토를 향해 한숨을 내쉬었다.

그리고 지금, 마코토가 이동 중인 가능성이 높은 장소를 향해 시선을 돌렸다.

토모에는 천천히 허공을 향해 시선을 옮기면서, 그 순간이 다가올 때까지 기다렸다.

"루토, 도련님이시다."

"응?"

토모에가 입을 여는 동시에 손가락으로 하늘을 가리켰다. 루토가 토모에의 손가락을 따라 하늘을 우러러본 바로 그 순간, 달과 흡사해 보이는 노란 기운을 띤 빛의 구슬이 하늘로 올라가는 광경이 두 사람의 시야로 들어왔다.

그 빛은 도시 전체를 밝히는 위치로 올라가 당분간 하늘에 머물렀다.

그리고 잠시 후, 보기 좋게 터져 나갔다.

빛은 엄청난 숫자의 줄기들로 나뉘어, 시가지뿐만 아니라 롯츠갈드 일대 전체로 내리쏟아졌다.

어떤 빛줄기는 예리하게 구부러지기도 하는 반면, 어떤 빛줄기는 직선으로 뻗어 갔다.

막을 틈조차 없이, 그 빛줄기들은 루토나 토모에의 몸까지 꿰뚫고 지나갔다.

"윽?!"

"한 발로 처리하셨다. 역시나 도련님께선 한 번 시작한 분야에 관해선 완전히 끝을 보시는 타입이군."

반사적으로 양팔을 교차시켰던 루토가 그 동작을 풀었다.

"지금 우리를 관통하고 지나간 술법은, 설마 마족들의 장치를 무효화하는 기술인가?"

"잘 봤다. 염화를 이용한 통신을 부활시키기만 하는 데는 딱히 장치를 파괴할 필요조차 없이 기능을 정지시키는 것만으로도 충분하거든. 파괴력을 부여하지 않은 술법으로도 녀석들의 장치를 무효화시키는 방법은 적지 않아. 도련님께선 바로 그러한 의도로 술법을 쓰신 듯하구나."

"……방금 그걸로 모조리 처리해 버렸단 소리야?"

"글쎄다. 하지만 다음 탄환을 쏘시지 않으시는 걸로 봐서, 아마도 방금 그 한 발로 전부 다 처리하신 모양이다."

"마족들은 이번 계략을 준비하는 데 몇 달이나 걸렸을 텐데 말이야."

"고생이 많군."

두 사람은 한동안 멍하니 하늘을 올려다보고 있었다.

◇◆◇◆◇

"이봐, 에리스. 결국 도련님께선 무슨 수를 써서 이 안으로 들어오실 수 있었던 거지?"

"흐."

"흐?"

"흙의 용[#9]이라고 불리는 반칙을 사용하신 것 같아."

에리스가 손가락으로 한자를 썼다. 아직 낙담이 덜 풀린 모양이다.

"용을 소환하셨단 말이야?!"

"그보다 더 지독한 녀석이야. 보는 관점에 따라선 땅굴이야말로 최강이라는 사실을 증명하신 셈이지. 두더지~."

"……와, 완전한 격리라는 식으로 떠벌이던 걸로 기억하는데, 에리스?"

"그 방법으로 뚫고 들어오는 길에 관해선 상상한 적이 없었어. 꽤나 땅속 깊숙이까지 파고들어 가셨던 모양이야, 드릴러~."

"……앞으로 두 번 다시 이 술법을 쓰는 데는 가담하지 않을 거야. 이 술법은 오늘로 죽어버린 거나 마찬가지야."

"완전 울고 싶다."

바로 그 무렵, 마코토는 염화 통신을 차단하고 있던 장치를 제거하기 위해 술법을 사용하고 있는 와중이었다.

**#9 두더지(土竜)** 토룡. 일본어로 두더지의 다른 이름.

두 사람은 불꽃놀이처럼 아름답게 밤하늘을 수놓은 그 광경을, 결계에 막혀 직접 구경할 수도 없었다.

아쿠아와 에리스는 그저, 압도적인 실력 차이로 인해 절망적인 기분을 맛보고 있을 뿐이었다.

## 12

'터무니없는 남자야…….'

사이리츠는 로렐 연방의 종교적 행사들을 실질적으로 총괄할 뿐만 아니라, 강력한 정치적 발언력까지 보유한 존재였다. 말인즉슨 마코토의 기준으로 「높으신 분들」의 일원에 해당되는 여성이었다.

하늘을 잠시 동안 밝고도 따뜻하게 물들였던 빛으로 인해 야기된 결과를 전해 듣자마자, 그녀는 식은땀이 자신의 뺨을 타고 흐르는 감촉을 느꼈다.

학원 도시를 무대로 일어난 이번 사건은, 롯츠갈드의 주변 도시들까지 통째로 휩쓸어 버렸다. 그리고 염화 통신의 광역 교란은 이번 사건의 가장 큰 영향 중 하나인 것으로 예상된다.

사이리츠는 일련의 사건을 주도한 장본인의 정체는 십중팔구 마족일 것으로 짐작하고 있었다.

휴만 종족에 비해 상당 부분 발달된 술법 관련 지식을 보유한 그들의 소행인 이상, 사태를 빠르게 해결하기는 어려울 것으로 예측된다. 아니, 지금껏 그런 식으로 예측되고 있었다는 뜻의 과거형이 현재의 상황엔 좀 더 적합하리라.

'이것이 그의, 가능한 한 최선을 다해보겠다는 대답의 결과란 말이야? 비밀을 유지하겠다거나 답례는 반드시 치르겠다는 정도의 구두 약속만으로 이렇게나 간단히 사태를 해결할 줄은 몰랐어. 이만큼이나 상식 밖의 존재인 걸로 봐서, 라이도우는 의심할 여지조차 없이 명명백백한 현인이야. 게다가 역대의 모든 현인들을 통틀어도 특출나게 강력한 능력을 지니고 있어……. 리미아와 그리토니아에게도 알려져 있다는 건 무척이나 성가시지만, 이제 슬슬 본격적으로 그를 구슬리는 방법을 연구해 볼 필요가 있는 상황이야.'

사이리츠는 사람들을 회유하거나 구슬린 다음, 자신들의 편으로 삼는 수단을 몇 가지나 보유하고 있었다.

그러한 수단들은 상대방에게 매력적으로 보이는 방법일 때가 있는가 하면, 공포나 고통을 선사하는 방법일 경우까지 있는 식으로 굉장히 다채로웠다.

하지만 사이리츠는 지금 이 순간, 라이도우가 싫어할 것으로 예상되는 수단을 써서 그를 손에 넣는 방법을 포기했다. 그러한 방법의 위험성을 새삼스럽게 실감했기 때문이다.

'가능한 한 인정에 호소하는 방법으로 그를 옭아매고 싶은 참이야. 억지에 가까운 수단으로 그를 조종하려다가 나라 째로 갈가리 찢겨 나갈 수도 있거든. 일단 일차적으로 그의 속마음을 떠보다가 흥미를 끈 다음, 로렐 본토로 부르는 것이 최우선이야. 이차적으로 지금껏 과거의 현인들이 쌓아올린 업적에 관한 정보를 제공함으로써 친근감을 느끼도록 유도해야 해. 그리고 우리나라를 제2의

고향으로 여기도록만 할 수 있다면야 이보다 더할 수 없을 만큼 이상적이겠지만, 기본적으로 자연스러운 흐름에 따르고 싶어. 당분간은 떠보는 것도 가볍게 시작하는 편이 좋을까? 아니, 우선 다른 나라들과 그의 접촉을 최대한 줄이는 쪽에 주력해야 하는 상황일지도 몰라.'

마족들이 휴만들의 염화를 차단한다는 지극히 단순하고도 가공할 만한 작전을 실행하는데 쓴 수단에 관해선 짐작조차 가지 않았다.

지금의 휴만들로는 도저히 다다를 수도 없는 마술의 이치를 이용한 건가? 혹은 치밀하게 수립한 계획 하에 기나긴 시간을 들여 실현시킨 작전일수도 있으리라.

그러나 그럼에도 불구하고, 지금 문제는 마족들에게 있는 것이 아니었다.

그러한 마족들의 심혈을 기울인 수단을 적은 인원수로 아무렇지도 않게 파훼하는 자들이 존재한다는 것이 큰 문제였다.

쿠즈노하 상회와, 그들의 주인인 라이도우라는 남자야말로 마족들 따위보다 훨씬 중요한 존재였다.

한 마디로 말해서, 그들은 원래 사이리츠가 예상하고 있던 규모와 능력의 수준을 아득히 초월하는 존재들이었다.

변이체들 따위는 상대조차 되지 않는 압도적인 전투 능력과, 마족들의 계략을 깔끔하게 뒤집어엎는 지식수준—.

더군다나 며칠 전에 목격한, 그의 종자를 자처한 토모에가 지니고 있던 경이적인 전이 능력이 깃들어 있는 검—.

이러한 조합들이 뜻하는 최악의 케이스—, 사이리츠는 그들이

거대한 국가를 무너뜨릴 정도의 힘을 지니고 있는 것으로 판단하고 있었다.

사이리츠는 그들을 섣불리 자극하는 것은 지극히 어리석은 짓일 뿐만 아니라, 지금 망설이다가 다른 나라들에게 그들을 넘겨 버리는 것은 로렐 연방의 미래를 통째로 팔아넘기는 거나 다름없는 짓으로 인식하고 있었다.

그나저나 라이도우에 대한 평가를 상향 조정한 후에 새삼스럽게 그를 관찰하다 보니, 사이리츠는 그의 존재가 너무나 위태롭기 짝이 없다는 사실에 순간적으로 정신이 멍해지는 감각을 느꼈다.

그는 언뜻 보기에 무척이나 겸손하다.

라이도우의 실력을 최대한 과소평가하더라도, 상식적으로 말이 되지 않는 수준의 태도였다.

그런 고로 다른 이들보다 아주 약간 강한 힘을 지닌 작자들이나 귀족들, 거상 등의 오만한 성격을 지니기 쉬운 족속들은 그를 자신들보다 낮은 등급의 상대로 여기며 고압적인 태도를 보일 수가 있다.

만약 그가 그러한 자들의 태도에 기분이 상하는 상황을 상상하니, 그녀는 온몸으로부터 식은땀이 마구 솟아나올 듯한 느낌을 받았다.

그리고 라이도우는 아인들을 거리낌 없이 고용하는 인물로 알려져 있다.

만약 그가 특정한 아인에게 열을 올리다가 그들을 위해 쿠즈노하 상회의 힘을 떨칠 경우엔 무슨 일이 벌어질까—.

거기까지 생각이 미친 사이리츠는, 식은땀을 흘리는 정도가 아니라 골치가 아프다 못해 지금 당장 뻗어버리고 싶은 심정이었다.

틀림없이 4대국에 필적할 만한 아인들의 국가가 탄생하게 되리라. 휴만 종족 이외의 국가를 더한 5대국이라니, 도저히 웃을 수가 없는 농담이었다.

'사실 현인들 중에선 아인들을 차별하지 않는 경우도 적지 않은 편이니 완전한 우스갯소리가 될 수 없다는 구석이 무섭단 말이지. 소거법으로는 고를 리가 없는 선택지지만, 최악의 경우엔 그가 마족들에게 가담하는 날에는…….'

골머리를 썩던 사이리츠는 일단 생각을 멈추기로 마음먹었다.

아무 데나 굴러다니는 아인들의 편을 들어주다가 그들의 나라를 세워 강대국으로 만들어주는 정도는 그나마 귀엽게 느껴지는, 터무니없는 결말이 떠올랐기 때문이다.

마족들에 의한 세계 통일—.

신에게 도전하는 마족—.

그야말로, 이 세상의 종말이나 다름없는 사태를 야기해 버릴지도 모른다.

쿠즈노하 상회는, 양날의 검이었다.

거대한 국가를 찢어발길 정도의 무지막지한 위력을 지닌, 최악의 검이었다.

'최악이군. 멸망이라고 적힌 칸이 존재하는 룰렛 게임에, 마지막까지 참가해야 하는 기분이야.'

사이리츠는 빈혈과 흡사한 불쾌감을 느끼면서, 오른손으로 자신의 이마를 어루만졌다.

흠뻑 흘린 차가운 진땀이, 그녀의 심정을 있는 그대로 증명하고 있었다.

“사이리츠 님, 여기 계셨습니까!”

“……무슨 일인가요?”

기분은 좋지 않았으나, 부하의 목소리에 반응한 사이리츠는 고개를 들었다.

“예, 긴급사태입니다. 일단 지금 당장 셸터로 돌아가 주십시오!”

“긴급? 오늘밤엔 펄스 님께서 제안하신 회의밖에 예정이 없는 걸로 압니다만, 도대체 무슨—.”

“아무튼 서둘러 주십시오!”

사이리츠는 자신의 말을 가로막으면서까지 재촉해 오는 부하를 약간 무례하게 느꼈으나, 뭔가 심상치 않은 일이 일어나기 시작한 것으로 판단되는 상황이다 보니 일단은 그의 뒤를 쫓아 안뜰의 셸터로 들어갔다.

그녀는 아까 나올 때만 해도 느껴지지 않았던 긴박한 분위기와, 마치 사건 첫 날로 돌아가 버린 듯한 엄청난 소란에 놀랄 수밖에 없었다.

말주변이 서툴렀던 부하의 뒷모습은 이미 멀리 떨어져 있었다. 사이리츠는 일단 그를 약간이나마 진정시켜 자세한 내막을 듣고 와야 했다는 후회를 느꼈다.

‘보통 일이 아니야……. 우리한테는 비룡 부대가 아침 일찍 도착 가능할지도 모른다는 보고밖에 안 들어와 있지만, 염화의 복구로

인해 다른 나라에 새로운 정보가 들어온 걸로 판단해야 하는 상황이군.'

사이리츠는 마음속으로 「그리고 그다지 좋은 소식은 아닌 듯이 보여」라는 한 마디를 덧붙였다.

어수선한 분위기의 중심을 향해 발걸음을 옮기자, 사이리츠가 평소엔 구경조차 할 수 없는 얼굴빛을 띤 강대국의 대표가 눈에 띄었다.

리미아 국왕 스스로가 몹시 거친 태도로 지시를 날리자, 그를 따르는 왕자와 죽을 뻔 했다가 살아 돌아온 기사들까지 분주하게 움직이고 있었다.

그리토니아 제국의 황녀는 여러 명의 부하들에게 빈틈없이 지시사항을 전달하면서도, 이따금씩 도저히 숨길 수 없는 조바심이 깃든 표정을 내비치고 있었다. 주위 사람들을 관찰하는데 뛰어난 재능을 지닌 사이리츠의 눈썰미로도 간신히 알아차릴 수 있을 정도의 아주 미세한 낌새에 지나지 않았으나, 그녀가 마음을 졸이고 있는 것은 틀림없었다.

가만히 멈춰서 있어 봤자 상세한 정보를 입수할 수 있을 리가 없었다.

사이리츠가 선택한 행동은, 그들의 한 가운데로 들어가는 것이었다.

"리미아와 그리토니아, 양대 강대국을 대표하시는 분들께서 지금 평정심을 잃어버리신 까닭을 여쭤 봐도 되겠습니까?"

사이리츠가 침착하게 던진 질문에 대해 돌아온 것은, 두 사람의 긴박한 표정이었다.

리미아 국왕과 릴리 황녀—.

두 사람에게서 공통적으로 느껴지는 감정은, 심상치 않을 정도의 조바심이었다.

"크, ……사이리츠 님이신가. 급한 일일세. 라이도우는 어디에 있나?"

"국왕 폐하와 마찬가지로, 라이도우가 있는 곳을 알고 싶군요."

"방금 전, 이 근방을 거닐다가 만나 뵙고 오는 길입니다. 두 분과 나눈 말씀대로, 무슨 수를 써서든 염화가 차단된 상황을 해결해 달라는 의뢰를 드렸습니다."

그리고 염화는 그와 헤어지자마자 곧바로 복구된 것이다.

사이리츠는 그 인과관계를 사실로 받아들일 때마다 몇 번이건 소름이 끼쳤다.

그들이 시가지의 일반인 희생자들을 간과한데다가 며칠 동안에 걸쳐 본격적으로 움직이지 않은 이유에 관해선 짐작조차 가지 않았다. 하지만 말인즉슨 그 사실은, 라이도우와 쿠즈노하 상회가 자신들에게 필요할 경우엔 냉혹한 선택지를 취할 수도 있다는 증거였다.

사이리츠 본인은 하나씩 새로운 얼굴이 보일 때마다 그와 그의 상회를 두렵게 여기는 자기 자신을 느끼고 있었다.

"……아니나 다를까, 그들의 능력으로는 그다지 대단한 일조차 아니었던 모양이군. 그런데 도대체 무슨 이유로 지금껏 가만히 있었단 말인가……. 아니, 그 일에 관해선 불문에 붙이기로 다 함께 뜻을 모은 참이야. 지금은 그냥 넘어가세. 찾으러 다닐 시간조차 아까운 상황이야. 이왕 이렇게 된 바엔 연락이 닿자마자 돌아올 그 자를, 셸터 입구까지 가서 기다리는 것이 제일인가?"

"함께하겠습니다, 국왕 폐하."

리미아 국왕과 그를 따르는 왕자, 그리고 릴리 황녀가 나란히 출구를 향해 발걸음을 옮기기 시작했다.

아직 자세한 내막을 전해 듣지 못한 사이리츠로서는 도무지 영문을 알 수가 없는 상황이었다.

그녀는 어떻게든 사태를 파악하고자 두 사람의 등 뒤로 쫓아가 설명을 요구했다.

그들이야말로 현재 상황을 가장 정확하게 파악하고 있는 인물들로 보였기 때문이다. 아니, 사이리츠의 직감은 눈앞의 두 사람이야말로 현 사태의 당사자임이 틀림없을 것으로 여기고 있었다.

"두 분께 저에게도 자세한 내막에 관한 설명을 해주시기를 부탁드립니다."

"……습격일세."

"습격?"

리미아 국왕은 쓰디쓴 표정으로 입을 열었다. 사이리츠는 그의 말을 똑같이 되뇌었다.

"마족들입니다, 사이리츠 님."

"그야 그렇겠지요. 저 또한 변이체들을 대량 발생시킨 이번 사건의 주모자들은 거의 의심할 여지없이 그들인 것으로 예상하고 있었습니다만……."

"그게 아니야. 왕도(王都)와—."

"제도(帝都)에 그들이 나타났다는군요."

"……!!"

말로 표현하기 힘든 비명소리가, 사이리츠의 목구멍 속으로 빨려 들어갔다.

양대 강대국의 대표자들이 입에 담은 내용은, 그만큼 가공할 만한 현실이었다.

마족들의 군세가 휴만 종족의 영역으로 진군해 왔다. 그것은 세상을 뒤흔들고도 남을 만한 대형 사건이었다.

"짐에게도 라이도우를 섣불리 자극하는 것이 그야말로 이보다 더할 수 없을 만큼 어리석은 행동이라는 사실 정도는 충분히 짐작이 가고도 남는다. 하지만 지금은 어쩔 수 없이 그 검의 능력만을 믿어야 하는 상황이야."

"전적으로 동감합니다, 국왕 폐하. 그들의 전이 기술은 경우에 따라선 우리들에게 큰 위협이 될 수도 있습니다. 이번 의뢰로 인해 파손될 경우, 멀리 봐선 은근히 고마운 일이기도 하지요."

"어머나, 참으로 뒤숭숭한 말씀을 다 하시는군요. 릴리 님께선 그들을 위험한 존재로 보신다는 겁니까?"

사이리츠가 릴리에게 질문을 던졌다. 릴리는 그 질문 자체를 일종의 완곡한 비웃음으로 느낀 듯이, 그늘진 표정으로 사이리츠를 노려봤다.

"사이리츠 님? 분명히 말씀드리는데, 지금의 우리들에게 서로의 속셈을 떠보기나 할 시간은 없습니다. 저들을 상대할 방법에 관해 우리와 밀담을 나눈 바로 그 순간부터, 우리들 세 사람은 거의 공범 관계나 다름없다는 사실을 잊지 마세요."

"……?!"

"짐 또한 제국의 황녀와 의견이 같다. 사이리츠 님, 그대는 아직 상황을 제대로 파악하지 못한 모양이군. 잘 듣게. 휴만 종족의 영역으로 공격을 감행해 온 세력은 마족들의 장수가 거느리고 있는 군대야. 그리고 공격을 받고 있는 지역은 우리나라의 수도와 제국의 수도지. 말인즉슨, 로렐 연방의 소중한 무녀님께서도 한창 마족들을 상대로 싸우고 계시다는 뜻일세."

로렐의 무녀라는 단어가 나온 바로 그 순간, 사이리츠의 표정이 극적으로 변했다.

"치야 님까지 말입니까?! 국왕 폐하, 이건 도대체 어떻게 된 거지요?! 적군의 왕도 공격을 허용한데다가, 용사님과 무녀님까지 한창 적들을 상대로 교전 중이라는 건 상식적으로 말이 되지 않습니다! 사태가 이렇게 될 때까지 왕국군은 도대체 어디서 뭘 하고 있었단 말입니까?! 나라의 수도까지 적군의 침입을 용납했을 뿐만 아니라, 용사님 일행을 대피시키는데도 실패했다는 건 전 세계에 대한 당신들의 책임을 포기하는 거나—!"

"입 닥쳐!"

릴리는 사이리츠가 몹시 당황한 표정으로 리미아 국왕을 비난하는 광경을 가만히 쳐다보다가, 갑작스럽게 고함을 쳤다.

자신의 말이 도중에 끊긴 사이리츠는, 아직도 할 말이 남아있다는 표정으로 릴리를 노려봤다.

그녀에게 있어서, 아니, 로렐 연방에게 있어서 무녀는 그만큼이나 소중한 존재였다. 온 나라의 사랑을 한 몸에 받는 무녀가 장기간 동안 나라를 비우는 것만으로도 리미아에게 좋은 감정을 가질 리가 없는데, 마족의 군세가 수도로 쳐들어와 그녀가 위기에 처해 있다는 소릴 들은 이상에야 일시적으로나마 평정심을 잃어버리는 것은 지극히 정상적인 반응이었다.

사이리츠가 굳이 말하자면 사상이나 주장이 가까운 리미아 국왕보다 그리토니아의 황녀에게 좀 더 친밀한 태도를 보이던 원인 또한, 리미아의 용사가 무녀를 데려가 버린데 유래하고 있었다.

"잘 들으세요, 사이리츠 님. 우리나라의 제도 또한, 여러 갈래의 적 군세로부터 무자비한 공격을 받고 있는 와중입니다. 그들은 단 하나의 예외조차 없이, 한꺼번에 나타났다는군요. 지금은 수많은 방향으로부터 공격해 들어오는 적군을 상대로 한 대응에 쫓기고 있는 참입니다. 리미아의 경우 역시 우리와 크게 다르지 않다더군요."

"왕국군은 별의 호수 연안으로부터 새까만 덩어리처럼 밀려들어오는 적들을 발견한 모양이다. 바야흐로 왕도의 코앞까지 쳐들어온 셈이지. 영문을 알 수가 없군. 마족 녀석들은, 도대체 얼마나 많은 계략을 숨기고 있었단 말인가……."

"전황을 근본적으로 재검토할 필요가 있을지도 몰라요. 스텔라라는 철벽이나 다름없는 요새를 보유하고 있는데도 불구하고, 부대를 두 갈래로 나눠 왕국과 제국을 동시에 상대하려는 마족들의 의도를 알아야 합니다. 잘못된 판단은 치명상을 야기할 수도 있습니다. 아무튼 그런 셈이니, 만약 우리가 라이도우와 교섭하다가 당신들 기준으로 터무니없는 짓을 하는 걸로 보일 때는 거리낌 없이 사이로 들어와 잘 수습해 주세요. 로렐 연방으로서도 자신들의 평가를 올릴 수 있는 기회니 일석이조의 기회인 걸로 알아요. 나쁘지 않은 대가죠? 그가 우리에 대해 좋지 않은 인상을 받는 대신, 당신에 대한 인상은 좋아질 테니까요."

"당근이건 채찍이건 상관없다. 무슨 수를 써서든, 그자로 하여금 짐을 왕국으로 전이시키게끔 설득해야 한다."

"저 역시 지금 당장 제도로 돌아가 제국군을 지휘해야 합니다. 용사님께서 고립되는 사태만은 피해야 하니까요."

사이리츠에게도 초조한 마음이 들기 시작했다.

무녀가 죽을지도 모른다. 다음 세대의 무녀는 아직껏 발견된 바가 없었다.

지금 당장 치야가 사망할 경우, 로렐 연방은 정신적 지주를 상실하게 된다.

게다가 만에 하나 리미아와 그리토니아가 멸망이라도 하는 날엔, 곧바로 아이온과 로렐 연방이 마족을 상대로 한 전쟁의 최전선에 설 수밖에 없게 되리라.

두 가지의 최악들이 겹칠 경우, 국가 그 자체의 미래를 가늠하기조차 어려웠다.

"설마 여기서 수많은 변이체들을 동원한 사건 자체가, 더 큰 작전을 실행하기 위한 미끼였다는 겁니까?"

사이리츠가 롯츠갈드를 무대로 일어난 비상사태와, 마족들이 그에 관해 기대한 파급효과에 관한 하나의 추측을 소리 높여 거론했다.

"물론 완전한 우연일 리는 없을 거야."

"올해에 한해 부자연스러울 만큼 많은 숫자의 귀빈들이 모여든 일 자체는 일단은 수많은 우연들이 겹친 결과인 걸로 믿고 싶지만, 학원 도시가 습격을 받고 있다는 보고가 들어가면 각국으로부터 군대나 지원 물자가 이송될 수밖에 없다는 건 지극히 당연하지요. 미끼로서 기대할 수 있는 파급 효과에 관해선 상당한 불안정성이 눈에 띄지만, 일정한 효과 정도는 있을 걸로 예상됩니다."

리미아의 국왕과 그리토니아의 황녀가 진절머리가 난다는 표정으로 고개를 끄덕였다.

"스텔라 요새에 틀어박혀 있던 마족들의 군세가 목을 숨긴 거북이처럼 자신들의 땅이나 지키고 있을 것으로 단정할 경우, 일정한 병력의 지원군을 롯츠갈드의 사건을 해결하는데 쓴다 한들 연합군의 스텔라 공략 시기를 어느 정도 물리는 것만으로도 끝나는 얘기다. 말인즉슨 우리들은, 그런 식으로 방심하다가 보기 좋게 허를 찔린 얼간이들이란 뜻이야. 정말로 더할 수 없이 짜증나는 상황이로군."

"보는 관점에 따라선 그다지 나쁘기만 한 상황은 아니라고도 볼 수 있어요. 적어도 아직은 사태를 바로잡을 수 있는 타이밍에 염화를 복구시킨 쿠즈노하 상회와 라이도우가 마족의 스파이일 가능성은 거의 없다는 뜻이니까요."

지금 당장 사태를 호전시키는 데는 그다지 큰 도움이 되지 않는 사항이었으나, 릴리는 쿠즈노하 상회에 관해서도 언급했다.

"라이도우가 만약 마족들과 내통하는 자였을 경우, 아직 염화의 복구는 이루어지지 않았을 것이야. 짐 또한 그에 관해선 그나마 안심하고 있던 참이다."

강대국들을 대표하는 세 사람은 빠른 걸음으로 대화를 나누며, 수행원들이 따라올 때까지 기다릴 여유조차 없이 금방 셸터의 입구에 도착했다.

아무튼 1분 1초가 너무나도 길게 느껴지는, 고통스러운 시간들이 몇 분이나 지나갔다.

강대국의 국왕과 강대국의 황녀, 그리고 강대국의 고위 관료—.

지금껏 온갖 강대국들의 가장 중요한 인물들을 기다리게 하던 바로 그 남자, 라이도우가 학원의 연락을 받아 셸터 앞에 나타났다.

그는 두 사람의 종자인 토모에와 시키, 그리고 모험가 길드의 마스터인 펄스까지 대동한 상태였다.

"라이도우, 그대에게 할 말이 있다."

"굉장히 중요한 얘깁니다."

"방금 전에 이어 또다시 어려운 부탁을 드리게 되어 정말 몸 둘 바를 모르겠습니다."

세 사람의 다급한 목소리가 동시에 라이도우에게 들이닥쳤다.

지극히 짧은 시간 동안 멀뚱거리는 표정으로 멈춰서 있던 그는, 곧이어 겉으로는 주눅 드는 기색 없이 세 사람의 코앞까지 걸어가 가볍게 머리를 숙였다. 종자들 또한 곧바로 그를 따랐다.

세 사람으로부터 현재 상황에 관한 얘기를 전해 듣던 라이도우가, 점점 두드러지게 표정을 일그러뜨렸다.

그의 표정을 목격한 세 사람은, 마족들에 대한 증오로부터 유래된 라이도우의 속마음이 새어나온 것으로 여겼다.

하지만 실제로는 전혀 달랐다.

라이도우, 본명 미스미 마코토는 어렴풋이 언젠가 만나볼 마음을 먹고 있던 두 사람의 일본인들과 만날 기회를 영영 잃게 될지도 모른다는 불안감과 로나가 이 도시를 무대로 벌인 일련의 계획이 단순히 휴만들의 시선을 끌기 위한 양면 작전의 일환이었다는 사실에 대한 정신적 충격으로 인해 표정을 일그러뜨렸던 것이다.

기나긴 밤이, 천천히 깊어만 갔다.

# 달이 이끄는 이세계 여행 8

1판 1쇄 발행 2019년 10월 10일
1판 5쇄 발행 2022년 4월 8일

**지은이**_ Kei Azumi
**일러스트**_ Mitsuaki Matsumoto
**옮긴이**_ 정금택

**발행인**_ 신현호
**편집장**_ 김승신
**편집진행**_ 권세라 · 최혁수 · 김경민 · 최정민
**편집디자인**_ 양우연
**관리 · 영업**_ 김민원

**펴낸곳**_ (주)디앤씨미디어
**등록**_ 2002년 4월 25일 제20-260호
**주소**_ 서울시 구로구 디지털로 26길 111 JnK디지털타워 503호
**전화**_ 02-333-2513(대표)
**팩시밀리**_ 02-333-2514
**이메일**_ lnovellove@naver.com
**L노벨 공식 카페**_ http://cafe.naver.com/lnovel11



ISBN 979-11-278-5276-4 04830
ISBN 979-11-278-4112-6 (세트)

**값 9,000원**